看不见的观察

吴强 著

时代出版传媒股份有限公司
安徽教育出版社

图书在版编目（CIP）数据

看不见的观察 / 吴强著. —合肥：安徽教育出版社，2015
ISBN 978 - 7 - 5336 - 8122 - 7

Ⅰ.①看⋯　Ⅱ.①吴⋯　Ⅲ.①随笔－作品集－中国－当代　Ⅳ.①I267.1

中国版本图书馆 CIP 数据核字（2015）第 218255 号

看不见的观察
KANBUJIAN DE GUANCHA

出　版　人：郑　可
质量总监：张丹飞
策划编辑：何　客
责任编辑：何换生　王　欣
封扉设计：刘运来
美术编辑：吴亢宗
责任印制：何惠菊

出版发行：时代出版传媒股份有限公司　安徽教育出版社
地　　址：合肥市经开区繁华大道西路 398 号　邮编：230601
网　　址：http://www.ahep.com.cn
营销电话：(0551)63683011，63683013
排　　版：安徽创艺彩色制版有限责任公司
印　　刷：合肥创新印务有限公司

开　　本：720×1010　1/16
印　　张：15.75
字　　数：240 千字
版　　次：2015 年 11 月第 1 版　2015 年 11 月第 1 次印刷
定　　价：36.00 元

（如发现印装质量问题，影响阅读，请与本社营销部联系调换）

目 录

伟大的二流国家(代序)   1

辑一 德意志的社会国   1

3   导盲犬的城市空间

10   "小就是美":从简单生活到和谐世界

16   雷妮·瑞芬斯塔尔:我不是希特勒的女孩

25   格拉斯:铁皮鼓手的陷落

34   卖淫的合法化还是去罪化?
      ——一个女性主义的视角

42   社会民主是个好东西
      ——德国、瑞典模式新解

49   "社会国"的终结?
      ——艰难前进的德国社会福利体制改革

56   德东观察之集中居住

59   德国的媒体与政治
      ——《时代周报》的经验

68   志愿社会主义、公社和柏林

71   九十岁政治老人的箴言
      ——对话德国前总理赫尔穆特·施密特

辑二　德意志的法治国　79

- 81　民主也是长牙齿的
  ——德国联邦宪法保卫局揭秘
- 96　斯塔西档案解密二十周年
- 102　左派党的天空
- 105　革命家、环保分子、欧洲主义者？
  ——关于德国外长菲舍尔的三种文本
- 113　默克尔：让德国回到科尔时代？
- 120　古滕贝格之痛
  ——学术抄袭与政治信誉，都有关伦理
- 124　德国大选：多党制的胜利
- 130　选举与革命的对穿
- 137　欧洲军火政治透析

辑三　欧洲的气候政治　147

- 149　欧洲的气候政治版图
- 158　气候政治年谱
- 162　通向世界政府之路？
  ——气候政治的新国际主义
- 166　谁的责任？
  ——气候债务与气候正义
- 169　哥本哈根之后：严冬已经来临
- 176　低碳经济的本质是民主生活
- 180　全球化的罪与罚
  ——海里根达姆 G8 峰会观察

伟大的二流国家(代序)

从2010年开始,欧洲就有政客在哀叹,世界似乎被美、中两个大国接管了,欧洲已经沦落为二流国家了。而且,伴随着欧元危机的加剧,这种危机感愈加常见了,几乎每个欧洲的大小会议上,人们都能听到这样的声音。

对欧洲沦为二流国家这个判断,怀疑的人似乎不多。的确,欧洲从人类现代文明的发源地堕落成二流国家,在二次大战的毁灭性结局那一刻就开始了:超过七千万的战争死难者,奥斯威辛集中营的种族屠杀,都令欧洲蒙上了空前的耻辱。战后的欧洲更是满目疮痍、惨不忍睹:战败国德国大量的机器设备被苏联红军拆走,还要忍受国内严冬的燃料不足向法国供应煤炭作为战争赔款。战胜国英国也好不到哪里,大批士兵复员几乎立即加入失业大军,庞大的战争债务压得几乎每个家庭都透不过气,新上台的工党政府引发许多政治联想。1946年的饥荒则遍及全欧，欧洲人民不得不继续忍受着没有战争却形同战争一般的困难生活，连可爱的猫也被德国人民私底下唤作"阁楼兔子"充作果腹之物。其后，欧洲虽然自二十世纪五十年代初开始复兴、创造了石油危机到来之前持续二十余年的繁荣，但是作为夹在美苏之间的冷战主战场，在美国的核保护伞下，包括欧洲人自己，几乎没有人怀疑战后欧洲的二流国家地位。

直至今日，尽管欧洲的地位通过欧盟、OECD 组织、G8 峰会、北约以及大量的以欧洲为基地的国际非政府组织等各种全球性、跨大西洋的政治联盟、国际组织，军事、经济和科技活动及国际援助充分表现出来，但是"二流国家"这个符号似乎始终挥之不去。比如 2003 年法德轴心被美前防长拉姆斯菲尔德讥讽为"老欧洲"，德国多次试图加入联合国安理会常任理事国却未遂，更糟的表现则在 2009 年哥本哈根的全球气候变化会议上，一个分裂的、缺乏领导力的欧洲几乎让世人彻底失望，很大程度上需为会议的失败负担责任。此次全球金融危机爆发之初，曾经经历了 1997 年意大利金融危机考验的欧洲表现还算稳当，一度有意将欧洲的银行监管模式推向世界，无奈希腊、西班牙、葡萄牙等南欧国家后院火起，仅仅希腊一国的负债就高达整个欧元区 GDP 总和的百分之二点六。对欧洲的真正考验开始了。

当然，所谓"伟大的二流国家"的提法早已有之。就像邓小平同志"韬光养晦"的提法，在国际社会一味强出头、到处煽风点火、输出革命等战略对峙往往只会加速自身的灭亡，比如苏联的解体命运。躲在美国驻军和核保护伞下的欧洲（西欧国家），战后借马歇尔计划迅速实现了经济复兴。以德国为例，虽然多家大厂被迫搬迁至西部，但是德国大众公司首先利用 1938 年建厂时就设计的原型车，大量生产并向美国出口，带动了德国的经济复苏，这就是著名的"甲壳虫"。与"轮胎上的国家"、当之无愧的一流国家美国相比，德国的汽车工业和汽车文化毫不逊色，颇具"德国特色"。大众汽车公司正是建于 1938 年的纳粹时期，直到上个世纪末仍然保持国有企业性质，最生动地代表了资本与工会合作、国家与资本合作的"莱茵资本主义"的"德国模式"。

无独有偶，北欧的瑞典自 1931 年社会党执政之后，创造了一个"从摇篮到坟墓"的"社会平等作为经济效率前提"的社会民主模式,而且以一种前所未有的平等主义、集体主义和创造性建设了一整套独立的工业体系,几乎每样工业产品或者品牌都在世界享有盛誉。比如被称为世界上最安全的沃尔沃轿车和重型卡车、萨博的喷气客机和狮式战斗机、爱立信公司的手机和雷达、哈苏的照相机,瑞典的工程师们还是最早分别在坦克和量产轿车上使用增压引擎的,著名的宜家家具和H&M服装则分别是世界上最大的平价家具和服装连锁店。

这些瑞典特色工业品,无一不是民主加社会加工程师的结果,带着强烈集体主义色彩的创造,既是瑞典的骄傲,也是欧洲的骄傲。历数其他欧洲国家,不难发现一个个另类的"××模式",构成一个丰富、多元的欧洲特色。比如,法国的时装设计所代表的高级文化,比利时的卡通设计和产业,英国的音乐文化,德国和北欧的工业设计和机械文化,捷克的爵士乐,等等,让人感叹摆脱了中世纪枷锁后的世俗化的欧洲在怎样发挥着文明的创造力。而且这一创造性是与各自民族国家的文化认同与对欧洲的政治认同紧密相关的,就像德国从十九世纪初以来一直挣扎在世界主义与民族国家之间,最终走上了一条"越德意志越欧洲"的道路。

当全球金融危机来临,这些单一民族国家的"特色"本身难以自救,沃尔沃和萨博的技术再好也终究被通用汽车所抛弃,希腊、西班牙、葡萄牙的主权债务危机则需要大幅度让渡主权才可能获得援助。但是,欧盟面临如此历史转折关头,却发现《马斯特里赫特条约》创造了欧洲统一的象征和媒介——欧元,却没有真正的货币联盟,没有建立起一个与欧洲货币体系相适应的统一政府。而且更致命的是,2011年8月17日德国女总理默克尔和法国总统萨科齐在巴黎的会面,尽管往保卫欧元迈出了关键的一小步,却仍然是密室里做出的决定,难以消弭他们身上的"欧洲怀疑主义者"的印记。就在欧洲的社会党人大声呼吁"保卫欧元"、缅怀密特朗和科尔时期的双驾马车带领整个欧洲狂飙突进的美好时光的同时,人们发现,欧洲一体化的进程不是太快导致新欧洲与老欧洲裂痕、南欧国家狂借债、绑架德法等问题的出现,而是一体化进程太慢、核心欧洲举足不前。

自1950年欧盟之父舒曼提出煤钢联营共同体计划以来,从欧洲经济共同体发展到欧盟,伴随而生的官僚主义并非主要问题,面对危机时一次次表现的治理能力不足和欧洲团结不够才是问题所在。所幸的是,每当危机时刻,外界都能看到欧洲社会的反思,这个建立在对欧洲曾经承受巨大的现代性苦难的反思,在一次次地主导着反危机的进程,直至寻找出一条同时包含问题解决和理想主义的道路,然后不断推进着欧洲的一体化和进步。其中的代表声音,来自哲学家,也来自独立的宪法法院。哲学家首推哈贝马斯,在巴尔干危机和干预的关键决策阶段,在欧洲宪法草案的关键讨论阶段,哈贝马斯不仅都未缺席,而且在这两个重要时刻都表达了极有影响的意见。在保卫欧元的关键时刻,2011年4月6日,哈贝马斯再次发声,呼吁警惕德国的"重新民族国家化",包括有学者提出"回到德国马克"的民粹主张,德国愈益增强的自我中心主义与欧洲的统一化进程背道而驰。哈贝马斯对过去两年颇有"危机明星"之名的默克尔发出警告:习惯密室政治,甚至在家中与物理学教授的丈夫商量是否出手拯救希腊的默克尔,她的决策方式是危险的。哈贝马斯指出,欧洲现在欠缺的是欧洲的公民社会及其对欧元危机的广泛讨论。否则,任何欧元拯救计划的合法性都可能存在问题,并且加剧欧洲公众对政治精英的疏离感,从而背离欧洲的一体化进程。

对公民社会、公共空间作为政治合法性基础的强调,可谓欧洲政治最近半个世纪以来最为显著的"特色",也是欧洲民主的双重合法性的基础之一。而这一双重合法性基础,实则建立在德国基本法的原则上,即对社会国和法治国的双重划分。所谓社会国原则,并不只是单纯的来自费希特以来的社会主义者,还综合了包括保守主义者如冯·斯泰因和基督教精神等德国的主流思想源流。在德国宪政和民主中,与法治和民主原则并重,即德国基本法第二十条第一款所反映的,"德意志联邦共和国是一个民主的和社会的联邦国家"。它的核心内涵,包括人的平等、社会团结和人的发展等基本原则。这些社会国原则调节、保障着德国的基本社会秩序、公共生活、再分配比例和社会主体性,作为欧洲一体化进程中最重要的伦理原则和政治力量,推动着欧洲的一体化,甚至先于欧洲的经济一体化进程,特别是从1950年《欧洲人权公约》到1961年《欧洲社会宪章》再到2007年《里斯本条约》签订的历程。因此,如果说这是从德国社会国原则申发出来的欧洲社会团结力量在推动或者主导整个欧洲一体化,并不过分。

以此,我们可以区分所谓二流国家与所谓一流国家。在欧洲,舆论领袖们有百分之四十一更倾向于公民社会组织,只有百分之二十八看重企业界,只有百分之十七更看重政府;而在美国,百分之四十更看重商业,百分之四十六偏向政治机构,只有百分之三十四注重公民社会组织。由此不难看出,即使真的有所谓二流,那也是人民自己的选择,而他们才是治理的主体、应对危机的根本力量。2009年德国宪法法院对德国加入里斯本条约的合宪性裁决已经指出了问题所在:欧洲议会选举的代表性不足而致合法性不足,不足以代表欧洲的公众和民意。以致在欧盟决策和欧洲公众之间,面临如何拯救欧元的时刻,出现了一个巨大的合法性真空,妨碍了欧洲各国有效地采取实质性行动。

不过,危机恰恰意味着机会。德国前外长菲舍尔,这个德国也是欧洲绿党的代言人,多年前已经从拒斥欧洲统一转变为极力推动。他在2011年4月6日欧洲外交关系理事会和美卡托基金会主办的五贤人讨论会上呼吁,只有采取措施大力推进欧洲一体化才可能解决欧元危机,否则,任何技术性的措施只能意味着不进则退。他完全赞同哈贝马斯的主张,而且希望建立一个欧洲政府的实体,更确切地说,就是"United States of Europe"——欧洲合众国,来执行统一的欧洲经济和货币政策。相比英国工党理论家吉登斯两年前提出的建立世界经济政府的主张,菲舍尔的欧洲经济政府并不激进,只比争论中的"Federal Association"(邦协)的主张更进一步,却同样代表着社会进步和欧洲国家的团结。

进步、团结,这些充满社会民主色彩的主张,在那些所谓一流大国的政治舞台上绝少听到,却彰显"二流国家"的伟大。各具特色的欧洲各国需要扩大相互间认识、交流和团结的公共空间,消除法、德公众之间至今仍存的相互误解、东欧新成员国对老欧洲的成见。否则,公众冷漠会助长欧洲国家面对欧元危机的无所作为,任何拯救欧元的行动都会因为远离欧洲公民而失去支持。在欧洲经济政府之前,至少有一项政策可做,并且符合欧洲公民社会和欧洲政府的方向,那就是发行欧元债券,从货币机制和政治机制两方面将每一位公民与欧洲的责任联系起来,为未来的欧洲经济政府打下基础。

2011年9月7日,德国的宪法法院认可了EFSF(欧洲金融稳定机制)这个诞生于 2010 年 7 月欧元危机最严重时刻的金融机构,消除了德国参与拯救欧元的法律障碍。9 月 8 日,意大利政府也提案修宪,在宪法中增加平衡预算的黄金法则条款。经过知识界、媒体和公众的批评、讨论和倡议,欧洲已经行动起来了,尽管在走的快慢问题上还有争论,在未来目标上仍有存疑,但方向是确定的,一个人类历史上从未实现过的梦想,菲舍尔口中的"欧洲合众国"的雏形开始在欧元危机中渐渐清晰起来。

吴强

2011 年 11 月

辑一

德意志的社会国

导盲犬的城市空间

"日本老师跟着我做了五天的伴行,这些天,我们到中山北路去搭公车、火车还有捷运……有些地方同意让我们进去,有些地方就是不行。"

五天后,老师要离开台湾,她告诉我,她从未想过台北的路况是这样的糟糕、这么的危险,她没办法保证我和 Aggie 的安全。我吃了一惊:"Aggie 不是已经依照步骤完成导盲犬训练了吗?"

但是川崎老师告诉我:"因为你们台湾的流浪狗太多了,台湾的交通太混乱了……"

这是 1996 年台湾第一条导盲犬 Aggie 刚上路时的情景。对台湾岛上第一个试用导盲犬的盲人柯明期和他的狗来说,平日繁华、热闹的街巷却像充满危险的热带丛林,随时随地机关四伏。人们不禁要问,台北是一座现代都市吗?

通常意义的城市现代化或人居指标在导盲犬面前,似乎都需要重新定义。

借着导盲犬的行动空间多少,人们不仅能够直接衡量城市的无障碍设施是否齐全、残障人群的福利和社会地位是否得到保障,更可以检验城市的公共秩序、道德水准、人际关系,甚至公民社会的发育状况。人—狗关系变化的背后几乎是另一部人类社会的进化史。

导盲犬的起源

犬类是人类最早驯化的动物，用于帮助盲人，最早可以追溯到古罗马废墟中一幅大约公元一世纪的壁画。中世纪的欧洲也偶有记录。而导盲犬真正开始进入社会，还是在第一次世界大战之后。

在一战战场上，化学武器——氯气和光气首次在战争中大量使用，造成数以万计的士兵失明。1916年，德国战地军医格哈德·斯道林在奥登堡创立了第一所现代导盲犬学校，为失明退伍兵培训导盲犬，帮助他们重返社会。德国是世界上最早建立社会保险制度的国家，导盲犬学校同样得到了政府的资助。一战后，斯道林的导盲犬学校一度遍地开花，在1926年因故关闭前，每年从该校"毕业"的导盲犬多达六百只。这些导盲犬随后被引入英国、法国、瑞典、意大利，甚至苏联。

今天，在德国街头，经常能看到一道充满温情的城市风景：一条狗牵引着一个盲人，双双穿行于十字路口……身边尽管车流涌动，它和他（她）却从容淡定。某种意义上，导盲犬是盲人失而复得的"眼睛"。依靠导盲犬的牵引，许多盲人过上了与正常人几无悬殊的社会生活——自行乘坐火车、地铁、公车，上班，去医院、餐馆，探访亲友，等等。在一些文化、宗教场所，导盲犬甚至获得社会更多的偏爱，比如在通常严禁带狗进入的剧院、音乐会、教堂以及动物园（!），导盲犬却可以雄赳赳、气昂昂领主人入场——当然，狗一定不要辜负了自己恪守职责、宠辱不惊的良好修养。在乘坐公交时，盲人连同导盲犬都会受到其他乘客自觉让座的礼遇。从2002年起，德国铁路局规定导盲犬搭火车可以免票，也无须戴口罩，而通常情况下，人们携狗乘车，必须为被迫戴"口罩"噤声的狗补一张半票。

劳动是光荣和值得尊重的，狗也一样。导盲犬的受礼遇，事实上表明了今天犬类的社会价值的提升：它们不再仅为普通的宠物，它们也是有能力分担社会职责的光荣的劳动者。

优秀的导盲犬是怎样炼成的

德国完善的社会福利制度促成了导盲犬学校的建立——至今,导盲犬学校仍然是大规模培养导盲犬的唯一方式。而导盲犬的日常行走空间,则全赖现代城市社会管理和犬类动物本能的和谐匹配。

比如说,导盲犬履行最基本职责——帮助盲人过马路,其必要前提是:一个城市的道路网配备足够的红绿灯、斑马线、人行道等基本的安全交通标识。而且,这些城市设施必须得到及时、完善的保养、维护,红绿灯能亮,人行道、盲道上无障碍,斑马线上车让人。更重要的,普通行人和车辆必须遵守这些基本交规,否则,"宝狗"再聪明,也难敌"宝马"的肆意冲撞。

可笑的是,跟人类相比,狗是天生红绿色盲。导盲犬对红绿灯的辨认,主要依靠对红绿灯不同亮度的识别。在此基础上,它们被训练自觉地进行一次又一次的"走还是不走"的哈姆雷特式判断模式。所以,对被交付了盲人生命重任的导盲犬来说,它们一定很难理解为什么有人竟可以不守交规,为什么红绿灯居然不亮——这些在人眼里早已麻木了的现象。

有个小幽默,可以供人自我解嘲:即使在交通秩序井然的德国,也不免有巧避车流过马路的急性子行人。不过,"责任感强"的德国人却恪守一条潜规则:在过马路的小孩子和导盲犬面前,决不做闯红灯的"坏榜样"——不让这个世界的复杂,误导了小朋友们单纯的行为逻辑。

当然,人类可能不遵守交通规则,健全人可能不尊重盲人,也并不是所有的狗都适合做导盲犬。除了最早被使用且以忠诚见长的德国牧羊犬,聪明的金色猎犬和温驯的拉布拉多犬是最主要的导盲犬品种。它们都是大型犬类。因为只有体型较大的狗才能持久负荷铝制牵引杆,并有力量牵动盲人,传递给他充分的方向指示。它们当中,又以拉布拉多犬居多,大约占百分之六十的比例。

一条拉布拉多导盲犬在训练过铁道，照片由德国导盲犬协会提供。

原产加拿大的拉布拉多犬虽然不是最聪明的，性格却最为温驯，是少有的能够耐心从事长时间枯燥工作的犬类。拉布拉多犬愿意主动亲近人，容易适应从培训师到盲人的易主过程；而且，拉布拉多犬一岁后即可开始训练，有效工作寿命可达十年甚至更长。相对于不菲的培训费用，这些品质尤其可贵。

然而，即使这些狗出身名门，要修炼成为一只合格的导盲犬，也需要经过制度性的严格训练。以拉布拉多犬为例，小狗出生四十五天后，就该送到志愿者家中，在人类家庭的关爱下健康成长。满一周岁后，再送回培训学校开始正式训练，包括服从训练和引导训练。毫不夸张地讲，这可是一所"狗狗西点军校"。训练很枯燥，选拔标准很严格，狗的淘汰率因此也相当高。那些不够沉稳、不够听话、不够资质，或是偶尔开小差走神的小家伙，都会被层层筛出局，一个也侥幸不了。

这样，为期一年的"魔鬼训练"结束后，往往只剩下最优秀的一批，它们还面临最后一道真枪实弹的"路考"——最终合格毕业拿到导盲资质的"高材生"，这时候就像白金一样稀贵了。至于那些中途辍学的小调皮蛋呢，也算是受过良好调教了，它们通常被送给养老院或者残障人士，承担类似"狗医生"的陪伴工作。

导盲犬能否行走在我们的城市空间

如此看来，虽说导盲犬的"修炼"着实不易，但对城市空间的要求并不算苛刻，对它们的一切训练，莫不以服从人类纪律为前提。然而细究下去，如何保障导盲犬、盲人、城市三者的和谐相处，已经不仅仅关系城市管理、动物本能，而且涉及一系列具体的社会制度，比如导盲犬学校的维持、导盲犬和盲人的法律权益保障、城市社区的接纳程度——它们分别与"自主、平等、秩序"有关。这些既是保障导盲犬有效工作的前提，也是现代城市的本来职能。甚至，我们可以追溯到中世纪，欧洲自由城市为摆脱教权、王权获得自治的不懈努力。

以如此三重标准来审视中国目前的第一批导盲犬，大概很难想象它们毕业之后，如何走上街头，执行导盲任务。据称，这批导盲犬是为迎接2008年奥运会，专门委托大连医学院进行严格专业训练的。这些狗也皆为将门虎子——是黄金猎犬和拉布拉多犬的杂交品种，品质相当优秀，每只培训费用在三十万至四十万人民币。这些导盲犬必须懂英语，接受指令全为英语单词，以便能与外国盲人运动员直接沟通。

这种政府主持的攻坚突击队式的奥运导盲犬项目,有点仿效通常培育警犬、缉毒犬、军犬的手法。后者的挑选和训练虽然花费更大,却都出于毋庸置疑的安全理由,有充裕的政府经费作后盾。反观目前世界各国,几无例外,训练导盲犬的学校都属于非盈利组织,通常由帮助盲人的非政府组织运营,仰赖社会捐款和不定期的政府援助。而社会与政府的支持,却是基于这些非政府组织的社会公益目的与其非营利管理的。这样,一个保障非政府组织发展的城市法律环境就极其必要,而这正是中国难以建立导盲犬学校的先天制度性缺陷之一。

以世界最大的国际导盲犬协会为例,该机构在全球拥有七十所导盲犬会员学校,总部设在伦敦,每年培养的导盲犬超过七百只。追溯其前身,是1934年两名英国妇女在听说导盲犬的神奇故事后,倡议成立的英国第一个导盲犬协会。二十世纪七十年代中期,在世界范围内新社会运动和非政府组织兴起的浪潮下,欧洲原本分散的导盲犬协会和学校集结召开两次大会,建立起这个国际非政府组织,向全世界的盲人团体提供导盲犬的训练和服务。

另一方面,实现导盲犬的社会功能本身也需要一个过程。在台湾,从1992年设立第一所导盲犬学校起,用了十二年时间才促成保障导盲犬权益的法律通过。从此,台湾本岛的盲人和导盲犬同行出入各种公共场所,搭乘各类公共交通工具都不得被拒绝。城市的公共性从此才真正向盲人开放。在大陆,需要做的事情真的很多。而一个冷酷的事实是:盲人、残障人群在很大程度上被排除在城市公共空间和社会生活之外。

比如,尽管许多大陆城市现在已经铺设了盲道砖,但若盲人真的"踏砖而行",必定会撞上乱停乱摆的车辆、杂物、电线杆,甚至会误入"陷阱"——失足掉进缺失井盖的下水道。在广州,笔者曾多次目睹盲人被公交车拒载。不久前,某地还传出盲人群体因被长年拒载而愤起破坏公交车的新闻。而城市里大量存在着汽车、自行车违规、横冲直撞、抢占人行道的现象。在如此凶险的滚滚车流面前,孱弱的盲人牵着不知所措的导盲犬,如何能应对城市扑面而来的挤压?如此种种,导盲犬的法律保障绝不仅仅是保障动物的特殊权益,它首先关系到残障人士作为普通市民的普遍权利。

我们的城市像个充满挑战的立体冒险岛，遗憾的是弱者只能在他们单调狭隘的线路上来回摸索。导盲犬能否行走在我们的城市空间，除去组织、法律的因素，更重要的也许还决定于盲人空间的多少——城市社会对盲人和其他残障人群的接纳程度，对弱势群体利益的维护力度。否则，一位中国盲人即使在2008年有幸获得一条合格尽职的导盲犬，那么当安定祥和的残奥会结束之后，他却可能因缺乏就业、教育机会，缺乏社会交往，再无处可去。至于他的那只白金一样稀贵的导盲犬，每天耷着脑袋，在安静的小区安静地散会儿步……

——上街吗？

——Sorry，我得了城市恐惧症。汪！汪！（原刊《市民》2006年第1期）

"小就是美"：从简单生活到和谐世界

广州商人张先生，去年某日开车路过丛化的一处村庄，发现村中极富特色的老宅群落大都荒弃，村里的年轻人纷纷在村外的国道边起了新楼。曾经自驾车旅游多次，对徽州、婺源、乌镇的民居风情憧憬已久的张先生，顿时激动难奈，几番沟通之后，买下了其中一座三进大宅，略加改造，把广州的房子留给孩子，和妻子便在丛化乡间扎根下来。当朋友们来到他的农村新居，在有三进院子的大宅里，无不感受到久违的静谧、清新、简单和满足。年初，张先生又提出了一个新的设想，有心承租周边的抛荒土地，尝试一把"小就是美"的"新小农经济"。

厌倦了都市生活的张先生，在广州远郊开始了一个属于他自己的"新小农生活"，但能否经营成功那一亩三分地，谁都没有把握。他的不少朋友虽然有意步其后尘，搬回农家大屋，但鲜有愿意弃商务农者。而更多普通的乡间小农，虽无温饱之虞，却要承受乡间生活的重重压力和进城务工的辛苦，小则小矣，美却未必。

在城市消费主义高涨、农村贫困和治理问题依旧严重、城市化进程侵害农民土地权益的背景下，张先生选择回归农村的简单生活，究竟只是富裕农村旧宅荒芜所致，还是城市中产阶级郊区化的开始，或者无意间也能为新农村建设及和谐社会找到一条进路？显然，有太多的障碍和不确定困扰着"小就是美"的中国前景，需要我们仔细思考。

"小就是美"的生活模式

Small is beautiful！1973年，中东石油危机爆发，全世界都处在油价飞涨、能源短缺的滞胀恐慌中，E. F. 舒马赫的《小就是美》应运而生。三十多年后，提出的这一哲学，已经不仅仅局限于小企业经济学，而成为一种简单生活方式和社会模式的实践，在欧洲、非洲和亚洲的许多地方蔚为潮流。近年来，中国的许多环境NGO也开始引介其中包含的可持续发展、反消费主义、佛教经济学等理念。

"人是渺小的，所以小就是美的。"德裔的英国著名经济学家舒马赫，曾经与经济学大师凯恩斯和加尔布雷斯共事过，二战期间参与英国政府经济动员的工作，战后则担任过负责德国重建计划的英国控制委员会的总统计师和长达二十年的英国煤炭公会的主要经济顾问。如果没有1955年的缅甸之行，如此职业经历无疑将塑造一个不折不扣的国家统制经济主义者，但是，缅甸的佛教哲学却改变了一切。

其后，舒马赫提出了佛教经济学："与现代经济学将消费当作一切经济活动的结果和目的不同，佛教经济学视文明的本质为人性的净化。人性则由人的劳动塑造。而劳动，在符合人的尊严和自由的条件下，祈福劳动者和劳动产品。"在他看来，现代工业消耗太多却贡献甚少，所以，经过对许多发展中国家的考察，他宣称，"利用当地资源生产来满足当地需求是最理性的经济选择"。

最好的例子，是舒马赫倡导的"中间技术"，就是适应农村需要的实用简单技术。舒马赫本人于1966年创立了非政府组织Practical Action，促进在世界各地开发和推广各种中间技术，比如在非洲国家推广的三轮人力车，在印度推广的人力泵，在南亚和尼泊尔推广的小水电，在东非推广的太阳能灶和节能灶，等等。这些"小就是美"的发展模式最终影响了联合国及更多NGO在全球更大范围内的扶贫开发，包括支持中国甘肃地区的水窖项目等。

不仅如此，在上世纪七十年代的世界环保运动潮流的推动下，"小就是美"

吸引了欧洲越来越多的普通人。他们在日常生活中身体力行，志愿过着简约的生活模式。他们选择自行车和公共交通作为日常交通工具；他们鼓吹更多地利用风能和太阳能；他们自己动手——do it yourself——DIY理发、装配家具、修理房子；他们花更多的时间与家人朋友待在一起、互相照顾；他们建立互助的消费合作社，住房储蓄合作社，甚至农场公社；他们发起并参与"绿色政治"，促进生态资本主义的转变……

"小就是美"的经济模式

克劳迪亚餐馆，位于德国北威州东部"酸地"风景区小镇 Hilchenbach-Lützel，紧挨着 B62 公路，离景区著名的徒步旅游路线"红发道"的主路只有几百米距离。笔者去年初徒步旅行经过这家农舍时，惊讶地发现，这家餐馆的女主人克劳迪亚祖上世代都是农民，现在改为餐馆的小楼也是一百多年前盖的。除了餐馆，克劳迪亚一家还经营着另一栋六间客房的小旅馆，一年四季都有前来度假、徒步、滑雪和骑马的旅游者入住。当天是周一，餐馆的休息日，也是克劳迪亚和她的丈夫整理马厩、做些杂活的时间。笔者数了一下，在相邻一栋独立马厩里养着五匹赛马，而紧靠餐馆墙边的仓房里，有四匹拉车用的驮马，还有五、六匹马驹，这些矮种马是孩子们的最爱。另有三条狗，两条拉布拉多犬，一黑一白，和另一条叫不出品种的小狗，在主人打扫马粪的时候，围着拖拉机相互追逐。四头成色不一的成年猫则静静蹲在仓房的各个角落，看着外头的雪景。不远处，是克劳迪亚一家的牧场。牧场不大，一条小溪从牧场边流过，克劳迪亚的两个孩子正在雪地上玩得高兴。

这就是典型的德国农村模式。小农户们或者多种经营、开发旅游观光，或者专业化种植、养殖，栽培葡萄酿酒，在大资本时代都生存下来，有着城市中产阶级们羡慕的收入水平和健康的工作方式。当然，这间小镇的居民也已经不都是农民了，一百余户住家只剩下四户还在从事传统的养殖与种植，其余大多要么搬进附近城里工作，要么就是附近城市居民移居到乡下，甚至还有远在百多公里外的科隆人搬到这。

除了富裕的小农户阶级，在德国的城市社会生活中，处处可见"小就是美"有关的制度安排和创新活力。

截至2001年，德国有大约三百三十万中小企业，虽然总销售和投资都不及全部企业应税收入的一半，却提供了全德百分之七十的工作机会和百分之八十的培训机会。其中，最富特色的莫过于三千多家小啤酒厂，因为地方消费者的执著口味顽强地生存；还有数量更多的手工作坊，从事各类手工工艺品和奢侈品的加工，更依赖有闲阶级的审美趣味对这些精细手工耗费时间价值的肯定。相比之下，反而是普通中小工业企业，近年来深受劳动力成本过高的困扰，难以抵御中国廉价品冲击。而大型企业的转移生产和裁员、工会的僵硬工资政策对高失业率则负有更多的责任。

私人诊所：德国有两千多各类医院，以提供二、三级治疗为主，大部分德国人的日常门诊都在数量更多的私人小型诊所进行。小型诊所因此创造了将近八十万的从业规模，仅比医院的医护人员规模略低。更有意义的，因为在小型诊所工作的执业医师与患者关系较为稳定，事实上承担了全民私人保健医生的角色，不仅依靠较为优厚稳定的待遇吸引了优秀的医生独立执业，也在结合德国社会医疗保险体制的前提下，很好解决了医患双方信息不对称的问题。

作为易趣网在欧洲最大的市场，新兴的互联网交易为德国许多个人和合伙企业创造了新的收入机会。为此，德国邮局从2002年1月起在四十三个城市建立了自动包裹站（Packstation）网络，提供二十四小时的免费包裹自助服务，填补邮局服务终端的空缺，不仅促进了网上店铺的发展，也随后吸引了Quelle、QVC这类大型邮购、直销公司以及西门子、德国电信等商业巨头的加入。

在德国这个大资本、大工会与强政府间存在紧密法团主义合作的莱茵资本主义模式中，尚有"小就是美"的生存空间，足证"小就是美"的经济模式不仅适合发展中国家，也完全可能与发达的市场经济和谐相处，嵌入在人类普遍的社会经济网络中。

"小就是美"如何改变中国

尽管我们有着两千余年的小农经济史，有着与"小就是美"哲学极为相通的儒、佛、道文化传统，但是，面临官商垄断资本和国际资本在经济空间的压迫与威权体制在社会政治领域的控制，小而美的天然载体——四亿小农，却似乎被排斥在市场经济主体之外，从曾经的市场改革和政治改革先锋变为偌大一个"社会弱势群体"。

即便主张坚决维持小农现状的著名三农问题专家、人大教授温铁军，也否认小农的市场深化——农村合作金融的可能；另一发展中国家农村问题专家、北大著名政治学者潘维，则强调国家干预在改造农村的主体作用。小农主体曾经的历史贡献在主流经济学理论的重工业化战略中被牺牲了，由"小就是美"模式改造现代化的可能，在今日都市消费主义和大资本垄断的喧嚣中也许会被再次淹没。

然而幸运的是，当世界原油价格上涨创下每桶七十四美元的历史纪录，当中国成为世界第二大石油消费国，当中国领导人四处奔走宣扬和谐世界、反制中国威胁论的时候，"小就是美"作为一种可能的普遍的生活方式与经济模式，可能更改中国威胁论的基本前提架设。

在大国和平崛起的历史中，1822年的美国曾经经历了一次同样的选择。了解自由价值、经历过独立战争的最后一位总统——门罗，提出了"门罗主义"——先于梭罗的《瓦尔登湖》，这一"小就是美"的政治打消了欧洲强权对美国的疑虑，也为美国的崛起赢得了时间——虽然1822年的美国，仍然一半奴隶，一半自由人。

今天的中国与1822年的美国面临着几乎同样的情境：如果中国继续照搬美

式消费主义,并且以此维系美国本土的消费资本主义,需求飚涨的持续不仅必然改变世界的资源分配格局,而且这一变动效应可能远非中国实力上升所及,外患难免;背后则是中国的小农或者小知识分子以及更多的自然人,他们并不拥有自己的土地、财产权,也不拥有自己的知识产权,无法公平获得基于资源禀赋的的初次分配,内乱丛生。

"小就是美"的制度基础正是私有财产权,也是牵动今天中国政治社会神经的物权法立法争议的所在。这一公民权利,是普通小农或者小知识分子保持社会尊严,成为市场经济中独立市场主体的前提,也是普通小农产品能够跟有闲阶级的审美进行交换的时间价值基础,也是无论普通小农,或者小知识分子、市民阶级和有闲阶级相互间交换简单生活和简单经济的中介,还是联结国内资源公平分配与国际资源公平分配的纽带。由生产而生活,由审美而需求,由权利而价值,由民主而和谐。"小就是美"将不再是梦!(原刊《市民》2006年第6期)

雷妮·瑞芬斯塔尔：我不是希特勒的女孩

2003年9月8日晚上，在慕尼黑郊外的一座院落里，一个孤寡老太太平静地停止了呼吸。第二天，全世界的报纸都登载了"希特勒最后一个御用导演辞世"的消息。几天后，在附近的一个小教堂里，孤老太太被悄悄焚化，然后掩入土中，最终消失。没有子女守灵，也没有牧师的超度。在这个世界上，雷妮·瑞芬斯塔尔不屈地呼吸了一百零一年，直到最后一个指控者也不免沉默。然后她撇下整整一个世纪充斥着传奇和争议的人生，让人自去评说。

"女超人"的艺术生涯

1902年，雷妮·瑞芬斯塔尔出生在柏林的一个富商家里。她学习过绘画和舞蹈，二十二岁时违背父命从事舞台演出。可惜就在舞台新秀雷妮·瑞芬斯塔尔刚刚获得关注时，膝盖伤痛迫使她不得不终止舞台生涯。一天，在去诊所的路上，她无意中看到贴在地铁站上的一幅电影海报，那是阿诺德·范克博士执导的高山系列电影的一部——《命运之山》。这幅海报激发了瑞芬斯塔尔对高山电影的万丈热情。她在后来的自传里写道，"其后整整一周，我的眼前只有生动和峻伟的高山……"她忘记了自己的膝伤，给导演范克写信，毛遂自荐演他的电影。几个月后，膝盖手术成功了，雷妮·瑞芬斯塔尔也真的出现在雪山上

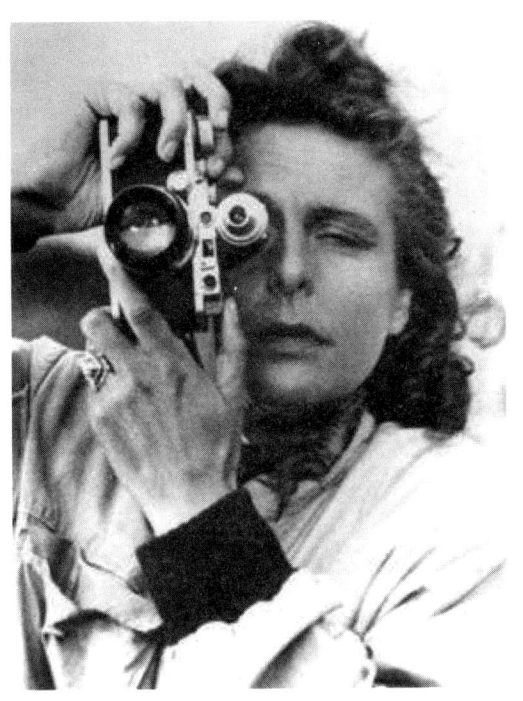

"女超人" 雷妮·瑞芬斯塔尔。

的拍摄现场。当时的气温多在零下十几度,而在没有什么保护措施的情况下,镜头中一个年轻女人冒着风雪奋力攀登。她的目光锐利如鹰隼,越过黑白的群山,望向巍巍压顶的高山之巅。

继处女作《圣山》(1926年)成功之后,她又拍了一系列高山电影。她在银幕上塑造的一个勇往直前、永不屈服的坚强女性形象,成为德国电影史的经典。而这个画面也似乎预示了此后雷妮·瑞芬斯塔尔始终与命运抗争的永不屈服。

以雷妮·瑞芬斯塔尔的强烈个性,她注定不只是作为一个单纯的演员,出现在水银灯下。她对于角色的理解甚至常常超越了导演的设计。于是,她有了新目标:自己拍电影。

1932年,雷妮·瑞芬斯塔尔的第一部自导自编自演的影片《蓝光》(Das blaue Licht)公映并获得成功。在该片中,瑞芬斯塔尔饰演了一个白毛女式的角色,她躲匿在深山里,最后发现了山巅的水晶石——意志胜利了。

而此刻，德意志民族也正感受着一种权力意志的兴起，第三帝国在孕育中。在希特勒对国家社会主义的鼓吹中，雷妮·瑞芬斯塔尔和同时代许多人一样，被希特勒鼓舞着。在奥得海边的一个小渔村，雷妮·瑞芬斯塔尔和希特勒单独见面了。他们在海边漫步，畅谈艺术、建筑和政治。告别时，希特勒的手转过雷妮·瑞芬斯塔尔的肩膀，有力地拥抱。"我觉得我被召唤，不能也不应该拒绝这种召唤。"在1987年的自传中，雷妮·瑞芬斯塔尔这样回忆当时的情景。

这样的会面持续了几年，有一次希特勒提出让她掌管全德的电影院，雷妮·瑞芬斯塔尔拒绝了。但是1933年，她还是接受了宣传部的任务，拍摄了短片《信仰的胜利》。1934年，雷妮·瑞芬斯塔尔受命拍摄即将到来的纽伦堡纳粹全国代表大会。希特勒给了她任何导演梦寐以求的条件：无限制的经费、一百多人的摄制组，三十多台摄影机同时拍摄。为追求影片效果，她创造性地使用了升降机，并通过节奏蒙太奇的剪辑手法，使影片产生巨大的视觉震撼。通过影片的画面，人们仿佛可以看到，一台升降机在主席台上的万字旗前缓缓升起，将党卫队的分列式和群众的狂热透过希特勒的背影收入全景，"一个民族、一个国家、一个领袖"的统一和力量的气势充满了镜头。这部片子《意志的胜利》被认为是纳粹宣传机器的杰作，足以让全世界感到恐惧。

1936年，雷妮·瑞芬斯塔尔在柏林。

《意志的胜利》使雷妮·瑞芬斯塔尔无可非议地成为希特勒最信赖的导演，之后另一部纪录片《奥林匹亚》则使她在电影艺术上达到了另一个巅峰。1936年，柏林奥林匹克运动会在纳粹甚嚣尘上的气焰中召开。雷妮·瑞芬斯塔尔被希特勒再次委任，纪录这次"胜利的运动会"。这部纪录片的拍摄创造了世界电影史的多个纪录。六十余名摄影师遍布赛场各处，仿佛1936年柏林奥运会的一切是冲雷妮·瑞芬斯塔尔的镜头而来。最后，拍摄的电影胶片长达四百公里！而雷妮·瑞芬斯塔尔用了整整两年时间，才从这些胶片中剪出上下两集共二百二十四分钟的片子，极其磅礴而且成功地表现了奥林匹克的运动之美和人体之美。1938年，《奥林匹亚》被奥委会承认为官方奥运会电影，并陆续获得了德国、法国、瑞典和意大利等地的各种电影奖项。就连斯大林也从苏联给雷妮·瑞芬斯塔尔发来了贺电，赞扬她对纪录影片的贡献。

被政治劫持的艺术

电影理论家们在分析希特勒对电影的偏好时，普遍认同电影是当时最佳宣传工具的观点。希特勒清楚地认识到这种光影交汇下的图像的力量。其实此时，新媒体电视已经出现，但希特勒对电视机小而粗糙的屏幕根本不屑一顾。相反，在鸦雀无声排排静坐的电影院里万众仰视着那一块巨大的幕布，这无疑使得阅兵式的威严被重现，被放大，充斥几近窒息的空间，最后被全盘接受，一千遍，一万遍。希特勒深知电影的这种威力，并在鼓动全民的舆论动员中有效地利用了这种威力。而正是雷妮·瑞芬斯塔尔，又创造性地将电影的能量发扬到极致，却天真地忽略了审美的后面却是法西斯的暴力。

二战后，雷妮·瑞芬斯塔尔受到占领军的调查和长达三年的监视居住。调查围绕着她和希特勒的关系以及她为纳粹拍摄的那两部惊世之作——《意志的胜利》和《奥林匹亚》，尤其是前者，它被指控直接参与美化和神化沾满血腥的纳粹暴政。

但是，雷妮·瑞芬斯塔尔始终不愿意承认她对纳粹的宣传。她争辩道：

1939 年，雷妮·瑞芬斯塔尔在波兰。

"《意志的胜利》是一部政党大会的纪录片，别无其他。它与政治毫无关系。因为我拍摄了事实发生的，我也不加任何评论，任由它升华。我尽力将当时存在的气氛，通过画面表达出来，而不是通过一个旁白的评论。为了让这些没有解说的画面容易被理解，镜头语言就必须非常好、非常清楚。画面必须能代人说话。因此，这不是宣传。"

雷妮·瑞芬斯塔尔所指的这种刻意强调的图像语法，同样在清晰地组织着《奥林匹亚》的画面语言。在该影片中，被宣传部长戈培尔一再勒令减少的黑人运动员镜头仍然被瑞芬斯塔尔坚持保留，并被令人印象深刻地大量运用。

《奥林匹亚》在电影美学上是如此出色，这使得多数人善意地放弃了对该片借表现体育精神达到宣扬纳粹德国的客观结果的追究。1938 年 11 月，雷妮·瑞芬斯塔尔奔赴美国，推广这部纪录片《奥林匹亚》。尽管在她到达当晚，纳粹德国发生了迫害犹太人的著名的"水晶之夜"，而遭到当地媒体的共同抵制，但在她成功举办了一个记者观摩会后，连好莱坞最尖刻的评论家也对该片充满赞誉。《洛杉矶时报》评论道："该片是摄影的胜利和影像的一个史诗！与谣言相左，这绝不是一部宣传电影。如果要给某个国家宣传的话，它的作用只能是零。"

历史缝隙里的个人悲剧

雷妮·瑞芬斯塔尔终其余生都在为自己辩护，捍卫自己忠实于艺术的行为。她声辩自己从来不是一个纳粹党员，直到战后在军事法庭上才第一次知道了纳粹的种种暴行。巴符州一个非纳粹化法庭1949年认可了这种说法，撇清了她和纳粹及希特勒的可疑关系，承认了《意志的胜利》只是一部纪录片，雷妮·瑞芬斯塔尔只是纳粹的"跟跑者"。

但是，关于雷妮·瑞芬斯塔尔的种种谣言、猜测从未停止，甚至从1934年瑞芬斯塔尔为第三帝国拍第一部纪录片《信仰的胜利》时就开始了。当时，一旁冷眼相看、不无嫉妒的宣传官员们私下里称她是"半个犹太人"、"希特勒的情人"。1938年瑞芬斯塔尔的美国之行，《底特律新闻》把她称作"希特勒后面的女人"。此外，在1940年拍摄《低地》（Tiefland）时，瑞芬斯塔尔从集中营找了一些吉普赛群众演员，并口头承诺为他们争取自由。不幸的是，这些人中的大多数还是死在了集中营。这个事件使她遭到受害者家属的起诉和美国著名文艺批评家苏珊·桑塔格的激烈指责。

几乎没有人在乎她的声辩或者法庭调查的结论。当她去世的消息传来，世界大多数媒体的标题仍然冠之以"纳粹女导演"。她是谁？真相，die Wahrheit，到底是什么？也许并不重要，跟谎言一样，这些社会存在都是社会构造的结果，决定于社会交往的方式。雷妮·瑞芬斯塔尔就是这么一个被她自己，也被世界制造出来的公共符号，一如其"没有政治"的艺术，最终参与了一场谎言政治和暴力政治的构造。

在这个意义上，雷妮·瑞芬斯塔尔的悲剧毋宁是一个现代性的悲剧。而她用整个后半生来为其曾献身的现代性辩护，仿佛重演堂·吉珂德向风车挑战的悲剧。对瑞芬斯塔尔来说，战争没有结束，悲剧也没有因为她生命的终结而终结。虽然在她一百岁生日的时候，面对记者，她说，早在1939年，她的生命就结束了。那一年，雷妮·瑞芬斯塔尔随军进入波兰，被战争的血腥惊哭了。

所以，认同政治，这个被后现代主义者奉为至宝的概念，如果只是停留在认同（identity）而非认知（recognition）的话，就永远无法认知并且接受差异和不完美。雷妮·瑞芬斯塔尔的悲剧也许就是因为陷入了高度认同的幻觉，审美的愉悦牢牢占据了她的历史记忆，置换掉一切不和谐的，从而于她而言似乎就不存在的他人的苦难和历史的全部。如此现代和狂飙，和二十世纪人类的集体记忆再也无法分离。

不过，虽然雷妮·瑞芬斯塔尔电影所代表的法西斯暴力美学——如苏珊·桑塔格所批判的——代表了认同政治的最高境界，当政治"进化"到了审美的高度，与艺术的界限难以划分的时候，其中鲍曼所说的现代性自身蕴含的自我毁灭也必然引致这种审美政治和现代性的终结。所以，雷妮·瑞芬斯塔尔的原罪也许确非她个人之过，谁又能因为电影《波将金战舰》对革命风暴的渲染，而将苏联的大屠杀和最后的垮台归到爱森斯坦身上？或者因为一部《一个国家的诞生》，而将美国南方3K党二十世纪初的复苏归咎于其导演格里夫斯呢？艺术本身也许是无辜的，罪魁应该是这种将艺术政治化，然后美化政治，为放纵理性构造虚假社会共识的现代政治之恶。

我想看到，仅此而已

战后，雷妮·瑞芬斯塔尔被指控入狱，从不屈服的她极力申辩，甚至有一次还成功越狱。直到1952年，雷妮·瑞芬斯塔尔才恢复自由，但她的电影创作仍受到限制，她也学会了逃避是非和自我流放。她远赴非洲内陆，后来又潜入海洋深处。她在世界的边界行走，借以将人世间的是非荣辱一抛脑后，偶尔从海底吐出几个泡泡，告诉世人——她不忏悔，也不停止，她在开辟她的美丽新世界。

二十世纪六十年代，雷妮·瑞芬斯塔尔扛起摄影机和照相机，深入苏丹南部努巴人部落，去发现另类的人体之美和野性之美。她的摄影作品在《国家地理杂志》上发表——和她的电影一样，再次引起轰动。二十世纪七十年代，雷

二十世纪六十年代，雷妮·瑞芬斯塔尔在非洲。

妮·瑞芬斯塔尔以七十岁高龄考取潜水执照，转向水下摄影。在她百岁生日之际，她的最后一部电影作品《水下印象》也终于公开放映。这部片子是她在近三十年间两千多次潜水经历的浓缩，她镜头里的海底世界依然那么绚烂多彩、令人向往。片尾似乎重复了七十年前《蓝光》的暗喻，雷妮·瑞芬斯塔尔在巨大的光环中浮出海面。

这个暗喻，几乎再现了经济学家熊彼特对资本主义本质的概括——创造性毁灭。这也是雷妮·瑞芬斯塔尔的一生,在经历了无数次传奇——既有从雪崩和九十七岁时的飞机失事中生还,被数次投入监狱和精神病院,被战争法庭审判,也有成为高山电影明星、世界上最有争议的女导演,只身探险非洲和水下世界——似乎永远行走在生命可能性的边缘,用自己的悟性和执著探索人生和艺术的边界。在九十岁生日上,雷妮·瑞芬斯塔尔突然说,近乎喃喃自语:"我想要看,仅此而已。这是我的生活。我想要看。"在她慕尼黑的家也即她的工作室里,收藏了瑞芬斯塔尔拍摄的数以万计的底片,漫长的如同岁月的电影胶片。在一次电视专访中,记者万分惊讶地发现,她的一间工作室里有一套正在工作的苹果视频工作站。"对,是我自己在学和用它来剪辑片子。"一百岁的雷妮·瑞芬斯塔尔微微颔首道。

德国导演雷·米勒,在执导的传记影片《图像的威力:雷妮·瑞芬斯塔尔》(1993年)里说:"她的天才就是她的悲剧。"尽管几乎可以肯定"她的悲剧毋宁是现代性的悲剧",尽管她在后半生似乎从未忏悔,雷妮·瑞芬斯塔尔的这种执著,却帮助她完成了反思,让所有人看到了一个当今被主流意识形态和话语霸权遮蔽的后现代主义的困境——后现代的反思只能通过现代性呈现出来。

当资本对媒体的控制连同好莱坞的梦工厂和CNN的新闻机器在后现代主义时代继续开动,即乔姆斯基所说的"制造共识",在那些继续为"英雄"的权力意志制造美丽神话、对现代性的困境无一丝自觉的前现代社会中,后现代主义的困境也许体现得更加深刻。

如此,无论对雷妮·瑞芬斯塔尔还是其他普通人,当活着只是一种个人的坚持,这种坚持、这种态度却也可能透现出社会、时代和主体的困境,有时候是一种双重困境——现代的和后现代的。然后,创造性毁灭才有了可能,生命或者活着,因此就有了意义。(原刊《南风窗》2003年第20期)

格拉斯：铁皮鼓手的陷落

8月11日，在接受法兰克福汇报采访时，德国著名左翼作家、诺贝尔文学奖获得者君特·格拉斯（Günter Grass）首次公开了一个惊人事实：十七岁时，他曾参加过纳粹党卫军！这一声犹如奥斯卡·马策拉特的尖叫，震撼了整个德国社会的神经。

作为德国最知名的左翼知识分子之一，君特·格拉斯于1999年获得诺贝尔文学奖，瑞典皇家文学院给出的理由是：他"用黑色幽默的寓言描绘出了历史被遗忘了的面孔。"写作对抗遗忘，是格拉斯全部著作标榜的宗旨，更因格拉斯本人代表着战后德国社会的道德标尺——然而他对自己少年党卫军经历长达六十年的隐瞒，引爆了德国社会对这一道德立场的怀疑：这个坦白，是否来得太晚？

"他描绘出了历史被遗忘了的面孔"

1999年9月30日上午，在吕贝克附近贝冷道夫作家格拉斯家里，响起了一阵电话铃声。乌特，他的第二任妻子拿起了听筒："噢，天哪！"那是斯德哥尔摩皇家学院送来的通知：君特·格拉斯获得了这一届的诺贝尔文学奖。

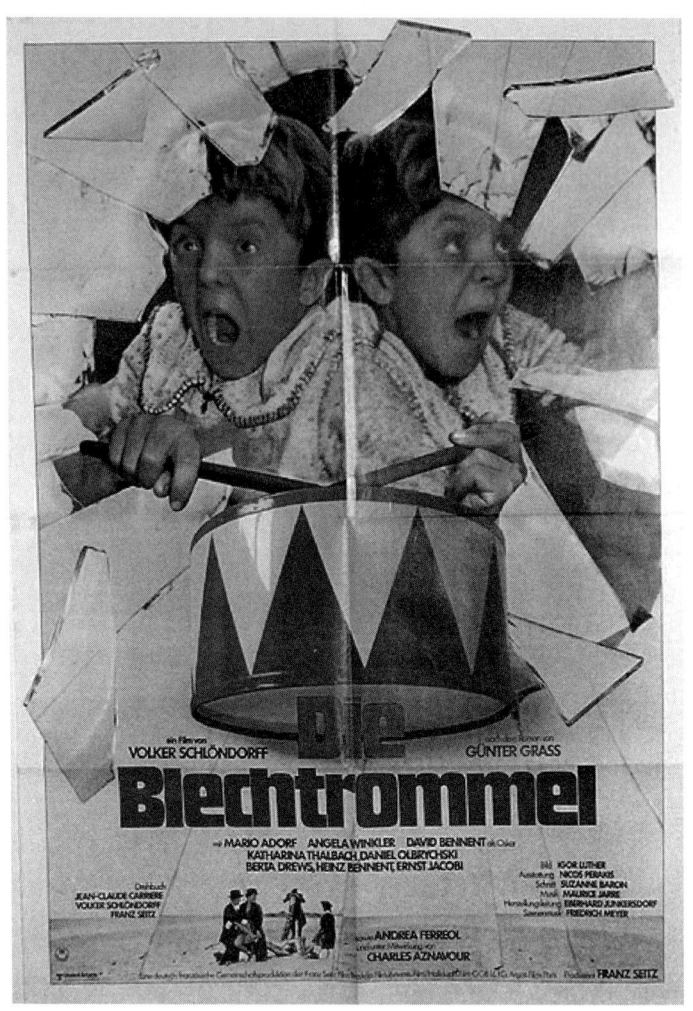

《铁皮鼓》电影海报。

事实上,对于世界文坛而言,这个消息并不意外。1959年,三十二岁的君特·格拉斯发表了第一部长篇小说《铁皮鼓》(Die Blechtrommel)。这是一部石破天惊的著作,格拉斯笔下塑造的荒诞、怪异的小侏儒奥斯卡·马策拉特形象,被认为是暗喻战败后的德国。之后数十年,伴随着铁皮鼓的密集鼓点,君特·格拉斯的声名传向了左翼运动风起云涌的广阔海洋。1979年,根据该小说改编的同名电影夺得嘎纳电影节的金棕榈奖,并于次年获得奥斯卡最佳外语故事片奖。至今，《铁皮鼓》被翻译成数十种文字，成为影射纳粹统治时期社会动荡的一部世界级经典著作。中国读者则通过胡其鼎 1990 年的中文译本和随后引进的电影，认识了小主人公奥斯卡——发誓永远不长大的小侏儒，并透过奥斯卡硕大惊恐的眼睛，重温了但泽地区纳粹统治前后的市民生活、爱情、性、战争和逃亡。

但泽，位于东普鲁士——今天波兰的格但斯克，格拉斯的出生地。在《铁皮鼓》之后，格拉斯创作了《猫与鼠》、《狗年月》，组成了《但泽三部曲》。1993 年，格拉斯被格但斯克市授予荣誉市民。在摘取诺贝尔文学奖的桂冠之前，格拉斯还获得过数不清的文学奖项，其中包括德语文学最高奖项——托马斯·曼奖。

格拉斯"用黑色幽默的寓言描绘了历史被遗忘了的面孔"——他是过去阴影的唤醒者，是善良人的精神领袖，是揭露企图逃避惩罚、遗臭万年的凶手的斗士。他的传记作家米歇尔·尤格斯（Michael Jürgs）更称他是"共和国的青面兽"。

社会道德的铁皮鼓手

奥斯卡·马策拉特的铁皮鼓声充满了魔力。在一次纳粹集会上，躲在看台下的奥斯卡逆着军乐队鼓点，敲响了铁皮鼓。顿时，纳粹的游行队伍阵脚大乱，直到最后变成了群众的狂欢！

奥斯卡的尖叫声更是充满魔力。他的每一次尖叫，玻璃都会砰然迸裂！

在过去的四十多年里，格拉斯本人也把自己塑造成一个永不疲倦的铁皮鼓手，任那丛标志性的胡子由黑渐灰，细小眼睛闪过更凌厉的光芒。无论从形象上还是从社会地位上，格拉斯就像德国社会的鲁迅，紧握着"公民作家"的利器，从没有放过对任何事件、任何人物的道德批判。

他评价，什么是善什么是恶，无论是关于纳粹、核武、恐怖主义、坏保，

君特·格拉斯。

还是中东战争、越战、海湾战争、德国统一与分裂,甚至关于世界杯足球赛,君特·格拉斯大步流星走在社会批判家队列的最前头,树起了德国社会道德的一支标杆。

除了在文学界享有盛名,精力充沛的格拉斯还活跃在战后德国的政治舞台上。1967年"六日战争"爆发,格拉斯参加了在波恩举行的反战示威;1983年,格拉斯与《铁皮鼓》电影的导演施隆道夫一起参加了和平示威;1985年,德国另一位诺贝尔文学奖获得者、著名左翼作家和诗人海恩里希·伯尔的葬礼上,格拉斯担当了悲痛的抬棺人;1988年,格拉斯在战后重返但泽,与团结工会领袖瓦文萨见面言欢。作为一个立场坚定的和平主义者和社会民主人士,格拉斯坚决反对北约在德国的土地上部署核武器。两德统一后,格拉斯更致力于反对逐渐滋长的仇外主义和新纳粹极右势力。

一场"茶杯里的风暴"?

格拉斯自陈后,德国舆论哗然。媒体和评论家们很快分为两个阵营。批评文章言辞激烈,指责格拉斯数十年以道德家自居,这份迟到的自白只能证明其立场的可疑和道德的虚伪。作家伊利斯对格拉斯表示失望,他对德国电台坦言,对他这一代人而言,格拉斯已不再是道德榜样,"他是个不可信的神经锯子"。

甚至,波兰前总统、诺贝尔和平奖获得者瓦文萨以及联盟党的政治家要求,取消格拉斯的格但斯克市荣誉市民和诺贝尔文学奖的头衔。

相反,德国历史学家汉斯·蒙森(Hans Mommsen)则认为,这些对格拉斯的批评"貌似神圣",但是在1944年夏末战争最后阶段,参加党卫军的征兵口号并不显得非同寻常,相比,现在公众对格拉斯的反应过激了。另一个历史学家但·丁讷(Dan Diner)觉得对一个十七岁少年的党卫军成员身份兴师问罪未免"显得太可笑"。《世界报》则在一篇《德国知识分子有晚忏悔的传统》中,认为格拉斯能在七十八岁之际剖析自己尚不算晚,同时挖苦其他媒体——在通常夏季无新闻的时节里,这些铺天盖地的批评更像是一场"茶杯里的风暴"。

在接受德国电视一台采访时,格拉斯曾保证从没放过一发子弹:"我被卷入党卫军,但并未参加任何犯罪行为。"最新一期的《明镜周刊》则动用了十五页的篇幅,派发十五名编辑记者之众,对格拉斯所陈述的那段历史,格拉斯曾服役的党卫军第十装甲师——弗伦堡师,以及格拉斯历来言论里关于自己的参军史,进行了地毯式调查,部分还原了1945年4月16日到5月9日党卫军第十装甲师的行进路线:在4月17日东部前线斯普仁堡发生的那一场难以形容的残酷会战中,德军和苏联红军都没有过多顾及平民的生命。涉嫌其中,就有小兵君特·格拉斯所在的党卫军第十装甲师,虽然,其部分单位因缺乏燃料而不得不退回南部。而在4月中到4月底期间,附近外萨克发生了数起大屠杀,几百名苏联和波兰战俘被杀害。

对此,《明镜周刊》不无严厉地评论道:"直到吐露真相那一刻,格拉斯还戴着一个漂亮的伪装：低级炮手。这多像一个无辜少年，被动地卷入战争，然后，勤奋，充满怀疑，毫无意识形态地，参与建设共和国。带着低级炮手这个名称，他就好逃脱干系，好使自己道德化。而在年轻的小辈面前，他更有资格摆谱。"

不能承受的历史之重

但格拉斯决意捍卫自己的清白。他辩白，他于1943年"自愿地"报名参加潜艇部队，却在1944年"非自愿地应征进入国防军"。到1945年2月末才加入党卫军的第十装甲师——弗伦堡师，1945年4月中在战地医院被美军俘虏。在上战场的短短七周里，格拉斯保证，他从没发射过一颗子弹，也没有参加任何的犯罪活动。倒是甫上战场就遭遇苏联红军的喀秋莎火箭炮轰击，整整二十分钟，他趴在坦克底盘下，然后，尿了裤子。当炮火停止，格拉斯提着尿湿的裤子从坦克底下钻出来时，发现周围已经没有多少活着的人，一个刚刚还在一起谈话、同时入伍的小伙伴也只剩下残肢断臂……

格拉斯加入党卫队的登记证和照片，右为格拉斯。

这段惨痛的历史，格拉斯甚至没有向他的传记作者尤格斯祖露。但是，他"一直要求自己，有一天在合适的时机对此公开"。一直以来，他都视参加党卫军的经历为自己人生的耻辱。他为此耻辱了六十年，反思了六十年，也品尝着自己的行为所造成的苦果。终于，他选择了自传这种形式，坦白了自己青年时期不光彩的经历。

在格拉斯最新的自传《在剥洋葱时》中，格拉斯公开致歉："所有五十年代的知识分子都明白，我们虽然不是直接的犯罪者，但也属于制造奥斯威辛集中营惨案的同一代人，我们的传记，因此也必定标上万湖会议的注脚。"1942年1月，就是在柏林的万湖会议上，诞生了罪恶的灭绝欧洲犹太人的计划。

万湖会议的注脚，几乎将整整一代人钉在耻辱柱上。但这一集体帮凶论是否也导致了今天媒体所追问的——为什么格拉斯迟了整整六十年才坦白？而不论个人情境，是否处于集体无意识状态、作为或者不作为状态，以至不论大恶小恶、卷入本身就被等同大恶，以至大恶结束之后的幸存者个体不堪承受，民族国家的传统和延续也被质疑。所以，我们在战后批判纳粹、同时也否认民族传承的民主德国，看到了历史观的扭曲，以及在这一扭曲之下，集体性再次遮蔽了个人卷入的历史，甚至在极权主义的土壤滋生了德东、前苏联地区的新纳粹。

对于另一个有着相同罪恶的犯罪与帮凶群体的国度，日本政治思想史学者丸山真男在《战争责任论的盲点》中曾经叙述说："各个阶层、集团、职业以及其中的各个人是怎么样通过自己的作为和不作为助长了一九三一年至一九四五年间日本的进程的，通过这个角度来选别每个人的错谬、过失、错误的性质和程度，问题正在于此。"

"历史是个堵住的马桶"

剥洋葱，一层一层揭穿，一层一层剖析。

君特·格拉斯的自传取名《在剥洋葱时》，继续了他一贯的冷峻和幽默。在接受德国一台的电视采访中，格拉斯强调，这个耻辱经历并不是这本自传的重点。这本书主要在追问自己的幼稚："为什么自己当初会这样深信希特勒宣扬的理念？为什么叔叔（也是波兰人）1939 年在但泽被杀害之后自己没有提出任何的疑问？为什么我的拉丁语老师在表达了对最终胜利的置疑后突然消失，自己也没有对此作出质疑？"

但是，沉默了如此之久，是否这才是合适的方式与合适的时机呢？稍早德国权威舆论调查机构 Forsa 进行的一份调查表明，只有百分之二十九的被调查者认为格拉斯选择了一个合适的时间坦白自己的往事。随着围绕格拉斯自白的媒体讨论的深入，根据《焦点周刊》委托进行的一项最新调查，百分之五十四的德国人对格拉斯的行为表示理解。其中，男性比女性们表现得更宽容，而年轻人似乎也比年长者更愿意"原谅"格拉斯的缄默。

对此，《明星周刊》的主编奥斯特科恩（Osterkorn）评论道，尽管没有任何证据表明，格拉斯在党卫军第十装甲师（弗伦堡师）服役时曾经参与任何犯罪行为，但是，这个曾经对几乎一切事、所有人进行评判并永远保持道德正确的人，这个有着德国社会良心、喋喋不休的方形脑袋的铁皮鼓手，六十年来却不曾鼓起勇气，对自己生涯中的一个小污点进行自我揭露。但如果他早这么做了，这只会让他多年一直致力的对法西斯和民族狭隘的批判更令人置信。不仅他的传记作者尤格斯这么认为，他的小说《蟹行》也证实了这一点。在这本 2002 年出版的、同样以但泽逃难人群的最后命运为主题的小说中，君特·格拉斯写道："历史，更确切地说，我们卷入的历史，是一个堵住了的马桶。我们冲啊冲，屎却越冲越高。"

如今针对格拉斯的"屎"盆扣来。这个不知疲倦的铁皮鼓手必须面对朋友和敌人的诘问：为什么遗忘？为什么坦白来得这么晚？为了那被他预见了的诺贝尔文学奖？或者，格拉斯就只想独自支配对他个人形象塑造的权力？如果这团"屎"——他的党卫军成员历史在他死后才被公开，那么他一生的事业尽将摧毁。奥斯特科恩认为，格拉斯的坦白，虽然迟了六十年，却仍然明智。

洋葱正在剥开

洋葱才剥开一片，世界打了个响亮的喷嚏。格拉斯的最新自传《在剥洋葱时》原定9月1日上市，但哥廷根Steidel出版社借机提前出摊。第一版十五万本已于8月16日全面上架，立即窜上畅销书排行榜第一，出版社赶紧又加印了十万本。或许将与他四十年前的巨著《铁皮鼓》一样，这本关于他青少年时期经历的那段困惑，对人性的自我剖析，也将在今天对战争与罪恶几近完成忏悔与自赎的德国社会，再造洛阳纸贵的情形。

在接受北德电视台采访时，君特·格拉斯说，他作为一个作家和公民所做的一切努力，足以补偿少年时在纳粹时期被卷入的历史。他也相信其一向宣扬的政治观点的可信度不会因此大打折扣，在一个民主社会里，"我会继续以一个作家及公民的身份，畅所欲言"。（原刊《市民》2006年第5期）

卖淫的合法化还是去罪化？
——一个女性主义的视角

从 2005 年初开始，随着著名社会学家李银河明确提出"性工作者非罪化"之后，规模庞大却呈灰色发展的性产业应当何去何从，是否应当将卖淫业合法化，是否应当建立"红灯区"，在中国大陆的公共媒体尤其是互联网上引发了激烈的讨论。但是，绝大多数参与讨论者尽管对腐败、暴力、贫困、色情等诸多社会丑恶现象有相当的共识，但也许并未真正了解"非罪化"或者合法化的含义及其后果，对道德、法律、女性、权利等社会概念的理解存在巨大鸿沟，很难得出一个清晰的社会共识。

卖淫合法化：本来不是问题

卖淫，这个世界上最古老的行业，几乎和人类文明的历史一样古老，其合法性似乎从起源时代开始就不是一个问题。在中国，春秋战国时代的管子创立的官妓制度，虽然在清朝年间一度中断，但一直延续到 2001 年 3 月台北市正式废除公娼，才算终结。管子则被娼寮业者奉为祖师。

而更早在三千七百多年前的《汉谟拉比法典》中，就记载了女性一生必须为神庙贡献一次的义务。至今，人们仍然能够在巴黎卢浮宫中看到这一法典。

卢浮宫是中国旅游者欧洲行的必到景点，他们虽然鲜有留心这根刻满楔形文字的黑色玄武岩石柱，却很少会错过著名的"红磨坊"，或者汉堡、阿姆斯特丹的红灯区。在整条性产业链中，红磨坊的色情舞蹈无疑位居高端，某种意义上甚至代表了欧洲人引以为豪的"高级文化"的一部分。当然，在红磨坊表演的女孩并不是妓女。2002年卖淫合法化之前，不少在德国的外国妓女也是以艺术家或者演员的身份取得工作与居留许可。

从自我认知的角度看，她们中的大多数已经不把自己看作"妓女"，而是"性工作者"。以德国为例，专职的性工作者大约有四十万，不包括那些偶尔为之或者业余妓女。她们中的百分之五十至六十在妓院工作，百分之二十属于"站街"的，其余的则在家中招待客人。她们跟普通公民一样，照常纳税、享受医疗保险和社会保险，如果遭遇顾客的过分举动，同样会报警。与社会高度融合的结果之一，德国每五个男人就有一个曾经光顾过妓院，或者买春。

她们全年要为德国经济创造约六十亿欧元的国民收入，若算进性产业链的其他，包括各类俱乐部、酒吧、某些桑拿房和天体营以及规模庞大的色情电影业，这个数字或许还要翻番。2006年夏天在德国举行的足球世界杯，不仅吸引了各国球迷前往观战，一条德国妓女不堪加班纷纷辞职的花边新闻，也引起了不少中国读者对欧洲卖淫业合法化的浓厚兴趣。

与普通中国人通常的资本主义腐朽没落的想象不同，欧美国家的卖淫业虽然有着悠久传统，但是长期以来处在社会的灰色地带。十九世纪末、二十世纪初，几乎与现代社会制度建立和普选权的实现同步，欧美各国普遍确立了禁止妓院的法律制度和道德观念，妓女的卖淫场所、年龄、街区和体检受到警察和卫生机构的严格管制。她们不仅被要求定期接受性病检查，还因国而异、因所在街区的意见而异，被限制站街或者限制街区。科隆曾经在全德最先实施了一项著名的试验，妓女只能限制在Gestemünder大街上从事卖淫。这也是通常所谓"红灯区"的来由。

合法化的问题

但自上世纪六七十年代以来，性解放浪潮和女权运动崛起给这一社会病态现象和虚伪的禁娼制度，带来了道德和政治层面的双重冲击，也引发了一场历经三十余年、围绕卖淫业合法化的公共讨论。在世纪之交前后，终于演成一股"卖淫合法化"的浪潮——1984年澳洲维多利亚省开卖淫合法化先河后，荷兰于2000年、德国于2002年先后通过法律，承认妓院的法律地位，保障性工作者的合法工作权利。2003年2月，澳洲墨尔本一家名为"每日星球"的妓院，成为世界上首家公开上市发行股票的妓院。

支持卖淫业合法化的理由很多，大多源自经济学的假设，有一些为小范围的经验所证实，也是主张卖淫业合法化的主要根据。主要包括：

一、保障公共健康。这当然是从保障嫖客健康的角度来说的。主张合法化的意见认为，合法化之后，性工作者的例行体检将更严格，性交易时妓女也更可能拒绝不守法使用安全套的买春者，结果，性传播疾病（STD）的风险也随之降低。俄罗斯也许是一个很好的反例——有数据表明，每两个俄罗斯妓女中就有一个是HIV艾滋病毒的携带者，谁都很难否认这和俄罗斯混乱无序的卖淫业没有关系。

二、有助控制产业规模和有组织犯罪。给妓院核发营业牌照，然后严加管理，被认为可以鼓励妓院所有者的正当经营，而不是依靠黑社会来看场子、买卖妓女。

三、消除腐败。这一观点早已被其他管制失败案例反证，比如上世纪二十年代美国政府执行的禁酒令。后来的研究发现，纯粹清教徒主义的禁酒令不仅没有达到禁酒的效果，最后以失败告终，而且培养了政府部门的腐败，帮助黑帮通过贩卖私酒壮大起来。在中国，据有关部门不完全统计，1984年全国查处卖淫嫖娼人员一万二千二百八十一人次，到1989年突破十万，到1998年累计超过二百三十七万，但是越抓越多，抓嫖扫黄甚至成为许多地方政府机构的一大财源，警务人员直接、间接参股娱乐业也成为主管部门屡次清查却难以禁绝的腐败之一。

四、保护女性。对于这一直接关系性工作者利益的问题，主流的女权主义者在最初也持积极赞同态度。他们倾向认同，通过提供身体服务换取报酬，也是女性的权利。而且，相比不确定的法律状态，卖淫合法化之后，性工作者的劳动权利得到保障，也能最大限度地减低卖淫女性遭受暴力和疾病的风险。

五、消除（女性）人口贩卖。同样，在合法化之后，女性自由地、志愿从事性工作，也被认为是消除或者抵销强迫卖淫的重要因素，结果将消除妇女买卖和与此有关的有组织犯罪。

这些理由听上去都不无道理。围绕它们，荷兰议会辩论了近二十年，几经政党更迭才最后废除了1911年的道德法案。但是，有关卖淫业合法化的争论并未停息，加拿大议会仍然在争吵不休。英国伦敦大学最近公布的一项跟踪研究成果证实，在那些合法化或者规制卖淫的国家，情况令人失望，合法化也许对改善性工作者的境遇并无帮助，合法化的社会成本和外部成本都是巨大的、上升的。他们的研究发现，合法性政策带来一连串始料未及的戏剧性影响：性产业蓬勃发展；性产业内部的有组织犯罪也大幅增长；童妓规模戏剧性扩大；外国妓女和童妓的贩卖偷渡爆炸性增长；针对性工作者的暴力也在增加，等等。

在最早推行卖淫合法化的澳洲维多利亚省，据当地警方及合法业者的估计，合法化后非法的妓院数目较从前增加许多，是合法妓院规模的四倍。荷兰警方最近调查表明，传统上被认为志愿从业程度很高的荷兰性工作者有百分之七十九想放弃这一职业。世界劳工组织（ILO）2002年的一份报告显示，德国的性工作者高达百分之七十遭受过暴力威胁。这一状况在2002年之后因为大量东欧强迫妇女的流入更加恶化。东欧国家的黑社会组织正把卖淫合法化的西欧国家看作天堂，每年源源不断地组织妇女偷渡，规模估计达五十万，她们当中百分之七十五年龄在二十五岁以下。德国的四十万妓女中，本国的从业者已经减少到一半以下，在越来越多的外来妓女的竞争压力下，北威州的服务价格甚至跌到三十欧元。

显然，在一个开放的经济体中，卖淫全面合法化的结果更像是一个政府设计的性服务业大发展，性工作者的境遇并未得到真正改善。她们虽然获得了合法卖淫的自由，却要接受涌入的外国同行的廉价竞争。而更大的社会代价是那些外国妓女的非法居留和工作，和随之兴盛发达的性产业和性文化对本国主流社会的冲击。

这些都超出了合法化政策的初衷。虽然合法化并不等于放弃管制，但对卖淫业的管制本身也面临着三重结构性制约：娼寮业者的机会主义，国家间的贫富差距，本国相关社会制度与治理能力。获得合法经营资格的娼寮业者，即使不出头，也会继续操纵有组织犯罪团伙强迫卖淫、贩卖和偷渡。而目前的边界管理和社会控制很难有效阻止跨国卖淫和人口买卖，这些活动流动性强，又因为国家间的收入差距必定要持续下去。特别是当合法卖淫作为核心、带动整个性产业成长到一定规模足够影响地方政治的时候，串谋、腐败等治理问题反而可能恶化，而不是改善。

如此看来，假设人们真的把卖淫当作一个社会疾病的话，合法化不仅不是一个好的治疗方案，倒更像一个肿瘤的催化剂。在德国、荷兰、丹麦或者澳洲，暴增的外国妓女和非法妓院让这一社会试验破产。这一教训同样适用于在一个发展中国家设立"红灯特区"的想法。在一些城市设立"红灯区"、实行局部的卖淫合法化，除了满足有产阶级男性的性需要，对性工作者来说，不仅不能改善，其总体状况可能更加恶化。

美国哥伦比亚大学和德国图宾根大学的两位经济学者 Edlund 和 Korn 几年前曾经发表一篇著名论文，后来得到媒体的广泛报道。他们在研究婚姻与卖淫的关系时发现，女性和男性的收入水平都分别与卖淫活动有着负相关关系。换句话说，人们越富裕，社会卖淫现象便越少，家庭也越巩固。这一理论也许可以解释为什么天鹅绒革命之后的捷克因为贫困而成欧洲最著名的"红灯国"，也可以解释在泰国、印尼、马来西亚和菲律宾，卖淫占 GDP 的份额从百分之二到百分之十四不等，但却难以解释为什么在日本、荷兰这样贫富分化程度较低的发达国家，卖淫业也如此发达。据国际劳工组织的估计，日本卖淫业占到 GDP

的百分之一到百分之三，荷兰的规模高达百分之五。

去罪化：另一种试验

问题在于，在合法化之外，是否还有其他的选择？李银河教授鼓吹的去罪化，其主体为性工作者，区别于实际上更偏向娼寮经营者、纵容嫖客的合法化政策，意味着保护性工作者免受刑事处罚，同时对施加暴力的另一方给与严厉处罚，从根本上解决卖淫的社会根源。

最早于二十世纪三十年代采取社会民主模式、一向在社会实验走在世界前列的瑞典，也是第一个实施去罪化政策的国家。几乎在西欧推行卖淫合法化的同时，1999年，瑞典议会通过了一部反其道而行之的法律，规定男人买春有罪，女人卖淫非罪。这一法律推翻了支持卖淫合法化理由的市场经济基础——男女间以金钱交换性服务是平等、私人的交易。同时，确立了一个新的道德原则，也是妇女卖淫去罪化的基础：嫖妓是男性对妇女的暴力侵害。

1995年的北京世界妇女大会上，美国加州奥克兰主持"妓女教育和研究"项目的法雷博士，公布了一个研究结果：在被调查妓女中，百分之五十七曾经在孩童时期受过性侵犯，百分之四十九受过暴力伤害；在卖淫生涯中，高达百分之八十二比例的妓女遭受过身体伤害，百分之八十三被武器威胁过，百分之六十八被强奸，百分之八十四曾经或者处于无家可归。这一状况与欧洲的类似研究结果相近。但是，法雷报告发表之后的十年，并未引起中国学界与公众的注意。深受经济基础决定论影响的中国社会主流意识，基本倾向于贫困才是大批女性卖淫的主要原因，卖淫不过是资本主义市场交换的一个形式，忽视了轻易被贫困现象掩盖的暴力问题，这个社会与伦理的深层问题。

因此，从女权主义立场，人们发现，卖淫绝对不是对婚姻的补充或者公平的市场交换行为，它既是男性对女性的暴力，也是资本主义的暴力体现，走私胁迫妇女卖淫是体现这一"生产关系暴力"的指标之一。以荷兰为例，1981年，有二千五百名妇女被走私运进荷兰成为妓女，1985年有一万名，1989年二万，到 1997 年高达三万。荷兰已变成世界上最大的妇女买卖目的地。现在的阿姆斯特丹，外国妓女的比例几乎接近百分之八十，其中的百分之七十并没有合法身份，而四十年前本地妓女的比例则占绝对优势的百分之九十五。同是卖淫合法化的丹麦，在过去十年间，作为人口走私受害者的国外妓女的数字翻了十倍。希腊的情况与丹麦相同。奥地利，百分之九十的妓女来自国外，每年被偷渡送进奥地利的外国妓女多达二万人。她们大多来自巴尔干地区，被黑社会组织以每人大约五百欧元的价格收购，到达西欧国家的妓院后，通常一个人每天要接客三十到一百人次。结果是，她们为这些国家的卖淫业创造了大量收入，在经济不算发达的希腊，2003 年卖淫业收入估计为七十五亿美元，跟德国的水平接近。

但在实施了卖淫去罪化政策后的瑞典，却出现了相反的趋势。从 1999 年到 2004 年，无论妓女规模还是国际妓女贩卖数量都急剧降低。斯德哥尔摩的妓女减少了三分之二，皮条客（俗称"鸡头"）则减少了百分之八十。在瑞典的几乎所有大城市，站街妓女踪影全无；在合法化时代一度名扬世界的瑞典妓院和色情按摩，也很难再看到了。同时，外国妓女的偷渡问题也基本消失。据瑞典政府部门估计，过去几年，偷渡进入瑞典的外国妓女或者童妓的规模大概仅约二百到四百人。与此同时，邻国芬兰的这一数字却是每年一万五千到一万七千人，形成鲜明对比。

从卖淫合法化到去罪化，女性主义不仅是贯穿其中的理论基础，也是瑞典本国女性主义发展、彻底实践男女平等的产物。要知道，直到目前，爱尔兰、意大利，还有美国的许多州仍然禁止女性随意处置女性体内胎儿的权力。而早在 1965 年，瑞典就率先修改法律，将婚内强奸视为刑事犯罪。当 1999 年瑞典议会通过卖淫去罪化法案时，议会内的几乎一半议员都是女性！瑞典各级政府机构中的女性雇员比例也几乎是世界最高的。

那么，那些消失的妓女都到哪儿去呢？瑞典政府提供资助的基金会为这部分愿意结束风尘的妓女进行再就业辅导和培训。受瑞典经验的影响，德国北威州政府和欧盟今年出资一百万欧元，支持一家新教基金会展开一项类似计划，帮助那些愿意离开卖淫业的德国性工作者转型就业培训，从事老人护理工作。德国的养老院和家庭老人护理行业，一直面临护工不足的问题。性工作者转型从事这项工作，心理和技能上都容易适应新的工作要求，待遇不错，是逃避外来竞争的诱人出路。相关社会机构将严格保守这些"转业护工"的秘密，防止那些接受看护的老头们提出什么过分要求。

回到中国现状，一方面性解放潮流正在形成，另一方面形形色色的夜总会、K歌房、桑拿、酒吧、发廊、按摩场所构成了一个或明或暗的卖淫产业，它们并不需要通过"合法化"为之正名。治安管理条例将卖淫与嫖娼两者都列为行政处罚对象，这是行政机关监管卖淫业的法源，但是在依靠罚款、以娼养警之外，警政机关并无行使任何实质的监管措施，比如保障性工作者的人身安全、卫生健康。另一方面，刑事处罚则限于容留、组织、介绍卖淫的"鸡头"，数百万甚至更多的性工作者因此同时面临嫖客暴力、鸡头剥削和行政负担的三重压迫，事实上担当了"公娼"之职。

在这一背景下，任何有关"卖淫合法化"政策的出台，虽然能够帮助性工作者免除国家义务，却无法缓解她们所受的另外两重压迫，也就是卖淫本身的暴力本质。即使这样，合法化意味着同时修改刑法和治安管理条例，其立法难度之大也可想而知。而唯有去罪化一途，采瑞典经验，才可能根本推翻压在性工作者身上的三座大山。在为性工作者去罪的同时惩戒嫖娼行为，既可能最大限度地保留既有法律体系中的合理传统，又因在中国法律体系中导入女性主义，不失为一次极有深远意义的社会试验，促进男女平等与社会和谐。（原刊《市民》2006年第10期）

社会民主是个好东西
——德国、瑞典模式新解

我们已经知道,"民主是个好东西",是人类政治文明历程中最为闪光的结晶。但是,一谈到民主,人们通常想到的就是自由第一、两党竞争、三权分立的美国模式,也就是宪政民主。这一民主样式虽然合乎人类政治文明传统,源自古希腊,但在教条的马克思主义者看来,宪政民主不过是近代资本主义发展的产物,是垄断资本的代理、为资本集中服务,并不能真正表达社会各阶级的利益,因而是虚伪的、不适合输入的。

最近二十几年,随着改革开放和党际交往的增加,人们对欧洲大陆的第三条道路,特别是北欧和德国的社会民主模式,产生了浓厚的兴趣。不过,欧洲社会民主模式具有多样性,比如民主社会主义、市场社会主义、福利资本主义、莱茵资本主义、斯堪的纳维亚模式,等等。面对如此五颜六色的标签,即使不是保守的教条主义者,人们也常常眼花缭乱而难以理解,简单地将其归之于修正主义与资本主义结合的产物。他们认为,这不仅有悖于某种正统,而且其福利国家政策想当然地不符合"国情"——尤其担心的,在民主选举下社民党随时可能丢掉执政地位而有政权不稳之虞。这是对社会民主主义的误解,但却是长期以来,一直到最近在关于社会民主的讨论中否定、害怕,以至拒绝学习社会民主的借口。

如果抛开令人既爱又恨的"美国中心主义",深入探讨欧洲社会民主的起源、性质和作用,比如德国和瑞典这两个社会民主样板,我们就能够发现,社会民主不仅仅是个好东西,而且相对于美国式的宪政民主,它代表的不仅是欧洲的道路,更是欧洲的社会主义者在百年实践中成功创造出的民主的高级形式。

社会民主是运动

大多数人对社会民主的最新一轮兴趣源于上个世纪九十年代中期欧洲政治的大规模"向左转",也就是英国工党、德国社民党等欧洲社会民主党先后赢得选举、登上执政地位的潮流。但是长期以来,中国社会深受以经济决定论和阶级斗争论为核心的教条马克思主义影响,对吉登斯所提的"第三条道路"的复兴通常抱着怀疑的态度。随着近两年德、法等国右派保守政党的上台,这一怀疑显得尤其强烈。甚至如冰岛这样的小国年初发生的政党更迭,竟然也在中国学术和媒体中引发"欧洲红旗(社会民主)还能打多久"的讨论。在他们看来,政权就是一切,社民党在野的社会是否还算社会民主是很有疑问的。这当然是一种无知。

如瑞典著名社会福利专家艾斯平·安德森所说,社会民主包含两个部分:一是社会民主运动,二是社会民主化。这两者都超越了社民党是否执政的问题,而代表着社会民主政治在社会、经济和政治范围内的全面结构化。社会民主运动可以追溯至十九世纪末在马克思主义内部产生的修正主义争论以及第二国际。相对于经济决定论和阶级斗争论为核心的教条马克思主义,在巴黎公社革命之后,以伯恩斯坦为代表的修正主义否认马克思关于资本主义崩溃论和无产阶级革命等待论的教条,强调对既存体制的渐进主义和改良主义的转型。在十九世纪九十年代至二十世纪的最初几年,伯恩斯坦修正了教条马克思主义者坚持的历史唯物主义和阶级斗争论,明确提出政治参与和阶级合作。

以德国为例,伯恩斯坦的这一主张最终改变了马克思正统主义者考茨基

(Karl Kautsky)，影响了1903年德国社民党德累斯顿大会以及社民党随后的选举胜利，也成为1904年阿姆斯特丹社会党国际大会的主轴。社会民主运动从此脱胎于修正主义的争论，正式形成，推动着欧洲社会党积极参与民主选举、传播社会主义理念，成为欧洲民主体制最可靠的伙伴。相对于《共产党宣言》中的"工人阶级无祖国"，德国的社民党坚持在民族国家的范围内通过改革运动和社会进步运动来推进社会主义、推进民主。即使遭遇1879年俾斯麦威权政府的禁党令，也未停止参加选举和议会斗争，对德国的最终民主化做出了关键贡献。一战后，作为民主化过程最重要的参与者，自诩马克思主义正统的德国社民党拒绝了伯恩斯坦二十世纪二十年代提出的"人民党"建议，回到了考茨基的经济决定论和保守的"阶级力量平衡论"，虽然赢得普遍欢迎，却也因此埋下了魏玛共和失败的种子。在1959年的社民党哥德斯堡会议上，面对战后新的政治格局——基民盟以及欧洲保守政党已经普遍吸取了大萧条和纳粹上台的教训，采纳了"只要有可能就计划，只要有市场就管制"的规制资本主义政策——德国社民党再次转折，正式放弃了社会经济国有化的目标，提出"社会主义只有通过民主才能实现，民主只有通过社会主义才能获得"的新的社会政治主张，为社民党不久后重新赢得选举奠定了意识形态基础。不断修正、永远改革成为欧洲社会民主运动最重要的动力之一。比如，英国工党可以因此在战后提出国有化方案，也可以在九十年代推行私有化和社会福利缩减政策，其中的理论冲突让步于改革主义。正是因为社会民主运动的存在，欧洲政治始终充满了民主和活力，这是相对于北美自由资本主义和苏联模式共产主义的欧洲第三条道路复兴的根本原因。

在瑞典，社会民主运动则直接体现为"第三条道路"的形成。这归功于灵活、不拘泥教条主义的瑞典社会劳动党创始人布兰亭。在一篇1906年的文章中，布兰亭提出，"马克思理论所基于的社会条件已经发生变化……其中原因发生在社会主义的政治活动中"。在他看来，阶级合作符合社会党人的长期利益，民主是他们的目标也是竞选口号，社会劳动党不仅是无产阶级的，也是"人民党"。

从十九世纪末开始，经历数十年的运动，1934年的选举中，因为关键的农民团体的支持，瑞典社会劳动党最终胜选、开始执政。而在稍早1933年关键的德国选举中，保守的农民和小业主是支持纳粹政党上台的最主要选票来源。

在两次大战当中，阶级合作固然是瑞典模式的缘起，但是，在瑞典社会党人看来，价值虚无主义才是社会民主最大的敌人。换言之，纳粹或者国家社会主义，虽然同样起源于修正主义和民族主义的结合，但是用德国社民党领导人倍倍尔的话说，更像是一帮傻子的社会主义，它是德国一战结束后价值虚无主义泛滥的产物。价值虚无主义之下，什么都是可以的，人民处在价值真空中，而国家享有最高的道德权威，反犹主义和军国主义因此泛滥。这种施密特式的价值虚无主义，不仅践踏民主，而且迫害社会，可能发生在任何社会，也就是汉娜·阿伦特所担心的现代社会中极权主义的危险无所不在。在某些国家，如果缺乏社会民主，自由资本主义的繁荣同样会带来价值虚无、消解民主价值、强化晚期威权。在美国，如已故美国哲学家罗蒂（Richard Rorty）在2006年7月几乎是他最后一篇题为《民主与哲学》的文章中断言，民主不只是言论和出版自由，不应当只保证选举结果的宪政民主却没有道德进步。在他看来，民主的本质就是平均主义，也就是社会民主运动所追求的社会公平。

因此，就社会民主运动而言，社会民主在德国、在瑞典，并无任何模式的优劣可言。它们都分别缘起两国的社会党人追求社会主义民主和公平、保卫社会、对抗价值虚无的政治活动。

社会民主改变历史

社会民主的另一方面是社会、经济、政治生活的社会民主化，代表民主的高级形式。在哥伦比亚大学政治学教授伯尔曼（Sheri Berman）2006年出版的《政治的首座：社会民主和欧洲20世纪的形成》（*The Primacy of Politics: Social Democracy and the Making of Europe's Twentieth Century*）这本书中，社会民主代表政治的本义,也创造了二十世纪的欧洲历史。这部历史分为二战前后两部分,战前以社会民主运动为代表,战后以福利国家体制为代表。

在两次大战的间歇,瑞典社会党通过社会、经济、政治生活的全面社会民主化,把社会民主的边界建造于社会内部,而不是边界,最终形成了与纳粹模式和东方共产主义模式相区别的第三条道路,并影响了整个斯堪的纳维亚地区。德国的社民党,不仅参与合作了十九世纪俾斯麦威权政府期间的有限民主和社会改革,而且主导了一战后魏玛民主的建立。

战后,众所周知,德国和瑞典的社会民主化形成了福利国家模式,追求平均主义和社会公平的福利国家也因此成为社会民主的载体和代理。两国福利模式的差异,通常也被中国社会等同于两个社会民主模式的差异。比如,瑞典社会劳动党在二十世纪三十年代竞选中提出的"人民之家"主张,给社会党长期执政的瑞典社会民主化打上了极深的集体主义烙印;瑞典的社会福利模式有着强烈的绝对平均主义色彩,社会、政治生活中呈现"强社会"模式。在两党制的德国,社会民主化以"社会国"纲领出现在基本法(宪法)和社会政策中,平行于体现自由主义的"法治国"概念;以劳动为中心建立起的社会保险和企业参与制的生产民主,与工会和大资本合作的莱茵资本主义治理模式平行。两者间的差异是前述社会民主运动起源阶段的斗争策略差异和历史差异所造成,即所谓路径依赖,一个偏重平均主义和社群主义,一个偏重劳动与法团主义。

但是,福利国家并不代表社会民主化的全部,社群主义和法团主义都是社会民主的体现,并无孰优孰劣之分。它们的社会政策以及福利国家模式不仅是历史的选择,更是共识政治的结果。因为,相对宪政民主意义上的议会政治——这一社会民主运动早期的主要形式,也是大多数人社会民主想象中的社会民主主义或者修正主义——共识政治才是后福利主义时代社会民主化最重要的政治形式,代表了社会运动制度化也就是民主的高级形式。

具体来说,略去裙带政治、捐款政治等所有技术性的负面因素不言,如罗蒂所言,美国的民主选举无论结果如何,失败一方总是尊重选举结果,没有人试图发动政变来改变结果——这固然是宪政民主的优越,但却难以改变社会意识的分裂,比如在堕胎、枪支管制、同性恋合法化、医疗保险改革等问题上,无法形成社会共识,推进社会进步。尽管美国的民权运动对美国现实政治产生过重大影响,但是这些美国社会运动的焦点问题,大部分都超出两党政治在选举、议会、私下的共同认识范围的,两党政客通常在选举中选择避开或者非常谨慎地选择其中一部分,但是结果只是彰显制度政治对解决这些问题的无力。

但是,欧洲的共识政治却以体制外的社会运动为基础,不断地将社会运动中闪现的议题转化为社会共识和政党共识,从而在理论上和现实中,社会运动都可能通过社会政治生活的社会民主化,影响制度政治的议程设置。

社会民主化运动本身就是这么一个从体制外而体制内的转型。自二十世纪六十年代社民党执政、新社会运动高涨以来,我们看到,学生运动在德国首先促成了七十年代初的大学改革和高等教育公平化;七十年代环境保护组织倡导的环保、反核,在八十年代之后,先后成为德国政府和各政党的基本政策。在瑞典,女权主义运动全面进入体制政治:六十年代瑞典通过了世界第一部反婚内强奸的法律,在1999年则立法规定卖淫无罪、买春属于犯罪。其时,瑞典议会的一半议员均为女性,瑞典的女性公务员比例也是全世界最高的。同性恋婚姻在瑞典早已合法,在德国,虽然会有教会保守人士或者老辈人对同性恋婚姻皱眉头,但并无人胆敢攻击同性恋政客,同性婚姻也在社会法框架内与异性未婚同居者一道享受生活伴侣的待遇。

如此等等,社会运动议题进入公共讨论,政党议题同样仰赖以促成社会共识为目标的公共讨论得以影响公共政治。各项社会改革政策,几无例外依靠着社会共识的形成而不仅是议会辩论。德国总理施罗德在任期间所推行的"2010议程"改革计划,其中的政党反对或者支持并不能用美国式的选民倾向来解释,盖因无法达成社会共识而告流产。

在上述过程中,社会民主化所改变的选举模式、媒体传播和社会运动的制度化是共识政治的基础,社会民主党内部的改革运动虽然不再以街头运动的形式出现,但是作为永远的改革主义政党运动,吸收或者中介着非体制政治进入体制政治。比如社民党的左翼伙伴——绿党的兴起,在社会民主的框架内,担当了各种新社会运动在议会政治内直接代理人的角色。哈贝马斯在六十年代末学运高潮时所言之公共社会的结构转型,即是这种社会民主化深化的深刻描述。

(原刊《南风窗》2007年第13期,原标题为《瑞典、德国民主模式新解读》)

"社会国"的终结？

——艰难前进的德国社会福利体制改革

改革引发社民党政治危机

2003年3月14日，就在柏林大街上涌动反战人潮的时刻，德国总理施罗德在议会大厦演讲中，第一次提出了社民党的"2010议程"，号召全面改革德国社会福利体制，提高国家竞争力。之后，随着"2010议程"的广告海报贴满德国的大街小巷，公众的不满情绪、反对党的杯葛、来自社民党内部和执政伙伴的反对却越发激烈。

一年来，德国公众对社民党支持率直线下降，社民党党员的退党人数超过六万，社民党先在10月的巴伐利亚州选举中失掉七十万张选票，得票率下跌十个百分点，今年3月的汉堡州议会选举中社民党更遭遇空前惨败，得票率仅百分之三十。施罗德自己也是伤痕累累，一家法兰克福小报趁机大肆渲染他的婚姻危机，一首讽刺他的说唱歌曲居然登上了德国音乐排行榜，今年3月科隆狂欢节的彩车上甚至出现了一具施罗德的大型裸体像。如此巨大压力下，虽然施罗德反复声明不会辞职，但他还是先行辞去了社民党党魁的职务，转由他的政治密友也是社民党的大内总管明特菲尔林担当起挡箭牌的角色。

反观从内容和方向上都大大"超越左和右"的"2010议程"改革纲领,一如施罗德所推崇的英国新工党模式,旨在摆脱经济停滞、促进就业和提高德国经济竞争力、拯救濒临破产边缘的社会福利体制,却招致几乎来自各方政治势力的非议,被视为向传统福利国家体制的挑战和德国"社会国的终结"。深入分析这一欧洲福利国家体制的重大转向及其社会抗拒效应,对中国正在进行中的社会保障体制建设和国家未来方向的思考无疑也有着巨大的意义。

"超越左和右"的"社会国"

战后德国建立的社会市场经济体制,或曰"莱茵资本主义",其"社会国(Sozialstaat)"理念是与国家对市场和资本主义的法团式控制同等重要的一大支柱,反映在德国基本法(宪法)中,是德国社会政策的基石和德国式福利国家体制的核心。

所谓社会国,指国家对若干基本社会价值的承诺,保障社会正义和社会公平。其一,包括德国基本法的第一条和第三条的人权至上原则和不分种族、肤色、性别、宗教、个人意见等的公民平等原则,这些原则贯穿在德国所有的法律,特别是劳动法之中,是每个德国公民随时维护自身权利、和德国法院特别是宪法法院在裁决权利和歧视争议时的基本依据。其二,国家有责任保护婚姻、家庭、母亲和儿童。据此,德国的家庭法和劳动法强调保障母亲在就业、工作和婚姻纠纷时的各项权利,家庭作为一个基本纳税单位也在税法上享受较低的税率,德国政府并普遍设立青少年办公室,管理青少年问题,直接干预每一个家庭的儿童权益保障,发放儿童津贴等。其三,促进"工作条件和工人收入的改善"也是国家的基本职责,基本法第十四条还规定了私人财产的使用必须有益于帮助社会和社会公平,极大约束了私人资本对社会权利的潜在威胁。勃兰特在二十世纪六十年代社民党执政期间据此推动了德国企业中工人和工会对管理的参与即"共同决定制"的形成。德国莱茵式的资本主义因而以利益集团间的协调成为法团主义统治的代表,构成德国社会国体制的政治基础。

这一富有"德国特色"的社会国理念和实践，可以追溯到十九世纪俾斯麦首相时代德国社民党领袖倍倍尔等人在1878年"反社会主义法"通过之后的不利条件下推动的一系列社会改革运动。这一改良性质的社会改革路线，是德国社民党参与和改造帝国议会政治的合法性基础，也为德国的民族和国家建设创造了新的空间，有助于加强帝国的权威和人民对国家的认同，因而得到"铁血宰相"的合作，最终产生了1891年的社会保险制度。这是世界上第一个社会保险即普遍退休金制度。一战后的魏玛共和国期间，工人委员会权利得到承认，也通过了保障失业的法律（1927年）。

1949年，德国基本法建立起"社会国"框架后，最富里程碑意义的莫过于基民盟（CDU）的阿登纳总理1957年完成的养老金改革，建立起与传统蓝领工人养老金制度平行的白领雇员养老金计划。这一1953年开始的改革，受到左、右双方政治势力的共同支持，以劳动贡献为基础的德国社会福利模式由此正式形成，区别于美国代表的社会援助体制和英国、北欧国家的普遍福利制度。德国战后的经济奇迹也由此开始，印证了瑞典著名经济学家米尔达尔1936年关于"社会政策是经济绩效前提"的论断。如此一来，在德国传统的经济自由主义及其政党对大众和经济政策影响非常有限，秉奉哈耶克和米塞斯思想的自由民主党（FDP）长期以来都只能作为"小伙伴"，夹在社民党和基民盟中间。

两德统一后，左、右政党都支持和迅速通过了1990年的社会福利改革计划，通过西部各州的转移支付将东部地区的社会福利也纳入统一。但是，十年之后，以工资为基础的社会保险和以税收为基础的社会福利支出的相加总额约合GDP的三分之一，全德领取退休金和社会救济的人口接近工资收入人口，德国财政支出的百分之六十二都用来偿还债务和社会福利，庞大的社会保险帐户出现亏空，德国联邦政府债务也因此连年超过百分之三（GDP）的警戒线，受到欧盟委员会的不断批评。重新思考并进行德国福利制度改革，因此成为德国学术界、政坛和公共舆论二十世纪九十年代中期之后的焦点。

"没有回头的改革"

"2010议程"出台之前,施罗德领导的"红绿联盟"在过去几年相继推出了企业减税计划和修改"外国人法"的草案。这一明显右派色彩的减税政策,虽然在反对党CDU/CSU(基民盟和基社盟)的热烈欢迎下顺利通过,但几年来,原本就捉襟见肘的地方财政却更雪上加霜,企业界也抱怨没有得到多少实惠。而试图扩大社会福利缴纳基数、突破长久以来种族主义福利体制的制度边界——修正德国"外国人法"的排外倾向,却受到排外的右翼反对党的杯葛。几经艰难辩论通过联邦议会的二审之后,其前景仍然不明,反对党占优的联邦参议院随时可能推翻下院的结果。在德国的外国人和客工约占常住人口的百分之九,这一比例是欧洲国家中最高的。尽管红绿联盟从社会福利的实用角度和社会公平的道义高度,率先从政治上承认了德国是一个移民国家,却无力实现真正法律意义上的移民国家。社会福利体制改革只得另辟蹊径。

2003年,是德国社民党建党一百四十周年的纪念,着眼于2004年大选的"2010议程"改革纲领也应运而生。它主要包括五个方面的改革措施:

> 改革劳动和就业的市场规制:以"去规制化"为主导,降低雇主解雇员工的难度、减少失业救济金额度和时限、合并失业救济和社会救济即将失业救济标准降低到社会救济的水平,改组联邦劳动局,强化其就业服务功能。
>
> 改革社会安全体制:改革医疗体制,包括加强身体的预防性检查,和降低退休金水平的改革。
>
> 鼓励手工业和改善小型制造业的工作条件。
>
> 继续改革税法,消减公共支出;鼓励投资改善居住和社区基础设施;修改法律,促进合作社金融。
>
> 鼓励企业进行雇员的假期培训;增加对中小学教育的投资;增加公共

部门对研究和开发（R&D）的投入；增加更多针对年轻人的鼓励和培训计划。

坦率地说，这些比德国传统保守派主张还要自由化的改革措施，基本上呼应了近几年德国国内针对导致德国竞争力下降的"福利病"的讨论。比如公共研发投入不足、基础教育水平落后、严格和优厚的劳动保护法律的种种恶果——不仅造成德国企业僵化，普通德国人懒于创业、乐于享受失业救济，而且严重影响了外国投资。

但是，贴满德国大街小巷的"2010议程"海报不仅没有让社民党从一百四十周年庆祝中沾光，反而遭到公众的抗议和来自执政党内部的批评。虽然社民党早于1958年巴德—哥底斯堡会议上就正式放弃了社会主义的目标，但是追求社会分配公平的社民党左派，坚持凯恩斯主义的福利国家体制是改革的底线。左派元老、社民党前任主席拉芳丹2003年重返公共论坛，多次激烈抨击"2010议程"。德国最大工会DGB的领导人舍梅尔，批评"2010议程"无法增加工作岗位。在德国东部地区拥有百分之二十支持，同时也是社民党在柏林市的执政伙伴——原东德统一社会党（共产党）的继承者民主社会党（PDS），将"2010议程"比作是广大"失业者和病患为资本主义的危机买单"。2003年5月24日，全国十四个城市九万人走上街头抗议，11月8日，十万人在柏林再次举行了由民社党、服务业工会和反全球化激进团体等共同组织的大规模抗议游行。

对此，素有"媒体总理"之称的施罗德，只能依靠他所擅长的演讲和辩论，强调德国社会福利的"不可能承受之重"，努力说服党内同志和公众，"2010议程"逐渐在党内和议会获得了支持。2003年6月1日柏林的社民党全国党代会上，在情绪激动的激烈辩论后，党内左派表示无意"内讧"，结果多数通过了这一改革纲领。反对党基民盟当然对施罗德这一"自由化"的社会福利改革乐观其成，但总是在提醒公众红绿联盟也许无法领导这一改革计划，然而并未杯葛这一似乎更符合CDU理念的改革。2003年10月17日，德国联邦议会多数通过了"2010议程"的一揽子改革计划。从2004年1月起，德国人开始必须支付看牙医的大部分费用，但也开始享受总体较低的所得税率。2004年3月，第一项重大法案修改针对法定退休金的调整，在公众特别是老人——这一最重要的选民群体——的抗议声中也获得通过。

2004年3月25日，"2010议程"问世一周年之际，尽管公众对社民党的支持率以及施罗德本人的形象和声望都大幅下滑，反对党基民盟主席默克尔却也表态赞扬了"2010议程"的改革意义，暗示她的政党愿意继续合作将改革进行下去。施罗德自己也肯定了一年来改革的"激动人心的成果"，比如德国经济三年来首次扭亏为赢继续增长，同时，他提醒公众和悄悄在一边得意的反对党，没有人能够躲过改革，而且"改革没有回头路"。至此，一场围绕社会福利和竞争力关系的辩论在持续了一年后，将德国代议制民主所包含的"代理"政治以及充满理性辩论的公共交往方式发挥到了极致。

结语：社会国的超越

回顾德国社民党百年史，虽然来自左和右甚至内部的认同危机从未停止，德国的社民党人似乎能够超越选举民主的诱惑和党派之争，坚持其社会改革的理想，从而"超越左和右"。一直以伯恩斯坦所倡导的社会改革为己任的德国社民党人，通过议会民主与俾斯麦合作建立了社会福利基础，民族主义地支持了第一次世界大战，战后主导了魏玛宪法的诞生，抵制了希特勒的上台，在纳粹时期遭到了镇压。二战后，除了社会国理想和实践，德国社民党人还历史性地推动了东西方缓和，为冷战后的两德统一和欧洲的和平过渡奠定了重要基础。从这个意义上说，德国的社会民主是节制资本、"管制"资本主义的制度基础，也是社会正义最可依赖的政治力量。

尽管政治现实往往是无情的，两年后即2006年的总理换届选举，摘"桃子"的更可能是反对党人。但是，我们看到，社会民主最宝贵的是他们所坚持的开放的公共交流，理性由此而出。其次，社会改革是导致德国乃至整个欧洲从老欧洲成为新欧洲的基石，是德国内部也是在欧洲内部形成认同、超越左右、民族国家和传统的动力。

即便在 5 月 23 日即将举行的总统间接选举,虽然各界对基民盟候选人科勒将因议会两院选举团内反对党的多数票胜出并无多大疑问,施罗德仍然提出一项合作动议,如果基民盟提名一位女性候选人,使得德国出现历史上第一位女总统,那么社民党将放弃竞争。合作与对话应该是永恒的,社会民主完全可以超越意识形态的纷争,引导德国和欧洲继续社会国家的道路。(原刊《南风窗》2004 年第 9 期)

德东观察之集中居住

德国有句俗话："夏季无政治。"因为夏季国会休会，政客们也纷纷找地方凉快，平常充斥媒体的政坛便沉寂下来，连各种政坛丑闻都少了许多。不过，二十年前的七月却是历史性的一刻，西德马克正式代替了东德马克，货币统一正式启动了德国东西部的统一。二十年后，德东地区到底发展如何，经济差距是否缩小，德东人民是否仍然沉浸在昔日的怀念之中？不少中国读者对此感兴趣，笔者也正好趁夏歇，暂时不用理会装腔作势的政客面孔，而重新观察一下德国东部的生活面貌。

如果游客到了波茨坦、德累斯顿，还有埃尔夫特这些旅游城市，或者地方首府，通常都会惊讶东部城市的漂亮：崭新的现代购物中心和"修旧如新"的古建筑似乎重现了昔日的辉煌。游客们一定会发出感叹，比西部还发达，然后暗自埋怨自己缴交率二十年的统一税原来都用在了这些"面子工程"上。的确，过去二十年，西部往东部投入了大约一万三千万亿欧元的援助，除了联邦和西部州政府的援助，其中不少来自西部居民的"统一税"。

不过，表面光鲜只限于少数样板城市，纵有大批援助，大多数东部城市却愈益败落，人口下降几乎无法遏止。如果缺乏一个增加人口的有效政策，正在德国东部出现的"边疆地带"将持续下去，对德国乃至整个欧洲的格局产生深刻影响。

从数字上看，德国东西部的差距仍然显而易见：东部的经济产出效率只是西部的百分之七十一，私营经济的效率差更大。连带同样在国防军服役的东部地区士兵也只得拿相当于西部士兵的百分之七十工资。尽管各式各样的新能源、新技术企业安家东部，但今年以来经济复苏的展望却显示东部地区的经济活力仍然不足，预期增长率百分之一点一，低于西部地区的百分之一点五。而自柏林墙倒塌以来，德东地区人口下降了二百万，并且这一趋势仍在继续……

所以，尽管东部地区的基础设施有了巨大改善，到处是崭新的车站、铁路网、宽阔的步行街、设备齐全资金充裕的大学，甚至好于不少西部城市，但是人口的外流、居高不下的失业率、创新经济的缺乏、对福利政策的高度依赖等问题，却让东部城市陷入普遍的衰落。在不少乡村地区，甚至出现了狼群。波兰的野狼越过边境，重新占领了人口稀少的德东乡村，一个堪与中世纪后期相比的荒凉与废墟之美似乎在德东地区重现。而这一切，基础设施投入、各种新技术和新能源产业投入，都难以在短时间内奏效，吸引人口流入。事实上，除了德累斯顿的汽车制造尚存生机，位居德国前一百位的大企业和前一百位的服务业企业，没有一家企业的总部设在德东地区。连来自土耳其和南欧的新移民也更愿意待在西部城市，那里有更多就业机会，也更少对新移民的排外主义。

而依靠补贴大规模建设的许多基础设施，比如各种市政管网、照明、机场，甚至各处兴建的旅游设施，都面临着双重困境：一方面基础设施能力过剩，经营亏损。另一方面维护这些基础设施的成本却高居不下，吞噬着有限的财政收入。比如波罗的海沿岸的 Stralsund 和 Barth 小城，现在的观光客已经从十五年前的每年二万五千人减少到八千人。市政过去几年投入了四百多万欧元用于跑道和灯光系统，但萎缩的客流却造成市政经营公司每年亏损二十五万欧元。与此同时，市政被迫每年花费二百六十万欧元维护各类旅游终端，包括餐馆、水塔、会议中心，还有公共游泳池。不少小城被迫出台了"集中居住"政策，与不少中国农村地区正在开展的集中居住、腾地开发不同：德东因为人口减少太快，一些小城不堪卫生、交通等市政负担，不得不采取措施，鼓励居民们集中居住到城区，以降低市政成本。因为城市用水量减少，市政还被迫加大水压，希望冲走水管网路中的锈垢。在德国东部地区的医院和学校，随处可见空荡的病房和教室，病人、学生和儿童都在减少。比如一个叫 Stendal 的城市，过去十五年人口减少了一万，现在只有三万五千人，而预期 2020 年还将减少五千人，剩下的主要是老人。

是统一政策出了错，还是东部的某种历史遗产妨碍了经济复苏？为什么在如此日渐萎缩的地区却同时成为左派党和新纳粹的大本营？这些问题都有待进一步观察和分析。（原刊《搜狐评论》2010 年 7 月 30 日）

德国的媒体与政治

——《时代周报》的经验

世界上很少有一个国家像德国这样,知识分子通过公共媒体享有如此之高的社会地位和公众影响力,而独立的传统媒体也因此完全可以代表公众意见和社会良知,对政治过程具有"殖民"般的魔力。《时代周报》(*Die Zeit*)就是这么一个德国式媒体政治的代表,以它为例可以窥见德国媒体政治的特点,为中欧间的跨文化传播和外交评估提供一个参照,并反观中国媒体政治的发展道路。

德国《时代周报》

德国《时代周报》1946年2月21日在汉堡创刊。它在汉堡的总部是一座外表非常朴实、平凡的砖楼,不远处就是汉堡的红灯区,非常的市民社会。创刊的时候,只发行了二万五千份,因为当时汉堡是属英军占有区,对新闻纸实行配额管理,给它的配额只够印二万五千份。第二年《明镜周刊》创刊,不久后也把总部搬到了汉堡,配额更少,刚够印一万五千份。《时代周报》创刊的头一年亏损,不得不依靠相同投资人旗下的通俗杂志《明星》(*Stern*)提供补助。

现在,以2008年第一季度为例,德国《时代周报》的发行量每期平均是四十八万份,有一百二十万到一百五十万的读者。在中国更有知名度的《明镜》杂志的发行量是一百万份稍多,读者大约六百万。考虑到德国的人口规模只有八千多万,可以说,德国《时代周报》无论从内容、发行量,还是读者规模来看,都位于德国报业的最高端。它自身对读者的定位是"受过高等教育的、有知识的公民",设定主题词为政治、经济、科学与文化,每期含十叠版面,包括时政、专栏、经济、文艺、科学、文学、生活、旅游、职业等,并附四份杂志。作为一家全国性的严肃报纸,《时代周报》以德国的一百二十万知识型公民或社会精英为设定的阅读对象。文章风格严肃、稳健,兼具批判与深度,与《法兰克福汇报》、《南德意志报》等一道被认为同属德国的一流大报,反映着德国知识分子对政治和社会的观察与思考。无论对《时代周报》的读者还是对德国公众而言,《时代周报》都代表着德国进步主流知识分子的声音。

在德国《时代周报》的历史上,有一位传奇性人物,就是前女出版人董豪夫女伯爵。她的一生更富传奇色彩,折射了《时代周报》作为德国知识精英阵地的另一面。董豪夫女伯爵出生在东普鲁士的国王堡,也是康德的家乡。1937年她从瑞士巴塞尔拿到法学博士,之后回到东普鲁士的布鲁什,经营农庄,直到1944年卷入反抗希特勒的起义。1945年她逃到汉堡,1946年起开始为刚创刊的《时代周报》工作、写稿。1954年,基民盟籍的时任主编刊行了著名政治哲学家、前纳粹分子卡尔·施密特的一篇文章,引发广泛社会争议,董豪夫女伯爵愤而辞职。十年后,董豪夫女伯爵返回《时代周报》被聘为主编,正值1968年革命爆发。1968年的社会运动事实上根本地改变了欧洲的政治形态、德国的知识分子,也改变了媒体的方向。董豪夫女伯爵接任《时代周报》主编之职便代表着这么一个左转,也奠定了今天《时代周报》中间偏左政治立场的基础。1973年之后,董豪夫女伯爵转任出版人,直到2002年去世。

与董豪夫女伯爵生前同为《时代周报》出版人的另外两位,与德国政界渊源更深,代表着德国政治和媒体的一流精英。一位是赫尔穆特·施密特,德国社民党籍前总理,现年九十多岁,他从总理的位置退休以后就一直担任德国《时代周报》出版人,将近三十年。另外一位是德国社民党籍前文化部长,参加过汉堡的市长竞选，也是《时代周报》的前主编。其实，在二十世纪九十年代的大部分时间，到2004年，德国《时代周报》一直有两位主编，实行中国读者通常会觉得很奇怪的双首长制，他们现在均为出版人。现任主编洛伦佐，此前是柏林《每日镜报》的主编和《南德意志报》第三版（时政版）编辑。2004年，时值他四十五岁，被《时代周报》投资人挑中担任新主编，符合"更年轻、更有攀登精神、更能应付技术性挑战的专业新闻记者"的要求。

尽管如此，《时代周报》的公共权威及其对公众的代表，不仅体现在她的作者群来自德国主流知识界，也不仅因为《时代周报》频繁举办各类公众论坛，积极参与高校、政客、企业和社区的政治讨论，也体现在她的长期专栏作者身上。比如，前外交部长菲舍尔就是德国《时代周报》的专栏作者，他曾以前外长身份评论奥巴马为什么要请希拉里做国务卿。前总理、出版人赫尔穆特·施密特先生，在每期报纸所附杂志上也有一个固定专栏，专栏题目为"在烟雾上或者香烟上"，以对话形式，边抽烟边对话，把他所思考、关心的东西记录下来。作为一位九十多岁的老人，施密特每天到《时代周报》的办公室上班，继续通过专栏来展现他的政治思考。

历史的连续和反思，还体现在《时代周报》设立的一个版面，从《时代周报》过往各版寻找旧文重发，把与现在的新闻与思考相关的、值得回顾的历史文章从档案库中再现给读者，平行地实践公共传播的"结果性"功能，即传播决定了大众记住什么和忘掉什么，而有意识地影响社会的记忆和忘却的过程。

观察观察者

分析《时代周报》的媒体政治，不妨先从报纸或者媒体政治的基本问题开始。什么是新闻？德国社会理论大师卢曼对新闻的定义是：有关差异的差异。也就是说，新闻一定是发现人们日常所看到的新鲜的东西、惊人的事件、有趣的数字等背后的差异。从差异的差异可以发现新闻的不同深度，也可以因此区分日报与周报的区别：日报以流水新闻为主，以捕捉差异的表象为主；而周报，因为相对于新鲜事件的出版周期的滞后,却有着充分思考的时间优势,能够在一周的出版周期里思考、发掘、深入采访,找出差异背后的差异,并形成深度报道;如果以阐释和分析新闻事件为主,则为深度背景分析;如果延邀专家学者甚至政客从专业角度讨论,则代表着专业知识的公共化,触及到差异的差异的最深层。

在这一有关差异的差异的再生产过程中,首要的问题是观察。所有的采访与思考首先都来源于观察,学术研究也如此,都来源于观察。也就是说,有关差异的发现和差异的差异的发现,固然与思考程度有关,但都可以追溯到不同的观察方式。

事实上,现代科学及文明的进步,就来源于观察的革命。尤其在过去的一百年,作为观察的理论,社会控制论经历了三个阶段的发展。第一阶段的发展是所谓的经典控制论,其哲学前提是所谓的主观和客观的划分,也就是笛卡尔两分法及牛顿力学观的继续,假设观察者在被观察物之外。比如人在观察天文的时候,把自己置于天体系统之外来观察星星的运动。但是,从七十年代以来,控制论发展到了第二阶段。德国社会理论大家卢曼,作为第二阶段的集大成者,提出:观察者处在观察物的内部,类似海森堡测不准原理的假设。所谓差异的差异实际上是指媒体对观察者的观察,而观察者与被观察物一起构成一个镜像。

在媒体的复杂性上,这一种观察理论是对新闻客观性的否定。因为要建立观察的观察,就需要认知,而认知既主观又客观①。换言之,寻找差异的差异有两种方式,一种是观察,还有一种是思考。思考代表思考者去观察观察社会现象的观察者,来寻找差异的差异,是观点和事件两者并为差异的差异的揭示者。这个时候观察者是在被观察者的系统内部建立一种反思的关系,思考者的解释自主地成为最重要的新闻来源,而事件本身只是提供了一个观察的机会。对观察者来说,解释代表着某种知识的透明性,相对于通常意义上可观察的事物、

---

① 参见 John Searle:*The Construction of Social Reality*. London:The Penguin Press,1995.

事件所具有的天然的不透明性。媒体的功能和责任和学术研究的任务一样，就在于揭开社会现象的不透明性对人的蒙蔽。这一过程是通过知识的透明性来瓦解现象本身的不透明性的再生产，也就是知识生产的过程。

那么在观察事物、建立反思的时候，就必然地碰到两种问题：一个是外部的复杂性，一个是内部的复杂性。由此产生两种观察观察者的关系：他物参照和自我参照。第一序观察关系，比如牛顿经典力学或者笛卡尔的方法，属于他照；而自我参照是对内部复杂性的认识和反思。从卢曼的角度，媒体则代表着社会系统的自我反思，是社会自我参照的代理人，或者说是社会自我参照的平台、工具和结果。

与此相对，此前的新闻发展和理论可以归为三种：多元主义的，解构主义的，建构主义的[①]。所谓多元主义，媒体是和利益集团、政党、工会等所有这些政治社会组织平行的一个利益集团，媒体对政治社会多元组织的监督而成为"无冕之王"。解构主义的媒体解释，典型地体现为政治和媒体的共同体关系，包括广告与媒体、市场与媒体的共同体关系。前述两种理论印合了所谓新闻客观性的不同方面，比如中国媒体在市场经济时代所奉行的新闻客观性原则，不过是对投资人、对市场、对广告、对所有相关市场权力的利益交换。

卢曼的媒体理论，强调认知、自我参照和观察观察者，属于建构主义。差异需要以认知来建构，观察差异的差异则需要通过大众媒体的生产来建构，即通过有组织的读者/媒体的关系来完成，而不是简单客观地反映所谓阶级结构[②]。读者作为媒体的消费者是毫无疑问的，但更重要的，媒体和读者是一种相互依赖的关系，互相消费、互相依赖。两者关系反映了社会政治总体结构的差异和生态，并非单纯的一家媒体和一个特定读者群的关系，而体现为某种形式的民主关系。

---

① 参见 John Street："Politics Lost, Politics Transformed, Politics Colonised? Theories of the Impact of Mass Media", *Political Studies Review*, 3 (1): 17—33, 2005.

② 参见 Niklas Luhmann: *The Reality of Mass Media*, p. 70, Stanford: Stanford University Press, 2000.

媒体民主

从卢曼对新闻以及大众媒体的分析，可以理解德国《时代周报》的传播基础：面对"受过高等教育有知识的公民"读者，以知识的透明性阐释巨不透明性的社会现象和政治生活，从而结合知识的生产和社会事件的生产，结合社会再生产和知识再生产。结果，与《法兰克福汇报》、《南德意志报》、《明镜》等平面媒体以及其他大众媒体一道，共同反映着社会的差异和寻求差异的差异的不同解释，趋向由一百二十万社会精英读者和更广泛的社会影响力构成的某种"共识性真相建构"。

在民主与真相之间，《时代周报》的贡献是提供了一个媒体民主（Mediokratie）的范本，即很大程度上，媒体民主已经取代了传统意义上的议会民主，媒体对传统的政治民主实现了殖民化。具言之，媒体民主是通过一个三角关系达到的①：最上端的是善于利用媒体的政治精英，所有这些政客的成功前提是必须善于利用媒体，如果不善于利用媒体，必然是失败的，即使你善于利用媒体，也是一种自我的被殖民化。比如前总理施罗德有个外号"媒体总理"，善于跟媒体打交道，在各种媒体上表现了极高的说话技巧，甚至娶了一位电视新闻记者为第三任夫人。

另一角是民调专家。民调专家是媒体最重要的一种工具，大量的民调机构的主要雇主都是媒体，媒体也是这些民调的主要影响的平台，他们去发布这些民调。民调通常都是周末进行的，因为周末大家都在家，可以充分地通过打电话的方式——比如打一千个电话——来获取民众对某一个问题、某一个政治议题的看法。与选举通常每四、五年举行一次不同，民调可以随时进行。但因成本所限、话题周期和生活周期所限，没有必要天天进行。政党必须在民调上

---

① 参见 Thomas Meyer：*Mediokratie：Die Kolonisierung der Politik durch die Medien*. Frankfurt am Main：Suhrkamp Verlag，2001.

做出竞争，而不仅在每隔几年的选举上做出竞争。政党必须跟着民调走，而不是想做什么就做什么，要看什么议题上能赢，什么议题上会输。所有的政客都要基于民调来调整自己的讲话，调整自己的政治倾向，换句话说民调是一个提前的选举，每周都在做声望测试和模拟选举。而每周一次的民调和周报发行，在公众的日常生活周期与新闻事件与知识分子的思考间隔之间是一个经常性、可预期、可协调的恰当短周期，对政治生活能够产生足够频繁和深度的审视与观察，这是德国《时代周报》占据政治和媒体高端的一个原因所在，也是媒体对政治的控制，对政治的殖民化。

第三角是所谓媒体的执行官。媒体的组织化决定了这么一个三角关系运作的循环和再生产。媒体的从业人员加上专家，构成了媒体的看门人，通过媒体组织和媒体运行实际上成为媒体的主要影响者，并影响政治的走向。

结果，如同每个古罗马遗迹必然有一个剧场，后人能够从中回味罗马时代的公共生活，现在的欧洲政治也已经被新的剧场所替代，成为"媒体民主"①，并以体现"公共舆论"的方式建构所谓"共识性真相"。这种共识超越了传统政客所能够控制的政治因素，在更广泛的范围内为知识分子的参与真相构建创造了新的条件。在媒体民主的循环中，如果思想界、学术界、理论界、媒体能够把这种共识反映出来的话，政客就不得不充当这个民主的代理人，而不是利益集团的代理人，即作为一种直接民主的代理人，在这种共识的框架内表态。

放诸长时段，知识精英和知识生产在媒体民主的中心地位意味着未来的再生产。所谓对未来的再生产，意味着一种未来的、预言式的、导向式的力量。通过知识的民主生产、理论的探讨与解释，以及报道的深度，媒体民主可能增加社会的知识共享与真相的民主分布，而把握未来的不确定，建立现实与历史的反思、现实与未来的观照关系。当一家报纸在可读性之外做到对未来的指引，那么这份报纸就会自动地居于媒体的高端，吸引读者，殖民政治。

---

① 参见 Thomas Meyer and Martina Kampmann：*Politik als Theater. Die neue Macht der Darstellungskunst.* Berlin：Aufbau Verlag，1998.

中国媒体及结论

　　中国的报纸在二十世纪八十年代以来得到了很大发展，但是迄今为止还没有出现堪与德国《时代周报》媲美的严肃大报，《南方周末》酝酿中的转型或可朝向中国的媒体民主迈出尝试性的一步。不过，它所面临的问题，或可由德国《时代周报》的媒体民主模式得以回答。

　　同属南方报系的《南方都市报》，兴起于九十年代，也涉及什么是新闻、什么是差异的差异。卢曼曾经列出了一个矩阵，十种差异能够构成所谓的新闻，其中一点是地方性问题。新闻的地方性可解释都市报兴起的原因：大多数新闻对遥远的人们没有意义，而很小的本地新闻对本地读者却很有意义。领会这种微小的变动、微小的差异，对日常生活的改变，就成为新闻。当都市报的发展和地方的相关性结合起来，就不再是某些媒体的高高在上、枯燥无味。但是，地方性新闻的假说同样适合晚报类以及其他地方都市报，不能完全解释南都受到珠三角以外地区读者欢迎的原因。无他，一方面在于南都对其他地方的地方性新闻的不懈发掘，很多时候较诸当地都市报的报道力度有过之而无不及。另一方面，南都的丰富专栏文章荟萃了相当多的新知识精英对时政做出评论，尽管多数时评篇幅有限、理论单薄，却能一定程度上观察到"差异的差异"，满足当下都市读者的观点需求。

　　崛起于八十年代的《南方周末》，大概是最早转向对社会冲突的用力报道，以社会新闻和揭黑报道为主，最早触及社会转型过程中长期以来被宣传审查机器蒙蔽的社会现象，展现了媒体专业的透明性。但是，进入二十一世纪之后，《南方周末》的报道和时评遇到了一个知识生产的瓶颈：在远较八十年代更为复杂的社会变化面前，不能完成用知识的透明性去解构复杂社会政治现象的不透明性，而保持了中国媒体写作的一个不透明的知识生产传统——文学，企图以报告文学的体例和隐喻的方式来完成对社会转型的批判任务。这样一种浪漫主义倾向，尽管很大程度上被自由主义思想所包装，却因为知识生产的欠缺，而无法在批判之余生产出有效的知识。相对应地，知识分子精英在这一情绪再生产而不是知识再生产过程中缺位。

当然，"揭黑"报道模式所依赖的新闻客观性，也在一定程度上迎合了市场的需要，即新兴中产阶级读者的市场价值，这本身就是中国市场经济改革以来原先的党办媒体进行市场化转型成功的原因。但是，从对市场的高度依赖和批判式的第一序观察中能否建立社会的自我参照、帮助社会的反思仍然是一个悬而未决的时代问题，这是一个长期社会转型过程的一部分，很大程度上依靠知识精英的转型以及他们以何种方式参与《时代周报》模式的知识再生产，从而建立某种新型的知识分子公共角色，通过媒体民主来推动社会转型。（原刊《21世纪国际政治经济评论》2011年第2期）

志愿社会主义、公社和柏林

第一次到柏林，旅游大巴从勃兰登堡门穿过，没有看到期望中的胜利女神，只有德国电信的巨幅广告包裹着正在维修的大门，"Kapitalismus！"同行的西部青年愤怒地咒骂了一句。这是柏林给我留下的第一眼。夜幕中，当大巴驶入东柏林的街巷深处，景观与西柏林大相迥异，冷清的街道，似曾相识的住宅大楼，却灯火黯淡。其时，东西德的统一已经十年。

资本主义！对！资本主义与社会主义的对垒和分界，曾经是柏林被一分为二、甚至被一堵混凝土高墙所封闭的理由。1961年8月13日，一个普通的星期天，东德政府在一天内，封闭了东西柏林间八十七个路口中的六十七个，并沿着苏控区和西柏林的分界线建起了一道封锁墙。当时只是临时性的十二公里混凝土和一百三十七公里铁丝网，很快便加固为四米高的混凝土墙，以及一百一十六座瞭望塔、反坦克壕、自动射击系统和昼夜巡逻的边防军。大概很少人知道，当初建造这堵墙的秘密计划的代号竟是"中国长城"。负责柏林墙计划的也是后来的德国统一社会党总书记的昂纳克，他对东德人民宣称，这是为了防范资本主义的入侵，一如中土统治者修建长城抵御游牧民族。

这堵墙包围着西柏林，让西柏林成为一座孤岛，除了空中联系，仅有一条被严格限制时速的封闭高速公路连接西柏林和西德。而且，在东西德的边境线上同样存在着一条封锁线。如果从空中鸟瞰，这条昔日的边境线依旧清晰可辨，因为几十年的封锁形成了一条横亘南北的生态线——绿带。

在柏林墙矗立的二十七年里，我们都知道，万恶资本主义世界的西柏林人进入东柏林几乎不受限制，柏林墙限制的只不过是东德人民自己。而推倒柏林墙的力量甚至不是来自东德人民，而是来自这堵墙本身。就像登山家们的想法，费许多力气、冒着生命危险爬上高山，没有别的原因，只是因为"山就在那里"。墙就是最好的象征，翻墙本身就是最难以压抑的自由意志。

无论东德人民过着多么美好的社会主义生活，而且事实上东德的生活水平一直是社会主义阵营中最高的，但在一堵墙面前无法不黯然失色。其中，最代表柏林自由世界、最富有柏林文化特质的，在我看来，并不是西柏林的博物馆岛、性商店，或统一后才建设的索尼中心，而是柏林的公社。

最早也是最有名的柏林公社莫过于1967年学生运动浪潮中成立的"一号公社"。与东德的强迫社会主义模式不同，最初位于弗雷格斯大街的一号公社是西柏林知识分子自发建立的生活共同体，试图在资本主义世界中寻找乌托邦的现实可能，从生活、家庭和婚姻的层次改造资本主义。"一号公社"代表着十九世纪著名德国社会学家桑巴特的理想——志愿社会主义，也是空想社会主义以来与马恩的科学社会主义平行的另一条道路。

只是，如此志愿社会主义模式与苏、东阵营的所谓科学社会主义道路水火不容，绝无可能建立，那意味着对极权的颠覆。而资本主义内部的反叛和柏林墙一道孕育了六十年代末浩浩荡荡的学生运动：苏联和东德对西柏林的封锁迫使德国联邦政府为增加西柏林人口而采取免除西柏林年轻人兵役政策，吸引了大批反叛青年从西德聚居到西柏林。柏林墙因此既是极权体制的象征，也成为冷战的象征性暴力，无时无刻不在激励着年轻一代起来造反、自我组织。

虽然"一号公社"的寿命只有两年（1969年随学生运动的消退而告解散），但是在今天的柏林，八十年代发生在东柏林的"霸占空屋"运动转为今天的许多"公社"——"公社"已经成为柏林的传统和文化标志，就像柏林街头形形色色、多元的俱乐部已经把柏林这个发达国家中居民收入最低、房租最低的首都变成了欧洲最有魅力的夜生活之都。在东区栗子大街七十七号公社里，所有房间都被拆掉了门锁，二十五名成员必须轮流在集体厨房贡献劳动。在著名的 Köpi 公社，2007 年爆发了公社成员与地产开发商的战斗。对于柏林的公社社员来说，他们代表着真正的社会主义者，也就是无政府主义者，反抗世界上任何形式的墙。

在二十世纪六十年代学生运动高潮的十年后、柏林墙被推倒前两年，西柏林的学生们在 1987 年五一劳动节前夜的"女巫之夜"发动了十二小时的街头暴动。尔后，这个"五一节暴动"成为柏林的革命惯例，延续至今，向人民提醒着各种形式不公正的存在和人民反抗的权利，而反抗权属于德国基本法所规定的人民权利之一。

若干年前的五一前夜，上百名西部地区赶来的无政府主义者睡在洪堡大学的一所旧体育馆的地板上，突然遭到极右分子的袭击，值班同志挨个叫醒了沉睡中的每一个人，在黑暗中，我与大家安静、迅速地捆好睡袋、收拾完毕，从一处侧门撤了出去，在柏林东区的大街上熬过了下半夜。几天后，柏林爆发了社运团体与极右分子的街头冲突，而这一冲突只是一个月后热那亚行动的预演。在行动的意义上，柏林公社因而成为欧洲的社运圣地，吸引着全欧洲乃至全世界的进步人士，柏林墙也再不仅仅象征着冷战和极权，而是人类社会所有不公正、压制自由的象征。

不久前德国联邦选举研究的一项调查表明，尽管百分之五十七的原东德人承认统一利大于弊，但是同时有百分之六十二认为东德社会要比现在更公平。这一态度并不只是退休老人对往日时光的回忆，或者失业者对现实的不满，而是柏林公社对社会正义和自由的不懈追求在激励着东部地区人民保持对资本主义的警惕。

柏林墙虽然倒塌了二十年，但世界上仍然存在其他有形无形的"柏林墙"：朝鲜半岛沿"三八线"韩国一侧非军事区内一条几百公里长的水泥墙，已经矗立几十年；2003 年以来，以色列不顾联合国决议，沿 1967 年占领线修建了隔离墙；印度从 2002 年开始在印巴边界铺设二千九百公里长、五公里宽的地雷区；在过去几年，伊朗政府耗费巨资从西门子和诺基亚引进技术和设备，建立了一座规模庞大的赛博防火墙……冷战虽然结束，柏林墙已成文物，但人类间的自由和交流却远未实现。（原刊《搜狐评论》2009 年 11 月 10 日）

九十岁政治老人的箴言

——对话德国前总理赫尔穆特·施密特

"我这里只有薄荷烟……

你们知道深圳吗？现在有多少人口？

我到过广州，在1983年，曾经住在白天鹅宾馆。大堂里是不是有一个瀑布？"

赫尔穆特·施密特，德国社民党籍前总理（1974－1982），从政数十年来，始终活跃在德国和欧洲政坛上，被誉为德国社民党的永久发言人，也是德国不朽的政治雕像。从1975年应周恩来总理邀请首次访华起，施密特与历届中国领导人建立了密切的友谊和关系，是德国政坛支持德中友好关系的中流砥柱，堪称"中国人民的老朋友"。

2008年12月23日是施密特老总理的九十岁大寿，德国和欧洲各界纷纷筹划一系列活动庆祝这位老政治家的生日。12月初，广东《时代周报》驻德国特派记者吴强，在施密特的办公室中与施密特先生进行了一次长谈。施密特先生虽然年届九十高龄，仍然每天前往他的德国时代报社办公室上班。访谈中，施密特思路清晰，每句话都经过深思熟虑。在谈及中国，窗外汉堡阴晦的天色也难掩施密特对中国文明由衷的热爱和对中国过去三十年改革开放历程的钦佩。

"邓小平是我的英雄"

施密特：你们知道马祖吗？

吴　强：在台湾海峡靠近大陆一侧的一个小岛，一直被台湾占领着。按照毛泽东的说法，马祖和金门是台湾与大陆联系的象征，能够帮助台湾海峡维持现状。

施密特：象征？对。邓小平没有改变毛泽东的台湾政策，他也没有收回马祖。

邓小平是我的英雄，不是毛泽东。其他人太激进了。我见过几乎所有的中国政治家们，除了周恩来。1975年他邀请我到北京，我却没能见到他，因为他已经病重，最后是毛主席和邓小平招待了我，实在非常遗憾。

我有一流的政治直觉。尽管当邓小平接掌权力时已经是一个老人，但却是一个非常睿智的人，尽管他已年过八十，却非常活跃。同时，他很小心，他从试验中学习经济。起初，他把经济试验限制在几个特区，当这些经济特区变得成功，他就扩大开去，而且并不限于最初的设计意图，而是不断扩大。他是一个有很强实践能力的伟人。

吴　强：他是实用主义者，就像您。那么，您如何评价中国过去三十年代改革开放政策呢？您是一个见证者，见证了这一历史。您认为，经过过去的三十年，中国出现的哪一种变化最有意义，市场经济，财富积累，地缘政治的变化，还是中国国内的新兴中产阶级？

施密特：在我看来，最有意义的现象是这样一个事实，在四个世纪及数十年后，突然间，毛去世后，中国人的潜力爆发出来了，这是人类历史上从未有过的。中国有至少四千年的文明历史，或者再多一点，在历史上，突然间，一种非凡的活力复活了，特别是经济活力。我想，之后很可能就是儒家智慧的复活。这也许是中国过去三十年最重要的现象。

儒家价值或者孔夫子之后发展起来的传统儒家智慧，我有一种感觉，今天正在中国回归，包括学习求知的动力、考试录用等。

吴　强：但在中国，哪一个群体是承担如此价值复兴的主体呢？

施密特：我想，你们需要耐心。一方面，我所遇见的发展来看，这是需要时间的。另一方面，中国还没有哪一个社会群体已经准备好了，但是这一任务有可能由任何一个群体完成，比如知识分子、企业家或者中产阶级，甚至共产党自己。我举一个例子，四分之一世纪以前，在邓小平和我之间的一个私人谈话中，我问邓小平，你称自己是一个共产党干部，但事实上，却更像一个儒家。邓小平是怎么反应的？他只说了两个词，so what？翻译出来这就是他的回答。

吴　强：您从总理之位退休后，担任德国《时代周报》的出版人至今，继续对政治发挥影响，也赢得了德国乃至全世界的不衰赞誉。中国很多知识分子对您的选择非常欣赏，您怎么看中国政治家们的退休？

施密特：邓小平后来放弃了所有的官方头衔和正式权力，江泽民也是，李鹏也是。朱镕基也是，他是中国最好的经济学家，但是退休后同样选择了沉默。而我退休后并没有沉默，我一直在写文章、出书，批评后任政府、评论后任政府的各项政策。某种意义上说，西方的政治家们可能更不愿意放弃权力。

"你们的知识分子要有耐心"

吴　强：在您2006年出版的《邻邦中国》一书中，您说熟识几乎每一代中国领导人，跟他们存在经常性的意见交换。他们很愿意倾听像您这样少有的他们愿意听取的国际政治家的意见，特别是关于财政改革、金融改革或者社会改革的意见，但在其他问题上，是否很费周折呢？

施密特：是这样。我愿意重复一遍，是耐心打开了中国之门。

吴　强：耐心？

施密特：是，耐心。现在，你们已经取得了四千年来前所未有的不凡成就，也就是说，在一个如此巨大的国家内没有饥荒，是很难做到的。而在过去的多少世纪和中国的历朝历代，你们曾经经历了多少饥荒？但是过去三十年以来，没有饥荒，也没有饥饿，十四亿中国人今天所获得的经济改善比以往四千年任

2008年，施密特前总理接受作者采访，汉堡。

何时期都好。

但是这些改善并未（同步地）发生在所有省份，没有在东北、西部。这需要时间。但是你们会做到的。不要不耐心，有些时候，知识分子更容易缺乏耐心。他们不知道如何长途驾车。一个很有意思的地方是邓小平懂得如何驾车，非常小心，不是一下子就要完成起步的三个动作，而是一步一步地来。

吴　强：那么您也同意，民主或是一个未来的选项？

施密特：我对中国未来的民主前景没有判断。因为民主是一个西方概念，不是中国的概念，也不是日本的、越南的或朝鲜的，但是中国已经在路上，并且会继续向前。未来不是天堂般遥不可及。在西方，基督教信仰占据优势，但在中国，情况不是这样。人们能够在中国发现佛教、道教、伊斯兰教的影响，也有基督教的，但是国家并不是靠某个宗教统一在一起，这不像在欧洲或者北美曾经有过的。你们更被头脑所主宰而不是被宗教所主宰。

我想，这样一种大脑导向，也将主宰未来。

吴　强：中国知识分子和政治家们对德国的社会市场经济越来越感兴趣，

但对德国的社会民主却仍存在许多争论，您怎么看？

施密特：中国已经上路。即使在西方，继承了欧洲文明的美国，也不接受社会民主，也不接受社会市场经济，他们接受的是资本主义。欧洲人并没有接受资本主义，并且曾经为此互相争斗过，然后在欧洲创造出了高福利国家。这是欧洲与美国的区别。中国与欧洲也是不同的，无须必然接受社会民主。你们应该学习欧洲的经验，拿走那些适合中国的，别理那些不适合中国的。

当然，我很乐意说说中国领导人未来可能面对的使命，那就是将经济繁荣从沿海省份波及、延伸到中部、西部和东北部省份，这是一个非常急迫的任务，远比政治改革更为迫切。

吴　强：这也许可以解释中国的政治改革在实际中进展有限吧。

施密特：不是这样的。当我三十多年前（1975年）第一次到中国，那时中国并没有独立的法庭，没有律师，没有法学教授，但是现在，你们都有了，你们已经建立了功能性的法治系统。如果说中国的体制没有变化，那是不对的，比如，司法体制已经发生了很大变化。只是还很不完备，仍然在进步中。除此之外，比如，我最早到中国的时候，"无产阶级文化大革命"仍然在继续。但是毛泽东去世后，"文化革命"也结束了。感谢上帝！这就是一个巨大变化，一个制度变化，一个很大的政治变化，是朝向更好方向的变化。

我认识很多逃离"文化大革命"的中国人，现在，他们都希望回去、交流，并且不止关于经济的交流，还在进行中国与中国以外世界的智力的交流。不仅在中国与西方之间，也在中国与亚洲之间，中国与亚洲其他国家的关系得到了空前的改善，比如中印之间、中俄之间，甚至在中国与朝鲜半岛之间，只是中国与日本的关系改善还有所欠缺，但这主要由日本人负责任，而不是中国。

"未来二十年世界有三种主要货币：美元、欧元和人民币"

吴　强：德国外长斯坦迈尔先生这周表示，德国的对俄外交政策应努力保持施罗德开创的"战略伙伴关系"，并且在促进欧洲社会民主化的同时，促进美、俄的融合。但是稍早，德国总理默克尔在格鲁吉亚战争爆发后对俄的立场是相反的，她的外交顾问也在《明镜周刊》上撰文，表示到了终结施罗德创造的德俄关系"幻觉"时。普京提出多年的"主权民主"正在德国，在欧洲，引发这样一种分歧：未来到底是新冷战，抑或更大程度的融合。比如，在G8未来命运的问题上，斯坦迈尔先生提出了新的G16方案，试图综合G8和G20，把中国和印度吸纳其中，但是默克尔总理则坚持G8无需改革。您怎么看这样一种分歧对德中关系的影响？

施密特：跟斯坦迈尔最近说的不同，跟施罗德以前曾经说过的不同，对德国来说，重要的是，中国比德国大二十倍或更多，因此德国很有必要理解，中国是一个世界大国，而德国只是一个中等大国，所以，保持良好的德、中关系是德国的利益所在。这是我三十多年来所坚信的，这对今天和明天都极为重要的。在（历史的）昨天和前天，我一直主张保持良好的德中关系，到目前为止，德中关系都要比上一代或者上个世纪要好。

有一个事实，现在的德国人不太了解中国的历史，对中国的文明也知之不多，他们从与中国的交往中学得非常不够，相反中国人却从德国或者欧洲其他国家学习到许多。邓小平打开中国学习西方世界的大门后，中国现在比历史上任何一个时代都开放。一千年以前，你们可能会想象自己是中土上国、世界的中心，毛泽东虽不这么认为，却再次关闭了中国与世界的联系。

开放引致最迅速的正面回报是什么？是自我的丰富！比如，尽你们所能地获取西方的一切技术，特别是工业技术，还有金融技术。中国已经是世界贸易的重要伙伴，像德国一样，极深地融入全球经济之中。尽管中国比德国大得多，但全球贸易份额却跟德国相当。这和中国的大国地位不符。中国的全球经济角色在过去几十年中一直增长，且将在未来继续增长。未来二十年内，我们将看到三种世界的主要货币：美元、欧元和人民币。这是毫无疑问的。这也必将极大增加中国的国际责任。

吴　强：您是否认为这代表一种新的国际秩序，新的国际金融秩序和国际政治秩序？

施密特：我不能说这是一种新的秩序，也许有希望吧，我也不太确定，我更愿意称其为新全球经济，而不必是新秩序。

吴　强：您如何评价默克尔总理，她在对华政策上似乎搞得一团糟？

施密特：我不想对中国报纸批评现任德国总理。（笑）

和谐与争论

吴　强：那么，作为德国《时代周报》的出版人，您是怎么看待德国媒体对政治的影响？

施密特：德国社会有一个重要的特质，基于这样的一个事实，我们有很多争议、很多观点，体现在很多出版物、报纸和电视上，以及知识分子间的相互交流，《时代周报》（*Die Zeit*）只是其中的一种声音，我的书也只是另一种声音，属于很温和的。

中国社会与德国社会是不同的，当两千年前儒家出现之后，"和谐"理念是中国社会最重要的一个特质。而德国社会在上个世纪，第二次大战之后，一直伴随着争议。我们同意以宪法为基础来解决争议。我们一直在互相斗争。法国如此，英国和意大利亦然，这是欧洲国家的政治正确与中国最大的差别之一。

吴　强：德国明年马上要进行新的大选，社民党内或者德国政坛内能找到一位奥巴马式的人物（改变现状）吗？

施密特：没有。

吴　强：您对中国有什么建议？

施密特：没有，没有德国人能对中国建议什么。德国历史上有一些标志性的阶段，特别是纳粹时期，有六百万欧洲的犹太人被屠杀，至今仍为欧洲许多国家的人民所记恨。德国在西方的民主时代里显得太粗暴了，从战后算起，真正的德国民主只有大约六十年。

吴　强：感谢您接受《时代周报》的访问，祝您身体健康！

（访问时间：2008年12月2日）

辑二

德意志的法治国

民主也是长牙齿的
——德国联邦宪法保卫局揭秘

近几年,"民主是一个好东西"俨然成为共识,自由女神般的民主想象主导了人们对民主和民主化的渴望。相比之下,对欧洲的民主——一种高度世俗化的民主生活,以阶级合作和协商民主为代表的社会民主,多数中国人仍然缺乏足够认识。恰在不久前,最新007电影《天幕降落》在中国公映,为观众重现了好莱坞背景下一个似乎与时代脱节的军情六局(MI6),这多少有助于国人了解,民主体制原来如此倚重情报和反间机构。在当今民主国家,对间谍与政治极端主义的监控,往往才是现实政治和民主生活中最有先行权的政治实践。

然而在学术领域,这些与民主安全相关的题目通常被忽视。自由主义者似乎不了解,民主也是长牙齿的。这不仅适用民主体制对外采取干预主义,例如北约干预巴尔干危机、联军进攻伊拉克和阿富汗、北约干预利比亚革命、法军干预马里冲突,等等;也适用于德国宪法保卫局这样的特殊反间机构。相比CIA、军情六局这些被好莱坞化的谍报机构,德国宪法保卫局低调得多,它为保卫宪法秩序的任务而生,对保卫民主的使命有着更强的焦虑感,几乎就是"积极民主"或者"军事民主"的制度化身。

宪法保卫局的起源、组织和冷战

早在二战结束后的过渡期，对纳粹的各种清算逐一进行。除了在纽伦堡战犯审判和各地占领军建立的"去纳粹化法庭"对纳粹成员的甄别作业外，还有一种清除纳粹的行动至今仍未解密，大多只是零星见诸一些纳粹亲人的回忆录。这些回忆有一个共同场景：半夜，那些前纳粹官员、党卫军成员的家门被敲开，一队占领军突然闯入。在核对身份无误后，前纳粹党徒被强行押走，随后就在附近的树林里被执行枪决。

占领军的这一极端行动或许源于民主最深处的焦虑：战后法庭对这些身负屠杀和迫害罪行的纳粹官员的审判，仍然是按照纳粹时期的法律来审判、定罪，大批纳粹的罪行因此可能在形式上并不成立，不利于民主转型，于是秘密处决作为德国战后去纳粹化的转型正义形式之一，便有其必要和效果，民主也是应该长牙齿的。

这段占领军戒严时期秘而不宣的"军事民主"，为宪法保卫局所奉行的民主激进主义作出了示范。1949年，当德国宪法（基本法）通过，新生的德国民主在第一时间内，不仅面临着对失败的魏玛民主和纳粹罪行的反思，同时也面临东方共产主义的威胁。1950年，宪法保卫局在科隆成立，它的宗旨被宪法法院确定为"保护自由民主的基本秩序"，意在避免魏玛宪法的"价值中立"缺陷而无力防止极端主义上台，更甚者毁灭民主。所以，从一开始，宪法保卫局就明确地受"价值约束"，而且在基民盟（CDU）和社民党（SPD）的领导下，同时防范极左和极右的政治势力，守护宪法秩序。当然，随着形势发展，特别是左翼极端组织RAF红军派的活跃，在1972年的宪法保卫法中，这一宪法保卫职能也被悄悄转化为国家保卫——尽管德国社会一直存在争论，认为宪法保卫和国家保卫两者并不必然相关。

由于守护宪法秩序的定位，宪法保卫局有别于CIA之类的反间谍机构，或可归类为政治警察。而德国的政治警察，则可追溯到普鲁士时期。1878年，普鲁士内政部建立"内部安全局",集合了警察和情报工作,到十九世纪八十年代为了执行禁止社民党的任务,进一步强化了政治警察的功能,尤其针对企图颠覆的政治团体和政治出版物。不过,这一时期,普鲁士政治警察的权力只限于普鲁士王国地区,而非德意志帝国全境。一战后的魏玛共和国,1922年加强政治警察的法案被巴伐利亚抵制,很大程度上助长了纳粹势力在巴伐利亚形成气候。纳粹上台后,以1936年6月17日希特勒颁布的法令为标志,希姆莱建立起一整套高度集中的警察体制,包括党卫军及其秘密安全机构——盖世太保。

当然,宪法保卫局从一开始就与臭名昭著的盖世太保划清界限。在筹建新的联邦政府的同时,联邦议会于1949年建议未来的宪法保卫局不应具有逮捕权,而只有收集情报的权力。这一情报性质的规定,界定了宪法保卫局和警察体制在德国民主体制内的不同功能。宪法保卫局没有警察权,不能采取阻止、讯问、搜查、羁押、逮捕、调查嫌疑人等直接接触手段,不能搜查私人住宅、扣押私人物品,也不能要求警察或其他政府机构协助。这一原则既是宪法保卫局内部纪律,也被写进1972年《宪法保卫法》和统一后的1990年修订案中。换句话说,民主需要牙齿自卫,但是不能咬人。

另一方面,宪法保卫局的组织结构相当分散,这也与盖世太保的集权模式迥然不同。各州的宪法保卫局归各州内政部领导,并不完全与位于科隆的宪法保卫局总部保持一致,相互间也未必一致。比如在对待前东德的统一社会党(SED)的继承者民主社会党(PDS)的问题上,汉堡州和勃兰登堡州的态度就较为暧昧。而协调宪法保卫局和各州宪法保卫局的职责,则落在内政部长和总理府部长(办公室主任)身上。也就是说,宪法保卫局的组织架构反映了联邦体制的政治安排,其日常事务也进入联邦的政治日程之中,而不是独立于日常政治之外,如美剧中的CIA阴谋家一般藏在某个阴暗的角落里。

位于科隆的德国联邦宪法保卫局大楼。

不过,宪法保卫局并非德国唯一的情报机构。除了警察情报机构——位于波恩的联邦刑事局之外,战后德国共建立了三家情报机构:1950年在英国的帮助下,宪法保卫局最先在科隆建立(科隆属于英军占领区),现有职员近七千;其次是总部位于慕尼黑的联邦情报局(BND),1956年在美国CIA的帮助下建立,至今仍与CIA保持着有力的情报交流,主要工作是技侦、反恐和对付有组织犯罪,更接近FBI的角色,雇员六千,过去几年总部逐渐迁往柏林。联邦情报局可能是联邦机构中最晚迁址的,不过,正因它长期驻扎慕尼黑,才有了每年一度的慕尼黑安全会议,慕尼黑才成为欧洲的情报中心——而不是波恩、科隆或者里昂(国际刑警总部所在地)。这两家都有自己的专门学校,宪法保卫局以社会科学的情报分析为主,联邦情报局的学校则以技侦和反间谍为主,1970年代后期并入联邦行政管理学院。第三家情报机构则是军方的情报局,负责军队的情报和保密事务。

与斯塔西的本质区别

如果跟冷战结束前东德的斯塔西(STASI,国家安全局)相比,宪法保卫局的规模要小很多,但效率却一点不低。1988年斯塔西的雇员为九万一千多人,另外还有超过十八万的秘密线人,相当于每十万人口中有超过五百名正式特工,而同期西德每十万人口中只有六名特工。但最重要的区别是，宪法保卫局的职责在于保护"宪法秩序"，即德国基本法所保障的人权，特别是个人的生命、尊严和自由表达的权利，以及人民主权、权力分立、政府责任、行政合法性、司法独立、多党制和每个政党的均等机会，还包括宪法框架内的反对权利等。不难看出，这些基于魏玛民主的教训所总结的宪法秩序，具有相当强度的积极民主意涵，更需要一个类似宪法保卫局的机构防范某一个极端主义政党或者组织，在内部实行反民主的纪律，然后利用民主权利破坏民主秩序本身，比如威胁司法独立和行政合法性以及强迫结社侵犯个人权利，等等。这一宪法秩序的概念，通常在中国的宪法学者中相当陌生。在一个极端重视"秩序"的国度，相对社会秩序、经济秩序和政治秩序等而言，宪法秩序虽然更加隐秘，却是所有这些秩序的核心。

值得一提的是，德国历史最为悠久的现代政党——社民党，曾经先后经历过铁血宰相俾斯麦和纳粹镇压。战后，社民党痛定思痛，也建立起自己的情报体系，为政党安上牙齿。特别是，政治对手阿登纳的基民盟新政权内保留了相当多的纳粹分子，深受诟病。如 Friedrich W. Heinz，曾任臭名昭著的党卫军勃兰登堡师情报官，1950 年起担任阿登纳的情报负责人，甚至第一任宪法保卫局长奥拓·约翰（Dr. Otto John）也是一位前纳粹法官。因此，社民党极为重视对宪法保卫局的控制，它的情报体系很大程度上寄生在宪法保卫局内部。波恩和科隆所在的北威州的宪法保卫局尤其重要，1949 年社民党北威州胜选后，这一人事争夺便成为可能。老社民党人弗利兹·特耶希（Fritz Tejessy）成功当选为首任局长，他政治记者出身，曾参加过二战期间北欧英军特勤活动。从 1950 年就任到 1964 年去世的十几年间，特耶希在反对极左和极右的政治路线上，起了关键作用。

宪法保卫局内部机构的设置，也反映了这种政治任务。宪法保卫局的一部负责技侦，二部为右翼极端和恐怖主义部，三部为左翼极端和恐怖主义部，四部任务为反间谍，五部专门对付外国的极端主义。在冷战期间，宪法保卫局长期与东德间谍机关做斗争，反间谍部也逐渐成为规模最大的部门。尽管如此，谍战重重，宪法保卫局未能防范东德间谍纪尧姆窃据勃兰特总理秘书职位多年，这也成为宪法保卫局乃至整个北约在冷战期间最大的间谍丑闻。

冷战结束后，四部的重心转向工业间谍。据其情报分析，在德国的外国工业间谍占整个间谍规模的三分之二，朝鲜、利比亚、叙利亚和某东亚大国等四国在工业间谍榜单上名列前位，保护德国的工业秘密成为宪法保卫局的重要使命。2000年，德国宪法保卫局公开确认传说中民间谍报网Echelon的存在，并对德国企业发出警报。据称Echelon主要依靠美国中央情报局（CIA）和美国国家安全局（NSA）的技术支持，从卫星和海底电缆截取电信和互联网流量，并有英国、新西兰、澳洲等国机构参加，却从未被承认。

"重视极右、主要防极左"

各种极端主义被视作宪法秩序的敌人，宪法保卫局区分极端主义是以"采取非法或合宪手段以外的行动，反对联邦共和国的宪法秩序、存在、安全或外部利益"为标准，并不涉及所有口头或非口头的、非暴力的、使用民主手段对资本主义和联邦共和国的经济和社会秩序及政治制度提出的批评。

最近二十年，宪法保卫局还将他们所针对的极端主义区别于激进主义，只要后者仍然尊重现行宪法，就不构成宪法敌人。这也是宪法保卫局自六十年代末开始对付红军派以来得到的教训。在许多德国同情者看来，即使红军派做出过许多恐怖主义的暗杀和爆炸行动，在理论上仍然属于社运的激进主义，对宪法秩序并无敌意，而只是对"基本现状"不满。相形之下，美国著名的科学教派却在宪法保卫局的"邪教名单"上，不仅传教分支被监控，每当科学教派的明星教徒汤姆·克鲁斯入境拍片，无论是谍战片还是扮演斯道芬博格这样的反纳粹英雄，宪法保卫局都全程紧盯。

如此种种在情报战线上的细微差别，或者说宪法保卫局所执行的特殊的民主实践，很大程度上是德国对民主反思的结果。这些看似细微的差别，却导致欧洲民主和美式民主的重大差异，而这些差异最终也反映在德国的外交态度上，比如伊战爆发时美欧的不同态度、法德在北非革命和马里冲突的干预主义和反干预主义的区别等。从这个角度看，那些通常颇为费解的问题也迎刃而解：为什么民主制度竟然导致对内对外如此强硬的军事手段？为什么欧洲和美国在采取上述干预行动时有差异？

日常工作中，宪法保卫局的主要任务是：监控极左和极右的极端势力。早在二十世纪五十年代，在宪法保卫局的努力下，德国宪法法院先后于 1952 年和 1956 年禁止了社会帝国党（SRP）和德国共产党（KPD），开启了对极端主义政党进行最严厉惩罚的先例。不过此后，类似的禁止结社的制裁再未出现过，包括 2003 年试图禁止极右政党——国家民主党（NPD）也以失败告终。原因之一是宪法保卫局在 NPD 内部安插了大量线人，要求解散 NPD 的禁止令意味着这些线人可能暴露。同时，宪法法院也意识到，如此之多的线人就意味着，假如要指控"NPD 是一个独立的政党"，这实在难以令人信服。

这种与极右势力之间牵扯太深，以致投鼠忌器的暧昧关系，使宪法保卫局长期以来饱受批评。公众认为，宪法保卫局不仅未能阻止德国新纳粹的兴起，也未能有效地防止新纳粹的暴力活动。

一方面，宪法保卫局对极右政党长期渗透，活跃的 NPD 成员中多达一百人是宪法保卫局的线人，二百余位 NPD 头目中大约有三十位是宪法保卫局的线人，而这个政党成员到 2003 年不过六千六百余人。宪法保卫局对这个重要极右组织的监控可谓不遗余力，但是效果可疑。

例如 2010 年，全德境内约有二百一十九个极右组织，二万五千名极右分子，其中九千五百名为暴力分子，当年共发生了一万六千三百七十五件"右翼政治驱动的刑事案件"，其中八百零六件涉及暴力。右翼分子们已不再满足混进球迷队伍、将足球场变为新纳粹的表演场，或者在街头制造年度"战斗之夜"，比如每年五一劳动节期间，柏林、汉堡、德累斯顿等地几乎都会发生极右暴力分子与极左力量的冲突、互殴，而且从 1998 年起，已经连续制造了十起谋杀、十四次银行抢劫和一次炸弹袭击，袭击目标直指土耳其人、库尔德人等穆斯林移民。

遍布德国全境的极右暴力活动引发公众强烈不满，宪法保卫局依靠人工情报的渗透方式和效率成为众矢之的。据估计，百分之八十至百分之九十的 NPD 线人未能提供有价值的情报。不仅左翼的绿党和左派党对宪法保卫局的低效大加挞伐，社民党和基民盟也非常不满。社民党议会党团领袖奥珀曼（Thomas Oppermann）在 2011 年 11 月公开承认宪法保卫局失败，未能真正掌握极右恐怖主义的结构；禁止 NPD 也再度成为 NPD 之外所有左中右政党的共识。2012 年宪法保卫局更换新局长，马森（Hans-Georg Maaβen）上任，但这并没有改变公众对宪法保卫局的不信任。

而另一方面，左翼阵营对宪法保卫局与新纳粹之间的暧昧关系投以更深的怀疑，担心宪法保卫局可能利用新纳粹的暴力发动针对穆斯林的种族主义迫害行动，德国因此可能被宪法保卫局或新纳粹绑架而变成"第四帝国"。他们揭露，在被称为"新纳粹之州"的图林根州，其州内政部长盖博特（Jörg Geibert）在 2001 年的一份备忘录中提到，该州三分之一的新纳粹分子都是宪法保卫局的线人、受到宪法保卫局特工的保护。

而宪法保卫局特工的卷入之深及其背后动机，不免让人们产生阴谋论想象：一个新的新纳粹组织"国家社会主义地下组织"（National Socialist Underground, NSU），被指控应为 2001 年至 2006 年期间八起枪杀土耳其和库尔德移民以及一起女警被害的恐怖案件负责，他们还制造了 2004 年科隆市土耳其街区的一起爆炸案。到 2006 年 4 月 16 日，二十一岁的土耳其青年 Halit Yozgat 在卡塞尔被杀，这是第九件类似谋杀。疑凶 Andreas Temme，宪法保卫局特工，被发现隐蔽地出现在这位土耳其青年开设的网吧监控录像中，最后是循着 DNA 痕迹追踪到此人。在稍后 2006 年 11 月 4 日发生的一起银行抢劫案中，发现涉案枪支与此前九起枪杀外国移民和女警案相同，且编号属于政府枪支。两位抢劫犯最后承认是 NSU 成员，但旋即可疑地"自杀"身亡。检察机关的调查于 2007 年被迫中止，Temme 现在黑森州一家政府机构工作，连环枪案的调查也停止了。类似的案例还包括 2005 年多特蒙德发生一起针对穆斯林移民的枪杀案，疑犯新纳粹分子 Sven K. 最后被法庭开释。极右分子 Michael Berger，2000 年 6 月 14 日在多特蒙德和瓦尔特诺普（Waltrop）枪杀了两名警察，然后在高速公路上又射杀了一名临检的督查警官。后有消息称 Berger 是宪法保卫局特工，而他的罪行并未列入恐怖袭击统计。

站在这场批评风暴最前沿的，是德国左派党极右问题专家、前联邦刑事法院法官沃尔夫冈·内斯科维奇（Wolfgang Nešković）。他多次直言宪法保卫局在监控极右翼极端势力方面的失败是难以置信的，而相形之下，宪法保卫局对左翼极端主义和伊斯兰极端主义的工作倒还可接受。作为左派党人，内斯科维奇的评价相当中肯，反映了宪法保卫局"重视极右，主要防极左"的政治警察态度，尽管宪法保卫局对左派党高层的监视，甚至对一些自由派媒体的监视，一直争议极大。公众担心，宪法保卫局对所谓极左势力的监控是否范围过大，以至于干预到正常的公民社会。

红军派：宪法保卫局的杰作？

1956 年联邦宪法法院禁止德共后，原德共党员大多仍然在宪法保卫局的监视下。但是，1967 年学生运动风起云涌之后，新的极左力量出现了，包括"六月二日行动"（Bewegung 2. Juni）和红军派（RAF）。而这些极左力量的出现很大程度上可以归为警察暴力的滥用，甚至柏林墙两边的间谍与反间谍机构的阴谋。参照宪法保卫局对极右势力的渗透和操纵，这种加诸于极左力量上的阴谋论也许并不令人意外。

1967 年 6 月 2 日，伊朗国王巴列维访问西柏林，沿途遭到柏林市民抗议。示威人群中，二十七岁的学生奥纳索格（Benno Ohnesorg）被警察库拉斯（Karl - Heinz Kurras）射杀在一处停车场。但法庭对这名警察的审判最后以无罪告终。1989 年之后解密的东德档案表明，库拉斯当时已经是斯塔西的一名间谍。如果他的射杀行动是在执行斯塔西的任务，以挑起西德学运冲突，那么可以说他做到了，而且效果超乎成功。不久，同样在右派报纸《图片报》的煽动下，一位来自斯图加特的学徒工枪击了德国学生领袖鲁迪·杜切克（Rudi Dutschke），激起学生的愤怒。宪法保卫局似乎面临着一个空前的挑战，因为激进的学生们很快就转向建立"六月二日行动"和"红军派"这样的学生军事组织,开展城市游击战,先后制造了一系列爆炸和暗杀行动。

"六月二日行动"有:1972年2月2日,在柏林一家英国游艇俱乐部和盟军驻地制造货车炸弹袭击;同年3月3日在柏林刑事警察局制造炸弹袭击;1975年2月27日绑架基民盟柏林候选人洛伦兹(Peter Lorenz)。这些活动在1977年秋天达到了高潮。红军派对西德资本主义制度的象征性人物发起了攻击:1977年4月7日,在卡尔斯鲁厄街头狙杀了西德联邦总检察长布巴克(Siegfried Buback)和他的司机及保镖;7月30日在德意志银行总裁庞托(Juergen Ponto)于奥伯鲁塞尔的家中将其杀死;9月5日绑架了西德雇主协会主席、奔驰公司总裁施赖尔(Hanns Martin Schleyer)。1977年的秋天也因而被称作德国历史上最"血腥的秋天"。

德国电影《巴德尔和麦因霍夫集团》(2008年)还原了这一段历史,并生动展现了宪法保卫局如何孜孜不倦与这些左翼极端主义斗争的情形。不过,宪法保卫局在其中真正扮演什么角色,非常耐人寻味,几乎为宪法保卫局后来处置极右翼势力提供了先例。有足够的证据表明,参与1977年街头狙杀总检察长布巴克的乌尔巴赫(Peter Urbach),实际上是宪法保卫局的特工。他在红军派的角色是提供行动所需的武器,因此他也有一个外号"城铁彼得"(S-Bahn Peter)。只是,红军派的同志们不知道他找到的手枪、冲锋枪、突击步枪、炸药、手雷等五花八门的制式军用武器,都是宪法保卫局提供的。1967年起,乌尔巴赫就从宪法保卫局接受任务,成功渗透进入红军派,负责武器输送。

如何理解宪法保卫局安插乌尔巴赫并且主动提供武器、间接帮助红军派完成了一次又一次的所谓恐怖行动?虽然事实上,宪法保卫局也不是唯一的武器提供者,早有克格勃叛逃到西方的军官揭露,克格勃也为红军派提供武器和情报,在背后操纵和利用着西方阵营内部的左翼激进组织。

须知,红军派代表的德国六八革命一代,不同于德共的老一辈。他们生长在战后的优裕环境中,父辈们或者战死或者远在西伯利亚战俘营,典型如红军派第一代领导人巴德尔的家庭,他们对资本主义的仇恨源自父爱缺失而产生的

1968年，柏林动物园行政法院，中间为乌尔巴赫，左边是辩护律师奥拓·席利，后来加入社民党，并成为施罗德政府期间的内政部长。

对父辈的造反。同时，他们在政治立场上并不认同苏联模式或斯大林主义，有意在资本主义和共产主义之间寻找第三条道路，也就是"新左"。只是，对红军派来说，他们是"革命权利"的行动者，站在整个资本主义意识生产的对立面，认定暴力是打破大众对资本主义有限度使用暴力进行统治的幻觉的唯一有效途径，而不是仅仅作为合法斗争的非法之翼（illegal wing）；武装斗争因而是革命不可或缺的条件。

对宪法保卫局来说，对左翼极端主义力量红军派的恐怖主义进行渗透并且提供武器，跟六八革命一开始就向抗议斯普林格出版社的学生们提供莫洛托夫鸡尾酒炸弹如出一辙，就是煽动左翼恐怖，然后扩大宪法保卫局的职权即国家威权，强化红军派所反对的警察国家体制。结果，红军派似乎与宪法保卫局成为民主体制内部相互否定却又相互依赖的共生关系，以致于有些德国知识分子将红军派假设为宪法保卫局一手制造的产物。在技术层面，乌尔巴赫多次破坏了红军派的重要行动，显示宪法保卫局对红军派的控制颇有成效。例如乌尔巴赫在1969年2月27日尼克松访问柏林期间提供了若干失效的炸弹引信，导致红军派的暗杀计划失败；同年11月9日在西柏林犹太会所的爆炸行动，也因乌尔巴赫提供的引信失灵而流产。乌尔巴赫后来从宪法保卫局获得一百万美元，改变身份后移居美国，2011年死于加州的圣芭芭拉。

类似的情况还包括另一名有争议的前"六月二日行动"、红军派成员贝克（Verena Becker），在她狱中服刑近三十年面临假释之际，2009年9月2日，德国内政部长肖伯乐（Wolfgang Schäuble）首次承认稍早《图片报》报道的，贝克曾经接受宪法保卫局十万马克充当线人。不过，更令人惊讶的，《南德意志报》2010年5月17日报道，从1973到1976年期间，贝克还是东德斯塔西的线人。无独有偶，两德统一后，红军派律师马勒（Horst Mahler）似乎同样扮演了这一双面线人的角色，他曾向红军派提供了第一支武器——勃郎宁九毫米手枪，后来成为极右组织NPD的领袖至今。

当极左组织如红军派残存成员于1998年4月宣布解散，其他几个极端组织如"革命细胞"成员被捕殆尽、"红色佐罗"在九十年代初期不再活动，宪法保卫局对左翼极端组织的控制似乎取得了历史性胜利。如果不考虑冷战结束这一大背景的话，它的渗透战术不能不说是成功的，只是，当政治形势变化，宪法保卫局的监控转向监视那些并非极端主义的政党甚至媒体，恰在某种程度上则实现了红军派最初的奋斗目标。但另一方面，作为一个警察国家的代理人，宪法保卫局有着近乎无尽的欲望，将手插入政党政治和大众媒体，特别是，东德统一社会党继承者德国民主社会党前党魁、现左派党领袖吉西（Gregor Gysi），和左派政治杂志《西塞罗》（Cisero）。吉西近年来屡被媒体爆料，指责他作为前东德社会统一党党员，曾经出入斯塔西，是斯塔西的线人。

如果对比另一个曾经的"疑似"极端主义组织——绿党的特殊待遇，那些配有吉西走出斯塔西大楼的照片、"线人登记卡"等原始材料的解密性报道虽然极有爆炸性，但也暴露出宪法保卫局在背后操作的痕迹。2009年以来，德国左派团体已经多次举行示威，反对宪法保卫局对宪法所保障的公民权利的侵犯。

而相比之下，绿党却像是个政治宠儿。其许多初创成员都是跟红军派成员一道混战在六八革命的街头，直至二十世纪七十年代初，包括后来的红绿联盟政府的外交部长、前绿党主席尤西卡·菲舍尔。菲舍尔与红军派乃至"豺狼"

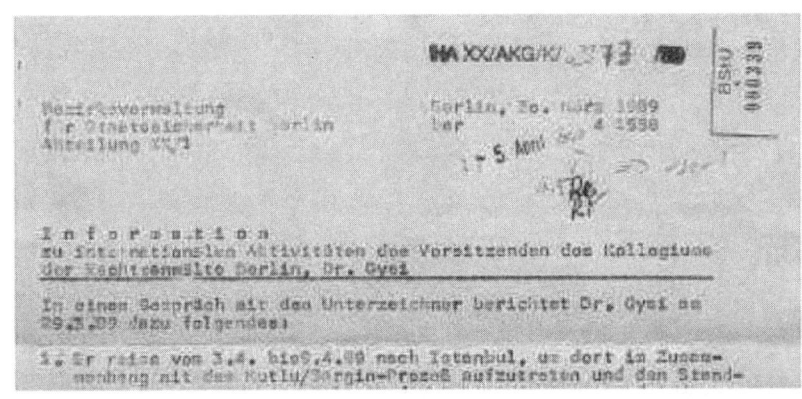

Stasi-Vermerk vom 30. März 1989. Danach soll Gregor Gysi seinem Gesprächspartner von der SED-Geheimpolizei auch über Dinge berichtet haben, die nicht in direktem Zusammenhang mit seiner damaligen Anwaltstätigkeit standen - so über ein Telefonat mit der Journalistin Lea Rosh. Für die Staatssicherheit waren derartige Informationen wertvoll, sie konnten für operative Maßnahmen genutzt werden. Gysi will sich zu dem Vermerk erst äußern, wenn er ihn gesehen hat.

一份 2013 年初公开的斯塔西文件证实了吉西的污点。

卡洛斯熟识,其在法兰克福的家还是他们的中转站之一,至今也未脱卷入街头命案的嫌疑。时至今日,绿党的许多外围组织仍然坚持激进主义的抗争方式。但是,这些都不妨碍绿党以及环保组织们在宪法保卫局内被另眼相看,与其他激进左翼组织如第四国际和斯巴达克斯等区别对待。甚至同样是街头的激烈行动,环保分子都被警察网开一面。

绿党的翻身始于与主流的合作。1985 年,菲舍尔进入黑森州议会,1996 年进入联邦内阁,从此,绿党已然跻身主流政党,能够在州和联邦政府的内务部层次接触宪法保卫局的文件,并影响宪法保卫局的政策与人事任命。绿党的意识形态也随之趋保守。对宪法保卫局而言,尤其在环保已经成为德国和欧洲主流意识形态的一部分之后,绿党早已经算"自己人了",而吉西这样的前东德共产党人在"资本主义政党"眼中尚不具有足够的政治信任。

宪法保卫局对吉西以及其他左派政客和媒体的监视,实则充当了党同伐异的工具。民主的牙齿若长得太长,把民主社会变成了一个监视社会,那就是形容丑陋的獠牙了。

穆斯林兄弟会:不是尾声

在德国的另一支共产党——库尔德工人党(KKP),处境更惨,从1994年起被正式禁止,自然属于宪法保卫局的重点监控对象。但是,无可否认,这一监控充满了种族或者宗教歧视。类似的种族与宗教偏见,同样适用于宪法保卫局对待穆斯林兄弟会以及土耳其人的米列哥鲁组织,这两个穆斯林组织都是德国宪法保卫局的重点监视目标。

最初作为伊斯兰世界现代化运动的结果和中介,穆斯林兄弟会成立于1928年,其在欧洲规模最大的机构就设在德国慕尼黑,主要成员来自德国在埃及纳赛尔政权期间接受的大量被阿拉伯世俗政权迫害的兄弟会学生,如萨伊德·拉马丹,他是兄弟会创始人哈桑·阿尔巴拿的秘书。此情形颇类基地组织受益于中情局对阿富汗战争抵抗运动的支持。

而米列哥鲁则是新兴的穆斯林组织,创立于八十年代初,公开宣示接受西方民主价值,不支持激进的伊斯兰运动和反犹主义,其德国总部位于科隆,在欧洲的三十个分支机构有十五个在德国境内,至今已经成为一个希望融入德国社会,有着庞大的清真寺、学校和人员网络的组织。但是,直至本世纪最初几年,宪法保卫局的报告对此立场仍然非常怀疑,坚持米列哥鲁的极端主义性质。一般认为,2004年德国极右翼组织制造的针对穆斯林社区的科隆爆炸案,不能排除背后存在宪法保卫局的阴谋。

而问题在于,"9·11"之后的世界反恐浪潮似乎印证了宪法保卫局激进主义的保守立场。在冷战结束多年后,宪法保卫局似乎重新确认了民主的敌人。只是,当北非革命爆发之后,埃及兄弟会趁民主化选举第一次掌握世俗政权,欧洲该当如何调适自身立场,介入到埃及以及阿拉伯世界的民主化和民主巩固进程呢?当库尔德工人党利用萨达姆政权倒台之际在伊拉克北部卷土重来,叙利亚内战成为库尔德工人党又一次新的发展契机。目前,库尔德工人党领导的库尔德武装正在叙境内成为一支堪与自由军及基地组织抗衡,并且屡屡发生冲突的独立武装力量。德国以及国际社会在叙利亚问题上的观望或许能够部分解释宪法保卫局的民主激进主义对这些穆斯林组织与民主关系的困惑。但是他们究竟是民主的敌人,还仅是宪法保卫局制造的敌人?(原刊《凤凰周刊》2013年第8期)

斯塔西档案解密二十周年

占领

1989年12月初,柏林墙被推倒的一个月后,东柏林的游行此起彼伏,其中对东德国家安全部(简称Stasi,斯塔西)的声讨最为强烈。人们高呼:"要权利保障,不要国家安全。"游行队伍中,一个大幅标语高而醒目:"Ein waches Volk ist die beste Staatssicherheit"。一个觉醒的民族是最好的国家安全。

此时,东德政权大势已去。风雨飘摇中的东德国家安全部开始销毁文件档案。焚烧炉全力开动仍嫌太慢,碎纸机也负荷过度,所有能找到的人手都被召集起来用最原始的方式撕毁文件,或者用脸盆直接在办公室里焚烧档案。

12月4日,位于埃尔福特市的斯塔西总部冒出了阵阵黑烟,被一位偶然路过的女医生发现。她意识到斯塔西正在销毁档案,立即变身女神引导革命,召唤街道上的人群冲进大楼,用直接的集体非暴力的占领行动,制止了曾经代表最暴力、最邪恶的国家机器——斯塔西特工们对秘密档案的最后销毁。

在笔者的抗争政治研究中,"占领"始终位居中心,它也是各种抗争运动的一个关键性策略、每次抗争行动周期的一个关键阶段,导引着每次抗争行动发展至高潮。例如去年秋天以来的占领华尔街运动,可以说是1999年西雅图反全球化行动的继续。但这次华尔街占领行动本身所凝聚和唤起的抗争力量十分可观,不仅没有如一些老派观察家们最初预料的在冬季到来前散去,反而仍然坚持了几个月,并且蔓延到全美以及世界各地。只有占领才可能改变。1848年巴黎公社的街垒如此,2010年红衫军占领曼谷街头的"三月红潮"亦如此。

同样,今天斯塔西档案得以解密乃至德国的历史重写,也源于二十年前的那一段占领。由于那位东德女医生勇敢的占领行动挽救了海量的秘密文件,使得一段秘密、恐怖的极权主义历史可能被再现,清算也成为可能。要知道,德国的最后统一要等到将近一年后的1990年10月3日。如果没有及时的自发占领,所有这些斯塔西档案都可能被悄无声息地销毁,其间的圆桌谈判甚至达成了销毁所有电子档案、斯塔西外国情报档案和东德人民军秘密档案的协议。

随着对埃尔福特斯塔西总部的占领,占领斯塔西办公楼、抢救斯塔西档案的行动随之蔓延至东德首都柏林与全国各地。1990年1月15日,斯塔西柏林总部大楼被正式接管,来不及焚烧或者投入粉碎机的海量档案装满了一万五千五百个口袋。除此之外,排起来可达一百一十一公里长的卷宗和数十万个影音文件被完整接收。

老大哥无所不在

斯塔西(Stasi)的全称是 Staatssicherheit,国家安全,指的是前东德国家安全部。这个庞大的秘密警察机构建于1950年的2月8日,1988年时特工规模有九万一千零一十五人,非正式雇员(合作者)则多达十八万九千人。

这些东德的秘密警察、告密者或者叫人民情报员的合作者们,运用当时能够发明、采购、窃取到的所有技术,建立了一套完整的监视网络和控制体系,制造了超过六百万份的个人监视档案——这意味着,在人口为一千八百万的东德,每三个人中就有一个,生活在斯塔西的监视眼之下。从这些海量的秘密监视档案,人们仿佛看到了一个"卡片控""老大哥",伸出八爪鱼般的黑爪,深深侵入到东德社会的每一个角落,每一个家庭。

沃夫冈·滕普林（Wolfgang Templin）是六百万中的一个。1973年，当二十五岁的滕普林被要求有义务与国安局进行合作时，这位笃信社会民主的柏林洪堡大学哲学专业学生以为，这样做"可以帮助他的国家"。他成为斯塔西的非正式工作人员（IM），亦即线人，代号"皮特（Peter）"。

然而，他的线人身份并没有维持太久。在1973年柏林举行的世界青年大会上，身为相关活动组织者的滕普林同时也必须对其他人进行监视汇报。其后不久，滕普林对自身行为产生怀疑，陷入内心困惑与挣扎。他告诉朋友和同学自己的国安身份。1976年初，滕普林的合作者身份被斯塔西终止。

八十年代，作为人权积极分子，滕普林甚至站到了东德国家安全部的对立面。很快，在斯塔西档案里，出现了沃夫冈·滕普林的新档案卡。此时，他被定性为"泄密者"，代号"Zentrale（中心）"。他被禁止工作，只能做些修暖气和清洁之类的零工。斯塔西对他进行二十四小时严密监控，他的公寓的所有房间都被安装了监听器，连公寓对面的建筑物上也安上了监视镜头。

监视报告

"13点：开始对'中心'的监视，此时他的住所的一个窗户敞开，可以听到很大的音乐声。17点：发现'中心'的妻子在住所里。17点30分：她离开楼房，在房子前吸了一支烟然后又进屋。18点30分：'中心'从弗洛拉大街方向走来，和一个小孩走进他的住所，肩上背着一个棕色的布质挎包……"

一份监视报告显示了，此时代号为"中心"的滕普林，在1987年4月23日13点到4月24日18点之间的细至毛发的行动记录：

"19点25分：'中心'背着挎包，骑着一辆男式运动自行车离开房子，顺着J.—R.贝歇尔大街骑到哈德里希大街25号。他摁响门铃，随后走进楼房过道，在那儿停好自行车。之后看不到了。20点15分：'中心'又出来，然后骑车穿过宫殿公园去住宅楼罗兰大街26G号，在那儿他寻找一处地下住所。没有什么具体发现。20点20分：他离开那个居民楼，骑着运动自行车返回他的住所，其间他多次在单行道上逆行。20点40分：'中心'走进他的住所。22点30分：他在某（此处姓氏被划黑）彦斯（家住柏林下施大街）的陪同下离开住宅，跑向柏林潘科夫轻轨电车站。某某提着他的小格纹旅行包。在短暂交谈后两人分开。某某乘坐一列从市中心开来的轻轨电车离开。他没有被继续监视。'中心'跑回居所并进了楼。23点：（空白）。23点35分：他再次离开住所。他拿着那个挎包。他妻子和某弗兰克（家住维滕贝格的和平大街某号）跟他一起跑向潘科夫轻轨电车站。三人在车站大楼前交谈然后分开。舒尔茨走进车站，没有被继续监视。'中心'和他妻子走回住所……零点15分：……并查看住所。他们不在的时候，屋里的灯仍亮着。"

解密二十年

在两德统一一年后，1991年12月29日，德国联邦议会通过了《前德意志民主共和国国家安全部档案法》（StUG），详细规范了对斯塔西档案的收集、整理、利用、处罚等多方事项，并规定民众有查看与自己相关的秘密警察档案的权利。根据该法案，斯塔西档案联邦管理局（BStU）建立，启动修复档案的工作，向公众开放斯塔西档案。

查阅档案的第一步是一份正式申请。每一个公民和媒体记者或研究者都可以向档案局呈交一份书面申请表。然后，管理局根据现有材料恢复与整理情况，通知申请人何时来查阅与自己相关的档案。囿于海量的档案整理工作，从申请到获准查阅，可能持续一年甚至更长时间。

1992年1月，沃夫冈·滕普林走进柏林诺曼大街的斯塔西档案馆，成为最早看到自己档案的第一批公民。尽管对此早有预期，但是，当那么多过去的生活细节在发黄的卡片上一一呈现在眼前，滕普林仍然大为震惊，"老大哥"竟然如此全面、粗暴地占领着他的生活。

Bezirksverwaltung Dresden Dresden, den 18.12.1965
Abteilung XVIII/1

BStU
000012

O p e r a t i v p l a n

Im vorliegenden Operativ-Vorgang " Molekül " wird der
Beschuldigte Prof.Dr.-Ing. H a r t m a n n , Leiter der
Arbeitsstelle für Molekularelektronik , wegen Verdacht
der Spionage für den amerikanischen Geheimdienst operativ
bearbeitet . Das Ziel der operativen Bearbeitung besteht
darin , die vorhandenen Verdachtsmomente zu erhärten und
dem H. eine Feindtätigkeit entsprechend StEG , § 14 , nach-
zuweisen . Die operative Bearbeitung des H. muß ebenfalls
einer möglichen Feindtätigkeit nach StEG , § 23 , Rechnung
tragen .

Maßnahmen :

1. Analysierung des über H. vorhandenen Archivmaterials
 (OV " Tablette " , ÜV " Kristall ") und des IM-Vor-
 laufes " Kristall " nach folgenden Gesichtspunkten :

1.1 Analysierung der vorhandenen Verdachtsmomente einer
 Feindtätigkeit aus der vorrangegangenen Vorgangsbear-
 beitung .

1.2 Analysierung der bisher bekannt gewordenen Verbindungen
 und die Feststellung ihres Charakters .
 verantw. : Oltn. Kleber Tremin : April 66

2. Komplexer Einsatz der vorhandenen IM und KP zur Aufklärung
 des H. einschließlich der Ehefrau mit dem Ziel der operati-
 ven Kontrolle im Betrieb und Wohngebiet .
 verantw. : Oltn. Kleber Termin : Januar 66

3. Durchführung der operativen Kontrolle des H. während
 siener Reise nach Frankfurt/Main in der Zeit vom 20. -
 24.12.1965 .
 verantw. : HA VIII Termin : 20. - 24.12.65

- 2 -

斯塔西对东德著名物理学家、政治异见者哈特曼的行动计划文件。

从 1992 年 1 月至今，超过六百五十万人次申请查阅斯塔西档案。二十年过去，如今每年仍有十万人次想要查阅斯塔西档案。人们在重新发现自己历史的同时，斯塔西特工和合作者的影子也慢慢浮出水面，针对他们个人的道德清算也渐次展开。

德国哲学家雅斯贝斯在二战后曾经划分了三种清算：上帝的审判、法律的审判和道德的审判。不同于二战后的清算——那次主要是战争法庭的审判和占领军组织的"去纳粹化审查"，对斯塔西的清算，更像是一场个人化的道德清算。每个曾经生活在极权阴影下的公民，从阅读自己的监视记录开始，在类似心理治疗的档案阅读中，重现个人生活的历史记忆，重新审视曾经由虚伪、欺骗和暴力控制组成的社会关系。而后，受害者自己来决定如何对待每一位极权主义的帮凶——那些曾经是同事、朋友甚至家人的告密者，或者提起法律诉讼，用东德的法律来审判那些违法侵犯人权的执法者；或者宽恕，然后重建对民主生活的信念，更好地融入民主生活。

正如今天的斯塔西档案联邦管理局主管、前东德记者罗兰·杨所说："我们越认清专制，越能更好地构建民主。"（原刊《网易专栏》2011 年 12 月 25 日）

左派党的天空

从 2010 年 9 月德国大选之后，支持率大涨的左派党在中国政治学界引起了注意。但是，如何认识左派党的上升与理解其他国家政党转型之间的关系却相当复杂，远非表面上那么简单。奇怪的是，尽管在许多层次上，左派党的意义仍然相当有限，只与德国国内政治有关，却引起相当过分的关注。内中原因值得细究。

作为德国 2009 年秋季大选的最大赢家，左派党 2007 年才成立，由继承了原东德共产党（社会统一党，SED）的民主社会党（PDS）和从社民党脱离出来的社民党左派（就业与社会公正，WASG）合并而成，总共赢得全国百分之八点七的投票和联邦议会五十三个席位。相对社民党的失利和下野，左派党的上升显然具有重要的指标意义，估计有一百万左右的红—绿联盟支持者在投票时倒向了左派党，它的主要支持者是部分产业工人、失业者和反全球化运动的支持者，而且它第一次在西部地区收获了大幅选票，表明全球金融危机之后德国劳工阶级在重新选择，并且，通过左派党，东、西部劳工阶级的分歧开始历史性地融合，这对稳定德国"五党体制"的政治格局有着无可否认的重要意义。

其中，超越东西意识形态壁垒、在选战中发挥关键作用的是左派党的"反新自由主义"诉求，也是过去半年多最被公众关注的左派党立场。这一立场的核心是社会正义，要求分配正义，尤其是保护最低收入者和失业者。比如左派党反对六十七岁退休年龄，要求将 Mini-job 的最低收入提高到每月五百欧元等。这些主张当然受到不少产业工人、工会分子和失业者的欢迎，而且因为过去几年社民党及其工会伙伴的新自由主义主张，即施罗德领导的第三条道路下"哈茨 IV"计划，该计划力图鼓励雇主雇佣低薪劳工、将领取救济者赶回就业市场以降低失业率、减少福利支出而导致社民党的支持率每况愈下，仅剩百分之二十多，在与保守的基民盟的联合执政后，最终沦为在野党。

问题在于，尽管左派党只反新自由主义、不反资本主义，左派党的包装遮掩了民主社会党的历史痕迹成功走向西部，金融危机也让西部劳工选票开始分化投向左派党，但是左派党却面临一系列几乎难以逾越的障碍：对公众来说，左派党的反新自由主义立场和她的反资本主义倾向几乎难以区分，而后者意味着左派党身上民主社会党甚至前东德共产党的反体制烙印，这对左派党跃跃欲试的执政理念简直是个挥之不去的命门。甚至有不少政客继续怀疑这样的左派党是否意味着民主的威胁。就在半个月前的 7 月 22 日，德国最高行政法院裁决联邦宪法保卫局对左派党政客拉莫洛夫（Ramelow）的监视合法。长期以来，德国联邦宪法保卫局一直对境内可疑的恐怖组织和极端政党如新纳粹的国家民主党（NPD）实施监视，原民主社会党、现在左派党的不少政客也在受监视之列。德国政治的主流和官僚机构对东部共产党的幽灵一直保持着极端警惕，连陷入颓势的社民党也一直尽量避免与左派党结盟。

当然，选票才是硬功夫，反正上台之后还要回归主流。比如左派党现在对最低工资的要求（每小时八点四四欧元）已经比去年选战游行时每小时十欧的主张退后了一些。在勃兰登堡州，早已实现了社民党与民社党（今左派党）的红—红联盟执政，执政的左派党在台上也很务实地采取与社民党几乎一致的立场与政策。在这一点上，另一个小党——绿党的政策就更为灵活，先后已经在汉堡州和萨尔州实现了与右派政党的联合。可是，左派党的另一个瓶颈却是愈益恶化的金融危机效应。左派党受益于金融危机，却难以在消减福利和减税等新自由主义措施之外提出有建设性的反建议。纵有社民党左派特别是拉芳丹的加盟，左派党仍然与德国社会主流认同有着相当距离。它对社会正义的强调也没有超出社民党的传统纲领，却缺乏社民党和基民盟的全民党基础。

　　换言之，左派党的主张是梦想大于现实、批判大于建设，难以根本消除社会主流对其反体制的怀疑。而且，俨然接过反全球化运动领袖大旗的左派党，内部派系斗争激烈，各种极端左派组织吵吵嚷嚷，也给了联邦宪法保卫局充足的理由继续保持监视。但是，考验一直背负沉重冷战遗产的左派党的却是欧洲左派后冷战时代的命题：如何统一促进民主与反全球化运动这两个表面冲突却可能孕育新政治未来的主张？

　　在黑黄联盟执政半年多以来危机重重的情况下，一直唱衰黑黄联盟的左派党趁机做出惊人之举，悄悄影响德国内外政策。比如，在5月31日以色列突击队登船发生冲突的土耳其救援货船上，就有两名左派党现任议员和一名前议员，他们试图以此介入并影响德国乃至欧盟的中东政策，靠拢土耳其—伊朗新轴心。类似的，俄罗斯也是左派党外交政策的首选。显然，左派党正在奉行一条与美国保持更大距离的路线，企图占领德东以外更多的天空，这大概才是左派党受到某些海外势力特别关注的真实原因吧。（原刊《网易博客》2010年8月6日）

革命家、环保分子、欧洲主义者？
——关于德国外长菲舍尔的三种文本

虽然在绝大多数中国人的德国辞典里，菲舍尔似乎很难与西门子电器、宝马汽车或者科尔、柏林墙、纳粹等的"德国造"挂上钩，但当2003年施罗德访华承诺向中国出售西门子公司位于哈瑙的核工厂后，一向是施罗德亲密战友的菲舍尔及其绿党却率先杯葛此案，大书一个"拆"字，很让中国公众莫名惊诧了一把。在国人看来，菲舍尔此举似乎既反"红绿执政联盟"之团结，又罔顾大企业利益和德国谋求安理会常任理事国席位需中国首肯的战略考量，当然有些匪夷所思。不过，菲舍尔作为"1968"一代成长起来的政治明星，从边缘到中心、从反社会而进入体制直至窥视欧洲政治核心，其表面的矛盾和冲突背后隐藏着这样一个史实和趋势：菲舍尔所代表的欧洲激进左翼力量并没有随着冷战结束而终结，而是成功渗透欧洲主流政治——不仅包括欧洲联邦的诞生、德—法轴心对美英伊拉克战争的抵制，也包括对中国事务的更深介入——2004年7月中旬菲舍尔的印度—中国之行因此颇耐人寻味。

三重人格

菲舍尔1948年生于德国南部巴登符腾堡州的一个匈牙利屠夫移民家庭，排行老三。从出生到十七岁辍学开始就业，直至成为德国乃至欧洲政坛最耀眼的明星，他的一生几乎凝聚了德国战后所有重要的社会变化，充满了戏剧性而极富历史感。2001年，BBC著名评论员威廉·赫斯莱给菲舍尔贴了张"三重人格"的标签：出租车司机，历史复杂，善变。

虽然出租车司机只是菲舍尔从政前干得最长的一份工作，却很能说明他城市无产者的出身。菲舍尔十七岁辍学后的第一份工作是照相馆的学徒，但只干了一年就放弃了。1971年菲舍尔以普通工人的身份进入欧宝汽车厂，但几个月后就被厂方怀疑煽动工人而开除。之后，他靠打零工来维持自己的街头革命家生活。1976年，菲舍尔自己那辆用五百马克买的旧车被朋友克莱因借去用作绑架黑森州经济部长一事案发后，菲舍尔只好开出租车谋生，直到1981年。1982年，菲舍尔加入德国绿党，第二年代表绿党参加联邦议会选举成功。从此，德国主流政治舞台历史性地出现了两名绿党议员的身影，菲舍尔也告别了他的街头生活。

菲舍尔的所谓历史问题，发端于1967年以后德国"红色文化革命的十年"。在1977年那个炎热的秋季，这段文化革命史以一连串充满红色血腥的绑架、劫机和死亡落幕。德国大小媒体曾经争相发掘、报道菲舍尔如何可疑地在1974—1976年间的街头抗议中参与袭警和投掷"莫洛托夫鸡尾酒"；或者卷入1975年维也纳OPEC组织会议袭击案——为这次袭击提供援助的前克格勃将军和1997年才落网的臭名昭著的"豺狼卡洛斯"都声称菲舍尔在法兰克福的住所和汽车为这次行动提供了掩护；还有1976—1977年"红色旅"策划的系列绑架和政治谋杀——红色旅著名女首领玛格利特·希勒证实，菲舍尔自己也承认，当年他确是红色旅创始人那个圈内的，等等。

1974年，菲舍尔（疑似图中戴头盔者）在法兰克福街头与警察冲突。

2001年初，随着当年好友克莱因开庭受审，媒体炒作达到高潮。《明镜周刊》和《法兰克福汇报》公布的一系列照片都清楚地显示了菲舍尔和克莱因当时的战斗画面。菲舍尔本人虽然否认他曾经投掷过燃烧瓶、为学生恐怖活动提供协助等指控，倒也爽快地承认了当年参加过学生激进组织、投掷石块、进行街头徒手战斗，认为这就是他的历史，也是德国历史的一部分，并出庭为克莱因作证。菲舍尔称，他之所以选择学生暴力路线，起因于1968年4月著名的德、法两国学生领袖鲁迪·杜切克在西柏林身受重伤，他因此痛感德国的警察暴力泛滥、有重新纳粹化的危险。由于这段历史问题，"街头战斗"或"暴力分子"作为菲舍尔的历史符号延续至今，成为德国和世界政故对菲舍尔诸多称呼的词源，比如"生态斯大林主义者"、"反美主义者"、"恐怖主义者"，等等。

六年外长任内，菲舍尔负责的外交政策也有"善变"的恶名。《明镜周刊》

今年4月份批评菲舍尔在许多问题上似乎没有战略可言,比如对俄罗斯和中国事务毫无兴趣,在欧盟政策和中东问题上前后几年间也变化太剧:欧洲一体化已经抛弃了2000年的"核心欧洲"概念;中东问题上拿了以色列海法大学的名誉博士后就对阿拉法特食言,不再支持巴勒斯坦的独立建国计划。

菲舍尔的私人生活也同样多变。比如穿着,1998年当上外长后,菲舍尔脱去往日绿党同志的最爱——牛仔裤和便西装,爱上了讲究的三件套西装,只在绿党大会上摘掉领带。他的体重也忽轻忽重,二十世纪九十年代中期与第三任妻子离婚后,菲舍尔积极参加马拉松、踢足球,一下子减肥三十公斤。不过最近已经大腹便便如国王,体重超过一百公斤。婚姻记录最令人瞠目,直逼好莱坞明星。从1967年与第一位妻子在私奔者的天堂——苏格兰的格瑞塔格林小镇结婚后,菲舍尔又结过三次婚,每次都以离婚结束,次数跟勃兰特以来的德国政府更迭差不多。第五次婚姻也许是跟他现在二十八岁的女友,那时,该轮到基民盟上台了吧。

政治光谱

按照汉堡社会研究所的学生运动史专家克劳斯哈尔的研究,菲舍尔在整个七十年代的左翼激进学生运动中都处于中心地位。1967年,菲舍尔在斯图加特第一次参加了反越战的学生运动,并在队伍中结识了他的第一任妻子。1968年,这个欧洲现代史上拥有特殊地位的年份里,菲舍尔搬到法兰克福,很快便卷入了在德国资本主义中心所发生的街头革命。他跟巴黎"五月风暴"学生运动领袖、现在是法国绿党领导人的丹尼尔·科恩本迪特的终生友谊也从这一年开始,十多年后欧洲绿党的基本结构由此奠定。

因为后期的"恐怖主义化",欧洲上世纪六十至七十年代的激进学生运动走入了死胡同,菲舍尔的不少战友在后来的岁月里都边缘化了。但七十年代当冷战进入世界性石油危机和"核军备竞赛"的阶段时,"反核"取代"反战"并逐渐演化为绿色环境运动,主张后工业社会权利的欧洲新社会运动也随之兴起。

1985年，菲舍尔在黑森州议会宣誓。

"1968"一代的理想主义者和街头革命者在绿色政治中开辟了一个新的空间，左翼政治开始转向。1989年冷战的结束为欧洲绿色主义者正式登上政治舞台扫清了最后的意识形态障碍。

菲舍尔也在1982年加入绿党，由红转绿。1983年成功竞选德国联邦议员后，1985年第一届"红绿联盟"的政府在黑森州出现，菲舍尔被社民党人任命为德国历史上第一位环境部长。许多德国人至今仍清楚记得菲舍尔在黑森州议会就任州环境部长的情形：德国历史上第一位绿党籍部长，是穿着耐克球鞋、牛仔裤和一件西装上衣——这样前所未有的嬉皮士组合宣誓就任。这双球鞋现被波恩的一家博物馆收藏，不啻菲舍尔"卡里斯玛"魅力的象征。毕竟，它标志着一个造反青年和激进左翼运动开始认同主流政治并被主流政治认同的起点。

如今，菲舍尔虽然自称告别了学生运动，也划清了和许多左翼激进恐怖组织的界限，但是作为当年学生运动中幸存下来最聪明的机会主义者，他总是善于利用既有的资源，最先发现新的机会，然后领导一个组织或者政党或者国家或者整个欧洲朝这个方向前进。譬如，由于他们与同属左翼的社民党合作执政之后，所能主导的政治议题除了绿党传统的环境政策之外，还需为他们的政治理想寻找新的空间，因此，一直由欧洲社会党人推动的欧洲一体化进程，居然成为原是无政府主义者的欧洲绿色分子们新的乌托邦。

正如撒切尔夫人实践了哈耶克的古典自由主义学说一样，菲舍尔也把哈贝马斯代表的法兰克福学派奉为圭臬。1968年春，菲舍尔第一次拜访了法兰克福学派的著名学者阿尔多诺和哈贝马斯。八十年代菲舍尔就任黑森州环境部长后再次拜见哈贝马斯。据说经过一次彻夜长谈后，哈贝马斯站在法兰克福大街上仰天长叹：这才是真正的法兰克福！1999年，哈贝马斯在德国决定出兵科索沃后，发表长篇文章从政治伦理角度支持了菲舍尔这个看上去与绿党政纲背道而驰的出兵决定。2003年4—5月，哈贝马斯再度两次发表重量级声明，反对伊拉克战争和支持加速欧洲一体化，建设超越传统民族国家的欧洲联邦。也就是说，菲舍尔几乎所有的重大政策取向都与"国师"哈贝马斯的哲学理念相契合。

从实践层面，菲舍尔领导的绿色政治发展越来越咄咄逼人。今年6月份刚结束的欧洲议会选举中，德国绿党获得百分之十三的高幅支持。欧洲议会选举的指标意义尽管不大，却表明了绿党对欧洲议会的强烈企图。而且，这几年德国绿党在国内的支持率从百分之五的门槛逐渐攀升过百分之七，虽然暂时无法与右翼基民盟百分之四十以上的支持率相比，但在社民党民意支持节节下滑、落后基民盟十个甚至更多百分点的情况下，备显绿党作为红绿执政联盟中关键小党的作用。

而现实政治光谱中更为诡异的位移在于：绿党的执政愿望是如此强烈，以至于"堕落"不可避免。在与另一中间偏右小党也是基民盟传统执政小伙伴——自民党的竞争中，由于绿党的民意支持已经稍稍领先自民党，下一届德国联邦政府甚至无法排除"黑绿联盟"这一看上去似乎荒谬的组合。今年年初，在社民党声望因推动"2010议程"而严重受挫之际，德国政坛就已传出菲舍尔领导的绿党可能与右翼保守政党基民盟结盟的耳语，即所谓"黑绿梦幻"。直到6月份的图林根州选举结束后，菲舍尔才轻描淡写地表示"忘掉这些吧"。但是，菲舍尔目前极高的个人声望和他对欧洲一体化进程的贡献，却暗示着机会主义者菲舍尔未来向"绿色保守主义"转向的可能，甚至背叛绿党，由绿而黑。

新欧洲

那么，让我们来看看菲舍尔的新欧洲。不言而喻，他的欧洲理念关系欧洲一极的形成及其对美国单边主义的牵制，对中国的战略意义当然要远远超过他的反核理念对买卖一座核工厂的影响。

首先，回到1984年，无政府主义色彩浓厚的德国绿党还对欧洲一体化抱着强烈的怀疑态度，把欧洲一体化未来的发展看作一个资本主义的超级强权。直到1990年代中期之后，绿党内部改革派占了上风，转而积极推动欧洲一体化，支持对欧洲一体化最为积极的社民党人将新欧洲改造为"规制资本主义"的民主联邦的构想。大部分欧洲绿党都经历了类似的转变，对欧洲一体化的认同大大高于其他极左和极右政党，接近保守右翼的认同程度。其结果，围绕新欧洲的定位，"规制资本主义"即德国莱茵式资本主义或曰社会民主的道路在与欧洲保守政党所主张的"自由资本主义"模式的竞争中暂居上风。欧洲政党围绕一体化的争论因而从原先的"传统—威权—民族主义"转换为新的维度：绿色—其他—自由主义。欧洲各国围绕欧盟宪法草案的争论基本上是沿着这一维度展开的。6月18日欧盟宪法草案的通过，证明了绿色政治开始主导欧洲一体化的方向。

菲舍尔本人对草案未来通过各国议会表决或公投很有信心。在他看来，目前的欧盟至少在三个方面存在重大缺陷：政治意愿的形成过程，制度执行和军事能力。而欧洲左翼政治主导制定的欧盟宪法草案中最有争议的"双重多数"表决条款，内化了所谓"核心欧洲"的概念，可以解决欧盟目前的决策低效，有利于建立一个强有力的超国家的欧洲联邦，包括将欧洲议会转变为真正的权力机构。

同时，菲舍尔主张建立一支独立的欧盟军队，认为这不仅不是竞争而且是对现有北约组织的补充，有利于改进跨大西洋关系即与美国的关系，符合美国的利益——这当然是外交辞令——因为只有这样才可能更好地对抗他所谓的"伊斯兰极权主义"和捍卫欧洲价值观。过去几年间，菲舍尔在演讲中多次强调"反恐不应成为侵犯人权的借口"，强调在阿富汗执行反恐任务的德国军队是欧洲军队而不是北约武装，从而把阿富汗的情况与伊拉克区别开来。因此，无论2004年2月菲舍尔与美国防长拉姆斯菲尔德的慕尼黑会面，还是6月底的伊斯坦布尔北约峰会，德—法轴心与美国在伊拉克和反恐的立场都有相当距离。

其根源，可以从欧洲新的绿色政治维度下，菲舍尔为他的新欧洲所作解释中找到——即菲舍尔2004年3月6日接受《法兰克福汇报》访问时提出的"战略维度"。这一战略维度最早产生于1999年北约出兵干预南斯拉夫内乱，也即哈贝马斯的解释——避免种族屠杀的人道主义灾难在欧洲大陆再度爆发。土耳其何时加入欧盟的问题因此也必须与反恐、与欧洲对"伊斯兰极权主义"的最终解决挂钩。

因此，菲舍尔把他的新欧洲定义为一个"形成中的强权（power in the making）"，是1989年柏林墙倒塌和2001年"9·11事件"后"西方世界的重构"。这一重构，不仅将改变世界地缘政治格局，是对美国单边主义的挑战。而且，作为欧洲联邦制度化的过程，其欧洲主义的意识形态即欧洲左翼政治"规制资本主义"、捍卫人权和环境的内在张力，将对中国的"和平崛起"构成更为长远的战略压力。（原刊《南风窗》2004年第15期）

默克尔：让德国回到科尔时代？

2005年5月22日，德国北威州大选社民党失利，社民党籍总理施罗德在败选当天下午即宣布将提前解散议会，并在2005年9月18日举行全国大选。为备战即将在7月展开的竞选，两天后，在野的基民盟和基社盟迅速反应、推出了总理候选人——五十一岁的基民盟现任主席安格拉·默克尔。从此，可能是德国历史上第一位女总理的默克尔，正式浮出水面。

东德来的政治新星

严肃有余的德国政坛上，有一则笑话至今还被人们不时揶揄：1999年爆出科尔政治献金丑闻后，德国联邦议会对二百一十万马克黑金的去向进行调查。查来查去，最后发现还有一百马克被基民盟新任主席默克尔女士所用。结果，默克尔倒是爽快地承认了：我拿这一百马克去做了头发。

一头未加修饰的淡黄短发，深色的裤装，这是默克尔的标识。不过这也成了多年来她的靶点之实；不喜欢她的人抨击她老派保守，一如她几十年来一成不变的发型。但是默克尔不以为然，自辩说，绝不会为政治而秀，改变自己素面朝天的形象。确实，默克尔阴差阳错步入政坛并平步青云，完全是东西德统

安格拉·默克尔。

一造就的一个时代奇迹。至少在三十五岁之前,这个原民主德国物理学女博士的偶像大概还是爱因斯坦。

1954年7月,安格拉·默克尔出生在西德汉堡。父亲是路德教会的一名神甫,不久即因职业之故全家迁往东德勃兰登堡。安格拉·默克尔也在东德成长,接受社会主义教育,并于1986年获得博士学位,论文是关于简单碳水化合物反应速度中常数值的计算。

不过,迷信专家治国的社会主义德国其政治变化却往往超出物理学家们的计算。安格拉·默克尔自己承认了,是"柏林墙的倒塌唤醒了她的政治意识"。她说:"我在东德居住了三十五年,在汉堡只待过六周,当柏林墙倒塌之际我才变成了一个政治人。"这一变化当然不只发生在默克尔一人身上,统一后的民主化改变了整个德国东部地区。默克尔家庭成员的政治取向,几乎就是统一前后东德政治生态的缩影:父亲曾是东德"统一社会党"政权的坚决反对者,统一

1991年，基民盟大会，默克尔和科尔。

后却加入一支小左派政党"新论坛"；母亲参加了社民党，兄长则是绿党成员。

1989年，默克尔加入东德一夜间兴起的众多民主党派之一的"民主觉醒"，不久因该组织分裂于1990年加入基民盟，随后开始了她个人也是德国政坛史上的"撑杆跳"：1991年，在科尔政府内担任妇女与青少年部部长；1994年，担任德国政府环境部长；1998年起任全德基民盟总干事；2000年，以百分之九十五点九四的高票当选基民盟主席——一个仅有十年党龄、来自东部地区、缺乏执政经验的默克尔，便成为德国历史上第一个女党魁。当然，这一切归功于她的伯乐——德国老总理科尔对她的赏识。

"科尔的小姑娘"

对这位社会主义教育下培养出来，几乎是政治白痴的物理学家，科尔曾经亲昵地称她为"我的小姑娘"。在今年科尔七十五岁周生日之际，默克尔接受电视采访，对科尔的栽培表示感恩。她说："我自进入政府内阁后，从他那里学到了很多。那是一段难忘的日子。从今天看来，我不认为科尔执政的十几年是糟糕的。反之，比较今天德国的内政外交，比如与土耳其、奥地利的关系，很遗憾的是，当年良好的社会气氛如今都不复存在了。"

当然，民主政治最大的好处之一就是能迅速适应环境变化。这个外表清秀正派的小姑娘很快就学会了民主政治的生存法则。1999年11月，科尔的政治献金案发后，默克尔即在12月的《法兰克福汇报》上撰文表态，要求科尔辞去基民盟荣誉主席的职位，毅然与科尔划清界限。同时，默克尔更以"快刀斩乱麻"之势，向基民盟党内盘根错节的科尔势力开刀，让外界从此对她刮目相看，基民盟也得以迅速走出科尔献金丑闻的阴影，重新赢得德国公众的信任。

不过，对飞得太猛的默克尔号直升机来说，真正走出科尔的阴影并不容易。虽然1999年她在复杂的内部斗争情势下背靠大山脱颖而出，但能否带领联盟党重新执政，基民盟、基社盟内部的怀疑从未停止。默克尔的政治资历毕竟太浅，甚至没有任何哪怕在最小州州长行政职位上的操练经历，政治理念也毫无特色，一味在基民盟党派大纲内萧规曹随。党内的反对者攻击她不仅形象呆板，思想更保守，难以胜任德国政坛首脑的重要职位。因此，在2002年的德国大选中，默克尔不得不在盟党竞争对手——基社盟主席、巴伐利亚州州长施托伊伯的咄咄攻势下，被迫主动弃选。

终于，在施托伊伯竞选失利后不到四年，选民们也放弃了施罗德的社民党，默克尔以退为进的策略终于奏效——在5月24日的联盟党会议上，她顺理成章地被绝大多数党员认可，推举为联邦总理竞选人。当年相争的施托伊伯也满面含笑，表示愿意尽其所能，帮助默克尔成为德国第一位女总理。

能否走出自我？

尽管从5月底算起，默克尔终于颜面大展、仿佛做过美容一般地走出了科尔阴影，但是，长期以来不管是在党内，还是面对公众，默克尔作为政坛女性给外界的形象都不够鲜明，这几乎成为她参选的最大障碍。

去年底，德国社会研究统计分析机构Forsa的民调显示，尽管社民党一再丧失民心，但与联盟党的默克尔比较，施罗德个人在受欢迎程度上仍然领先。除了"勤奋"与"能力"两项指标外,默克尔其他各项都远不如现任总理施罗德,特别在行政领导能力与人格魅力指标上,施罗德都更胜一筹。

2004年10月,默克尔与盟党战友施托伊伯在医疗改革方案上发生严重分歧,基民盟的经济智囊美尔茨因此引退,使默克尔陷入严重危机。民调显示,在这一德国民众最为关心的议题上,公众对默克尔的满意度降至最低谷百分之二十九,远不如施托伊伯的百分之三十九和施罗德的百分之三十四。

在社会交往方面,默克尔的形象也过于冰冷。德国《明镜周刊》曾评价,"默克尔没有任何赢得政治朋友的天赋。她对别人不信任,不是对所有人,但是对很多人"。一个与她交涉甚多的人评价她对同事只是"工作上的关系"。此种冷漠的社会交往风格,与贫寒出身、在民主体制下成长起来的施罗德相比有太大的差别,几乎是东德社会主义体制的标志性遗产,在今日的德东地区仍然是妨碍当地社会资本生成的一大社会痼疾,也妨碍默克尔进一步争取德国西部民众的好感。

当然,这也许并不是私下真实的默克尔。她的密友、德国《缤纷》杂志的主编里克尔女士评价这位不苟言笑的总理候选人:"她一直有强烈的使命感,她承担重大的责任,因为位居高职,可以为德国和人民做些什么。这个义务根本不允许任何玩笑。因此使她在公众面前显得那般严肃,那般拘谨,有时也很冷漠,但是她事实上根本不是那样的人。"

无论如何,如今默克尔以简约、实干风格获取了联盟党的大多数支持。她提出的个人口号"我愿意为德国效力"显得如此响亮且真诚,几乎成了次日所有报刊的头条。

接下来一周,她通过报章采访再次鲜明反对施罗德的"2010议程"改革方案,并针锋相对地表示要多做实事,而且马上就做,而不是让民众望梅止渴。比如尽快启动"Ich-AG"政策,取代目前德国申请建立公司的繁文缛节,鼓励个人公司和个人创业。未来的政策重点还包括进行大幅度的税务改革,许诺降低个人所得税,将最低税率从目前的百分之十五降至百分之十二,最高税率也将从百分之四十二降到百分之三十九,等等,引导德国经济走出低谷。

有政治评论认为，默克尔简直是上天送给基民盟的一份礼物。她代表了妇女、女抗议者和东德人，所有这三个选民群体都会投票支持她和基民盟，对于渐渐声嘶力竭、人望东流去的施罗德来说，默克尔终于拥有了宝贵的战略优势。如果默克尔真的竞选成功，那么科尔时代或将得以延续，尽管默克尔自己当年以大义灭亲的方式宣告了科尔时代的终结。而且，事实上，人们已经开始这么看。"我发现安格拉·默克尔做得恰如其分地好"，基民盟的新生代政客米斯菲尔德说，"因为她简直就像科尔那样领导基民盟"。

继续亲美，对华暧昧

在对美关系上，默克尔沿袭了基民盟一贯的亲美作风。她曾支持美国发动伊拉克战争，2003年初访美时，不惜批判德国总理施罗德的反战政策来争取美国信任，在当时曾引起反战呼声正高的德国国内的强烈不满。不过，鉴于目前德国与美国的关系僵硬，有评论认为，如果默克尔竞选获胜，德国与美国的心结将不解自消。

在对华关系上，默克尔的态度还不尽明显。唯一可见默克尔明确表态的，是关于欧盟是否应当取消对华武器禁运的政策争论，默克尔立场鲜明，数度表示不赞成现在解除武器禁运。不过她关注到中国的发展给德国带来的各种变化。她说："世界在变化，力量在发生变化。亚洲地区，特别是中国，发生了重大的变化，包括政治形势。中国是世界安全的重要伙伴，比方说北京在朝鲜核问题上不可或缺。"

在经济上，默克尔当然看到中国超乎寻常的经济发展，以及与德国日益紧密的贸易关系。"这些发展我们都能看到。我们也非常感兴趣，希望中国更紧密地融入国际中来。因此我们也需要与中国结成战略伙伴关系。但是，这不是指让我们的关系军事化，并不涉及任何武器装备援助。"在这一点上，无疑，默克尔与施罗德的立场有相当距离。

执政十六年的德国前总理科尔，在任内极力促进与中国改善关系，曾经被德国媒体戏称为"中国大白菜"(Chinakohl)。不过，准备继承科尔执政理念和风格、由科尔一手栽培的默克尔，是否会为了眼前的经济需要，也爱上这一口中国大白菜呢？答案还不可知。（原刊《南风窗》2005年第12期）

古滕贝格之痛

——学术抄袭与政治信誉，都有关伦理

2011年2月24日，两万三千名德国高校博士生、学者和教授们联名向德国总理默克尔递交一封公开信，以学术诚信不容虚假为由，要求责成国防部长古滕贝格对其博士论文抄袭丑行引咎辞职。3月1日，在抗拒了两周之后，古滕贝格终于宣布一个"痛苦的决定"，辞去国防部长职务，为自己的学术不端买单。

Mr. Perfect 变成抄袭部长

博学睿智、年轻倜傥、出身贵族和政治世家、伴有一位同样出身名门的靓丽夫人，这一切使现年仅三十九岁的古滕贝格，在两年前进入内阁之后，迅速上升为德国政坛最耀眼的一颗政治明星。

2009年4月，时年三十七岁接任经济部长，成为德国二战后最年轻的部长，九个月后，又被成功续任的默克尔任命为国防部长。上任以来，古滕贝格频频视察德国驻阿富汗军队，鼓舞士气，并强硬地称阿富汗的军事行动为"战争"。此外，古滕贝格对联邦军进行了大刀阔斧的改革，包括取消义务兵役制度，被称为联邦军自二战结束以来的百年改革。

古滕贝格的影响力不仅在党派内外，在平民中也拥有了大量粉丝。尤其是去年底，古滕贝格携夫人斯蒂芬妮———一位电视台女主播，且是铁血宰相俾斯麦后人———一起高调视察驻阿富汗德军，由此引发一场争议。反对者批评古滕贝格言行放纵，"秀"迹斑斑，违背了德国二战以来军事低调的"政治正确"。但是，该举动却激发德国民众对驻阿军队的艰苦环境予以关注和慰问。圣诞节期间，四千七百名驻阿德军收到了来自全德上万封贺卡、明信片，祝福如雪片一般，降落到一度被遗忘的军士身上，成为感人一时的圣诞节佳话。

这些政治公关活动，不仅征服了民众，也征服了媒体，从而造就了一位政治超男。古滕贝格一跃成为德国最受欢迎的政客，人们甚至预期他是未来德国总理的最佳人选。是啊，再没有谁比古滕贝格有更完美的履历，不仅如此，他还帅、年轻、踌躇满志，还出身豪门，还有博士头衔，更有一位明星夫人，足以充当各种新闻杂志的封面女郎———就连德国最权威的《明镜周刊》，也多次以古滕贝格夫妇为封面人物，递出了一顶高帽———"Mr. Perfect"（完美先生）。

然而，这一切在原本锦上添花的博士学历上，成了一场明日黄花。2月11日，不来梅大学一位法学教授在引用古滕贝格2007年从拜罗伊特大学毕业的博士论文时发现，该论文存在多处未注明出处的严重问题。此事一经媒体公开，公众哗然。一开始，古滕贝格否认自己故意抄袭，声称纯属严重失误，并试图以放弃博士学位来冷却民愤。

但是，反对者尤其是学界学者对古滕贝格的辩解毫不认可。Facebook等社交网络上许多网友自发对古滕贝格分数为优异的博士论文逐字逐句核查，指出其四百页论文中竟有两百多页涉嫌明显抄袭，却没有严格遵照论文体例标示出处。同时，古滕贝格的母校拜罗伊特大学取消古滕贝格的博士头衔，他的博士导师也宣布和自己这位曾经的博士生"划清界限"，表示对所发生的事情极为失望。

学术不端，是对诚信和创新的重创

尽管德国人崇尚学识，但博士学位拥有者仍然只占全民比例的百分之一点三。

目前，德国在册大学生人数约有二百万，但每年只有二万五千名左右博士学成出炉，平均每个教授每年只成功培养一个博士。德国的攻博之路艰苦而漫长，期间有相当比例的博士候选人不得不因各种原因中途放弃，或者无限期地休学。

所以，这也就容易理解为什么博士头衔在德国那么受器重。为了强调"made in Germany"博士的含金量，德国坚持德国大学授予的博士头衔称呼是"Dr."，而有别于英美学制的博士头衔"Ph. D"。甚至有法律规定，在海外获得"Ph. D"头衔的博士不得在德国自称为"Dr."，一经发现，轻者警告，重者甚至会遭到起诉。

因此，也就更可以理解，为什么一篇掺水的博士论文，会在德国引起这么大的民愤，甚至不惜牺牲一个明星政治家的前途。学者们声称："我们不指望人们对我们的科学工作予以感谢，但至少期待得到应有的尊重，严肃看待我们的工作。通过（您）对古滕贝格事件仅仅视为过失，将使德国作为科学基地和'思想之国'（Land der Ideen）的可信度遭受重创。"学者们还建议，如果默克尔不正视这件事，那么请她"将来不要再口口声声说德国是'教育共和国'"。

拷问古滕贝格学历门，我们拷问什么

事实上，越来越多的政客对博士帽垂青。历数德国当代政客，有博士头衔的比比皆是，堪称博士高密度人群。德国前总理科尔于1958年以政治学论文获得海德堡大学哲学博士学位（Dr. phil.）；现总理默克尔是1986年东德时期分析化学专业的自然科学博士（Dr. rer. nat.）。在本届议会成员中，博士比例占百分之十九，而其中最显著的是自民党（FDP）议员，博士学历拥有者达到百分之二十二，其形象代表就是现任副总理韦斯特维勒，尽管他是德国唯一的国立函授大学——哈根函授大学授予的法学博士。

不可否认，在激烈的选战之中，宣传画上笑容可掬的候选人再戴有一顶博士帽子，至少可以让该党派看起来显得多一点的可信度。而正是诚信（Vertrauenswürdigkeit）这个原则，是德国社会秩序中最重要的一条准则，不仅包括对契约的尊重，也包含对真知的固守。尤其在德国人引以为豪的学术思想界，更是不容许被滥用知识、沽名钓誉行为所玷污。任何通过作弊或抄袭获得荣誉的人，被视作是知识的骗子，面临被大学和学术界扫地出门的命运，即便是一个人见人爱的政治明星，也不能例外。

古滕贝格之痛，错在于他未意识到玩弄诚信的严重性。事发两周以来，他一直在为白纸黑字的错误狡辩，而并非一开始就坦诚布公，以至于不仅失去了本不该拥有的博士头衔，也失去了最可贵的人格诚信。对知识缺乏诚信，使他不再具备一名法学博士的资格；而对人格缺失诚信，他便也失去了成为一名杰出政治家的资格。

学历门事件，虽然仅涉及古滕贝格一人，但放射到社会层面，对知识的诚信，涉及到所有个体乃至集体的道德基础，甚至牵涉到社会健康发展的基础。正如两万三千名德国学生、学者在公开信里陈述的："科研是促进社会发展的重要贡献之一。诚实和创新的科学是国家富强的一个基础。如果对知识的保护在我们社会里不再重要，我们的未来也将迷失。"（原刊《南方都市报》2011年3月4日）

德国大选：多党制的胜利

从来没有一次选举，让德国选民们如此无所适从。直到联邦议会大选前三天，民意调查还表明，仍然有百分之三十的选民尚未决定好投票对象。更极端的是，有人甚至在 eBay 上公开表明，要拍卖个人选票。这名女选民说："我真不知道该选谁。所有人还不都是骗子。"如今，选举已经结束，而德国却陷入了战后最为复杂的组阁混沌之中。

一次未分胜负的选举

9月18日18时整，几乎在全德二百九十八个选票点关闭的同时，德国电视一台 ARD 和电视二台 ZDF 开始公布开票预估。那一瞬间，在柏林各党部出现了最离奇的画面：微弱领先的联盟党（基民盟/基社盟）人脸上挂满失望。而执政的社会民主党选票落后，全场却欢呼声一片。现任总理施罗德领导的红绿联盟政府事实上已经终结，但是失利者却像胜利者一样出场答谢。

19日凌晨一点半，德国联邦选举委员会公布了本次大选至今为止的暂时结果（有二十二万选民的德累斯顿第一选区因为极右国社党的一名候选人意外死亡，将该选区选举推迟到10月2日进行）：五个党派得票超过百分之五门槛进入联邦议会，其中社民党获得百分之三十四点三（二百二十二个席位），联盟党百分之三十五点二（二百二十五席），自民党百分之九点八（六十一席），左派党百分之八点七（五十四席），绿党百分之八点一（五十一席），其他党派百分之三点九。这样，社民党与绿党的红绿联合政府失利下台。然而，挑战的联盟党与自民党组合同样也未超过选举法规定的简单多数，面临胜者不赢、进退维谷的尴尬境地。

这是战后德国的第十六次联邦议会选举，共有六千一百二十万合格选民，最终有四千七百一十二万人在二百九十八个选区参加选举，投票率为百分之七十七点七，比上届减少百分之一点四，投票率继续走低。尽管大选最终数字统计还须等待两周后的德累斯顿选区选举，但已经不可能影响已产生的全德选票分布图局。而本次大选，由于两大主要政党萎缩，多个小党地位上升，互相间城垒高筑互不妥协，无法产生执政多数联盟，使德国陷入了战后最为混乱的选后组阁危机。

选战：经济利益 VS. 社会正义

对于德国两大政党而言，此次选举结果不能令人满意。社民党、联盟党得票率均创下近十多年来的新低，其中，基社盟在巴伐利亚的得票在战后首次低于百分之五十。从双方的选战诉求看，主要围绕如何继续促进经济增长、解决高失业率的经济改革，以及如何推动不堪重负的社会福利改革。

作为马克思时代成长起来、德国历史最悠久的政党，与绿党联合执政的社民党在大选之前前景十分黯淡。自 1998 年红绿联盟上台以来，德国经济开始陷入低迷时期。尤其在欧元问世后，经济界红灯频起，企业破产增加，失业人口屡创纪录。今年 7 月份，德国失业人口超过五百万，执政的红绿联盟成为众矢之的，施罗德主张的"2010 议程"改革方案受到普遍质疑。5 月底，当社民党在北威州州议会人选中失利，痛失传统大本营，社民党在全德的支持率跌落至不足百分之二十四。之后，施罗德在议会发起不信任案、进行提前大选的策略，也被普遍认为是政治自杀。选战中，社民党以继续推动"2010 议程"改革方案，呼唤"社会正义"口号,坚持维持社会福利,建立全民健康保险体系,反对联盟党充满社会冷漠色彩的各种经济税改方案。在9月18日的大选中,社民党获得百分之三十四点三的选票,虽然较2002年落后四点五个百分点并创下十五年来新低,但在短短数月已成功地挽回民意。尤其是在大选前两周举行的九十分钟电视对决辩论直播上,素有"媒体总理"之称的施罗德以绝对优势的说服力重新赢得了许多选民的信任。社民党声望随之迅速回升,到大选时与基民盟的差距缩小到零点九个百分点。尽管如此,施罗德领导下的红绿联合政府在大选中失利已成事实,其重新执政的希望十分渺茫。

与此同时,选前夺权声势浩大的联盟党与提倡自由经济的自民党组成的黑黄联盟,也意外地在大选中未能获得多数议席,同样不具充分组阁资格。联盟党的总理候选人安格拉·默克尔女士,之前一直被认为有望成为德国历史上的第一位女总理。7月初,联盟党推出名为《抓住德国良机》的竞选纲领,以"增长—就业—安全"为口号,核心内容就是提高增值税,减少企业主负担,大幅度砍削诸如加班费免税和通勤补贴等劳工福利。这些被左翼党派批判为"劫贫济富"、"社会冷漠"的经济措施虽然受到企业界的欢迎,但纲领所反映的迎合富人的思想大大刺伤了普通选民。最引发争议的是在选战最后阶段,联盟党推出海德堡经济学教授基尔希霍夫提出的个人所得税制改革方案,将最高税率固定在百分之二十五,相比现行最高百分之四十五的累进税率,不啻为劫贫济富的累退税率。社民党、绿党因而抓住把柄,声嘶力竭呼吁选民反对这种"社会冷血"。

于是,围绕"经济利益"与"社会正义"的竞选主轴,两大党派进行了针锋相对的选战攻击。身处两大旋涡之间的广大选民,在摆脱经济低迷的愿望和坚持社会福利传统的良心和实利面前,一样不知道何去何从,无法确定投票意向的游移选民在整个选举混战中始终占选民的百分之三十。最后,诉求单一、抽象的小党派坐享渔翁之利,吸收了这部分缺乏政治安全感的游移选票。

选举结果显示,社民党与联盟党的选票总低于百分之七十,这在德国战后尚属首次。而相反,三个小党派——自民党、绿党以及由原社民党主席拉方丹率领党内左派与前东德共产党的变体民主社会党新组成的左派党,均获得了始料未及的大胜利,夺走近百分之三十的联邦议会席位,并把组阁的残局留给了两败俱伤的两大政党。

对此,科隆大学政治学教授威瑟尔斯分析道,黑黄联盟的经济诉求与红绿联盟的社会正义诉求,都不能让选民满意,他们只好努力避开非此即彼的线性选择陷阱。由于选举信息充斥各类空前混乱的噪声,拥塞了主流意见,选民们只能从各自的渠道,以各自的方式做出了选择。这种情况下,选票也分流到小党派手中。但是,威瑟尔斯教授表示,此次选举产生的大党弱势、小党圈地的多元政治格局,并不意味着选民政治选择的多元化,而是导致了一个直接后果:在难产中生产着一个不稳定的政府。

后选战时代:一场颜色游戏?

本次大选并没有立即产生新一届联邦议会和总理,留下的是一个硝烟未散的狼藉战场。《明镜周刊》选举特刊以《混乱的选举》为题的封面故事里,称这场选举之后,新的选战才刚刚开始。它摆在德国人民面前的是一串串新鲜词汇和一个个色彩斑斓的疑问。

比如牙买加,"牙买加?牙买加是个度假的好地方",仍然在任的德国外交部长、绿党元老级人物菲舍尔面对媒体提问,装聋作哑地回答道。所谓的牙买加组合,即牙买加国旗上的三个颜色黑黄绿组合,成为大选后组阁游戏的最热门话题。

对议席接近、均不过半的两大党派来说,获得组阁权的前提是谁能争取到执政盟友、取得议会多数。虽然默克尔自认为以近一个百分点胜出而应有当然组阁权,不过追溯历史,1969年时联盟党也在大选票数上处于领先,但是社民党人勃兰特手脚利索,率先与自民党结成多数同盟,导致联盟党功亏一篑。有了前人教训,选前针锋相对、不共戴天的党派政客们,不得不在选后纷纷出演一出不计前嫌、高摆姿态、讨价还价的找伙伴闹剧。

对于"牙买加组合",绿党领袖们一再表示不同道何以谋,拒绝为推行社会冷血政策的黑黄联盟充当"助推器"。至于社民党/绿党/自民党的红绿黄"交通灯组合",却因自民党的一再否定而可能性甚微。而从选战开始就耳语不断、选后受到最多民调支持的红黑大联盟,因类似沙龙前不久延揽工党入阁的思维而被附会为"以色列模式",也因红黑两党争夺总理一职互不退让而式微,以至有人声称默克尔和施罗德双双辞职最符合德国的利益。至于爹不疼娘不爱的"坏小孩"左派党,虽然早被两大党派划清界限,但也不能完全排除进入政府的可能。总之,五个获得议席的党派,相互切磋着此长彼短。大党派为了执政低声下气,小党派趁机抬高价码。大选后的德国,于是陷入政党混杂、选民失望的混沌。

如果两大党近期组阁不成功,那么将不得不由德国总统再一次介入,或直接提名总理候选人,或于 2006 年 1 月再次举行一轮新的大选。但是,无论哪一种结果,都无法掩盖一个组阁僵局危机所暴露的德国传统共识政治的失败。

改革前景模糊,德国政局不定

本次大选主轴,实则有两个核心:保守联盟主张的里根主义经济自由化,和左翼党派在"社会国"底线下的有限改革。尽管都是改革,但是否有效,却取决于能否说服德国公众立即开始,而无论以何种形式开始。红绿政府 2004 年初提出"2010 议程"改革方案后,反被舆论指责"需为连续数年德国经济低迷、高失业率负责"。改革方案受挫正是施罗德政府提前大选、迫使选民重新考虑愿否接受改革的主因,这与小泉在邮政改革受挫后解散国会、提前大选以验证日本民意的动机如出一辙。而反对党基民盟和基社盟提出的竞选纲领,尽管以解决经济增长和就业为核心,但并不比"2010 议程"更受欢迎。比如在联盟党力推的基尔希霍夫税改方案问题上,大选之后的民意调查显示:百分之七十二的受调查者认为不知道该方案重点在哪,百分之五十九认为将加剧贫富分化,百分之五十二认为不重视职员的利益。总之,无论哪个政党,改革者不受欢迎似乎在本次选举中得到了验证。

甚至，德国公众对自己的选举也不满意。选后第二天进行的电话调查表明，有超过三分之二的德国人对本次选举结果表示极大失望。这是以往从未出现过的现象。百分之七十三的被访问者认为，各党派应该尽快协商联合，尽快结束目前的混乱状态。

对选举更失望的，还包括选前一直看好保守联盟的经济界。德国大选后的第二天，达克斯（DAX）指数立刻作出反应，下跌了百分之一点一二。德国工业联合会主席图曼对大选结果表示"痛苦的失望"，下萨克森州企业家协会认为选举结果更像一场"地震"。该协会主席米勒认为，选民不支持必要的经济改革。工业联合会总干事长鲁道夫冯瓦尔藤贝格说："对于目前德国经济来说，不确定感是最糟糕的信息。"他认为，这一选举结果会使必要的经济政策转向受阻，经济界将对任何可能的促进德国经济竞争力的政治决策采取观望和等待的态度，结果则导致德国经济还会继续停滞。

不过，经济界代表也表示，联盟党与自民党的组合既然不可能，则退而求其次的大联盟——社民党与联盟党组合也可以接受，最重要的是"要尽快和稳定"。德国经济研究所所长齐莫曼甚至建议，既然施罗德与默克尔因争夺总理大权互不相让，那么在大联盟的前提下也可以让他们轮流做庄，一人两年——还是经济界的政治建议最为灵活和实用。

更长远来看，这次没有结局的大选却在大西洋两岸产生了一个新的政治格局。除了希望看到联盟党上台的布什政府无可奈何外，以意大利前总理德阿雷玛为代表的欧洲左翼则庆幸本次选举"阻止了德国右派力量"的抬头。丹麦政界有人认为，德国大选结局可能造成未来欧洲政局的不稳定，德国哲学家格鲁克斯曼也表示了同样的担心：大选结果不仅伤害了德国政治和德、法的伙伴关系，对整个欧洲都可能有负面影响，尤其在以德国为核心的欧盟内部，一个不确定的德国政坛将大大牵制欧盟继续扩大与统一的进程。（原刊《南风窗》2005年第19期）

选举与革命的对穿

相比以狂暴和躁动为政治表征的 2011 年,正排演多场重要选举的 2012 年,其看似平静的波面下,激变的潜流同样涌动。基于民主成熟的差异及对选举的操纵程度,各国对待政府换届前的大选预期也大不同,或认为影响政策连贯与调整,或担心直接关涉政权合法性与国家稳定。

由于选举终究只是一个有限的政治表达工具,人们或许更关心选举结果的政治意涵,即些微的选举意向背后所反映的重大政治转向,乃至集体选举行为本身所无法充分表达的社会结构变化。尤其在全球金融危机反复震荡和中东震荡继续蔓延的双重阴影下,世界对选举和革命的期待似乎面临对穿。选举能否消解革命,抑或相反?今年即将在多个政局敏感国度登场的选举是否将加速革命的到来?

选举能否消解革命?

在逐个盘点选举年的热点国家之前,有必要首先明确方法论:如何看待这种选举社会并不常见的大选和革命的对穿?大选作为选民汇聚意志然后形成政治选择的基本制度,因其可奠定政权合法性而为政治文明或政治社会不可或缺,但同时选举的民主意义也不能无限夸大,它的普适性不能消除其有限性,因为选举的政治有限性即蕴含在选举本身——间接民主的有限性中，而须以直接民主来补充甚至替代，包括从社会运动到革命的各种形态、方式和选项。如此，选举与革命相互孕育、相互依赖，共同呈现我们所看到的世界变化。

2012年初，诸多选举和示威行动仿佛在预演全年的动荡交织。1月15日结束的哈萨克斯坦议会选举，有限开放反对派竞选，纳扎尔巴耶夫领导的执政党"祖国之光"赢得近百分之八十一选票。选举当中存在的舞弊和对反对党的打压，遭到监督选举的欧安组织批评。抗议示威正在蔓延，去年底当局于军方打死十五名示威石油工人之后竭力维稳的成果，面临得而复失的危险。而在哈萨克斯坦的邻国，土库曼斯坦将于2月12日选举总统，已故"终身总统"尼亚佐夫的继任者别尔德穆罕默多夫将迎来他的第一次连任考验。在最近土国内的电视节目中，别氏强调新选举法将鼓励多党竞争，打破原先民主党的垄断地位，但在这个不存在严格意义上反对党的国家，民主党统战组织"民族复兴运动"仍在试图招安一切反对势力，大选不过是其内部派系间的一次权力再分配罢了。

再看俄罗斯，自去年底以来，不满军工寡头和资本寡头、要求改变"普京模式"的呼声越来越强，尚未定型的反对派正试图以中东式的抗议模式要求立即终结"普京统治"。示威不仅将伴随3月总统选举临近而在俄境内蔓延，且将波及哈萨克斯坦、土库曼斯坦等威权主义中亚国家。

竞争性选举之门一旦打开，即便是普京这样半新半旧的政治强人，也很难一成不变地通过操纵投票和预先排除有威胁的候选人等手段获取合法性支撑，更何况那些浸淫在家族和裙带政治中、对世界变化感知颟顸的所谓"政坛不倒翁"。他们的强悍外表，掩饰不住内心的焦灼。在北非动荡爆发一年后，他们如果不像海湾君主们一样积极谋变，利用开放政治参与的机会安抚民众，不排除前苏联中亚地区会卷入一场新的革命旋涡。

而在革命后的突尼斯和埃及，尽管已经通过选举选出了相对温和的伊斯兰政党，但是针对威权主义军人政权窃据权力的二次革命仍然可能。今年上半年埃及的总统选举，自由派代表人物巴拉迪的退出，暗示了恋权的军方将与稳步推进的穆斯林兄弟会短兵相接；被政治和解进程边缘化的广场派，届时可能再度挑起是非。而科威特2月2日的议会选举、也门2月21日的总统选举和巴勒斯坦5月4日的总统选举也同样具有指标意义。在这些伊斯兰地区，由反威权、世俗化的"脸书（Facebook）时代"组成的政治新生代，正形成一个新兴跨国公民社会主体。他们是否放弃再次革命的诉求，取决于这些选举是否满足社会变革的期望，而不仅仅是既定体制下的象征性选举或者权力勾兑。

两种全球性机制

在2012年之前，上述选举和革命也即体制与进步的相互对穿，已经通过两种全球性机制呈现出来，正在改变各国人民对经济、社会和政治秩序的认识，重建关于风险社会和革命年代的共识：其一，是全球金融危机对各国金融、经济、社会和政治秩序的破坏、对全球秩序的扰动；其二，脸书（Facebook）、推特（Twitter）等二代新媒体（Web 2.0）的社会革命效应。以上两项，皆为德国社会学大师卢曼生前所谓社会系统最重要两要素——货币与信息之于系统更新的最新版本。

关于信息的革命催化作用，包括奥巴马政府在内，几乎没人曾预料到民众对威权政权长期执政的厌倦可能通过脸书、推特、YouTube还有半岛电视台，从突尼斯一个插曲性自焚事件演化为一场冷战后最为猛烈的社会革命。埃及、也门、叙利亚、阿尔及利亚等国相继爆发革命，或正在革命中，或者革命未遂。即使在强人查韦斯统治下的委内瑞拉，国际社会关注的10月份总统选举也可能要经受新媒体所动员的新政治力量的冲击，查韦斯的连任机会第一次产生了悬念。

至于金融危机对世界格局的改写，不妨以美中关系为例。美国因金融危机衰落，中国则因实体经济繁荣刚刚与美成平等对手，却因两房债券问题而陷双方于互不信任。美国《外交政策》杂志新年伊始刊文声称，中国低福利基础上的高储蓄率和高增长，连续十年降低了全球利率水平，助长了美国信贷泡沫和西班牙、爱尔兰等地的房价高涨，对金融危机爆发有着直接影响。如同二十一世纪初诞生的新词"中美国"(Chimerica)所暗示的新全球秩序，在 2008 年 9 月金融危机爆发的一刹那被历史学家尼尔·弗格森（Niall Ferguson）宣告终结一样，金融危机的深化，助长了美国国内寻找替罪羊的情绪，恶化了中国原本从拯救世界经济于不堕中所获取的相对有利地位。

奥巴马政府在国力衰退形势下，奉行"灵巧外交"，从伊拉克和阿富汗战场完成战略收缩后开始将战略重点移向东亚，并以互联网自由为突破口，在全球性大变局中尽占先手，中美间的新冷战对峙格局日益清晰。2011 年冬展开的美国共和党预选辩论中，美中关系居然破天荒地成为各候选人的共同议题，势必进入 2012 美国总统大选年热词。而在中美战略对抗的缝隙中，台湾地区 1 月 14 日的领导人选举维持大局不变，意料之中，反倒是年底的韩国总统大选可能因为美国的战略回归而使鹰派受益。

必须指出，货币与信息可能交互影响，社会变革的预期和新媒体对此的传播，很大程度上来自可见的失业率上升、物价上涨和福利体系的被破坏，以及看不见的领域。当新自由主义的全球化所依赖的威权体制下的低劳工成本趋向终结，一些国家的劳工抗议浪潮将可能对世界的选举和革命对穿再次造成影响。在这个意义上，继北非之后，政治参与的急剧扩大趋势并未终止，反倒可能在世界其他地方加速成为一个现实的政治选项。

下一波社会革命的试验场

眼下，奥巴马总统及希拉里国务卿所代表的美国民主党人似乎正接过 1999 年西雅图反全球化示威的接力棒，一边继续支持伯南克财长的货币宽松政策、督促人民币贬值并配合地缘政治压力；另一边，宣称与"占领华尔街运动"的百分之九十九站在一起，斥责华尔街的"肥猫银行家"，决意再次利用新民粹主义的"新多数"挽回政治声望下跌、赢得 2012 年大选。

"占领华尔街运动"是受以色列去年 5 月"占领特拉维夫运动"的启发，而占领特拉维夫的街头运动最初竟是效法占领开罗解放广场，最后有几十万人参加，要求社会改革，是以色列七十年代以来最大规模的示威。"占领华尔街运动"不仅出乎某些政治老人的预料，捱过了严冬，在新年后继续占领华盛顿特区，还转变为1月18日有谷歌、维基百科等多家网站联手举行的抵制SOPA \ PIPA（反盗版和保护IP法案）的行动。

西方新的社会革命雏形不仅出现在美国的心脏地带，也发生在欧洲的边缘。在欧洲，边缘地区的问题比如希腊已经演变成中心问题、全球性问题，其杠杆仍然是货币和新媒体。决意2015年加入欧元区的罗马尼亚也面临如此尴尬局势，预定2012年11月的议会选举提前遭遇了元旦过后的抗议声浪——二十余城市出现反政府示威活动，抗议政府紧缩措施。

在希腊，从欧洲一体化受益的帕潘德里欧，通过吸引华尔街投行信贷建设欧洲标准的福利体系来讨好选民，但是他对改革发出拒绝威胁后，很快遭到来自欧洲的压力而被迫辞职。民族国家在欧元危机的背景下越来越失去主权意义，而代之以新的革命性变革。1月17日希腊工会继续发动街头抗议，示威者在半岛电视台的采访中说："危机的解决是革命。"什么革命可能解决危机呢？对希腊来说，今天的抗议动力虽然部分来自对削减福利的不满，但也可追溯到1973年反抗军政府的学生运动。希腊民众对民主的追求，正在与欧洲试图解决欧元危机而诉诸更多集权的思路形成对穿。新春的大选将是对希腊民意的考验：雅典能在多大程度上接受欧盟的条件，进行财政紧缩，防止走向反西方的立场？因为有前车之鉴——过去十年的选举结果，已经让希腊的邻居、欧洲的另一个边缘国——土耳其越来越偏离欧洲。2012年12月的土耳其总统选举，相信将延续介入中东变局并受益的政策，令土耳其扮演一个积极的世俗伊斯兰政党的模范角色，在自我否定民族国家的同时加强温和伊斯兰主义的改革意义。

对于希腊即将进行的议会选举，外部势力比如欧洲特别是德国的态度将发挥关键影响。当然也有来自遥远东方的金融援助，正在向欧洲的边缘揳入一颗钉子——希腊已经成为全球各方势力的竞技场和下一波社会革命的试验场。历史上，在第三波民主化浪潮中，是德国专家一手帮助建立了希腊的政治经济秩序，也帮助欧盟通过吸纳希腊这个欧洲民主的发源地而重建欧洲的民主图景，因而难以在欧元危机中彻底放弃希腊。正是围绕拯救希腊的争论而不是拯救西班牙或者葡萄牙的争论，为欧洲揭示了 2012 年如何变革的主题。德国政府近日再次对希腊政府的改革方案表示怀疑，直接对希腊的工会示威表示不满。

欧洲正在哈贝马斯的哲学引导下，对希腊要求进行强制性年度财政审查，反击华尔街对欧元的怀疑主义，最终通向强化《增长与稳定公约》、建立统一欧洲财政联盟和强制性惩罚机制、防止成员国福利的"斯堪的纳维亚化"。这样的激进改革也不啻为一场革命，一场发生在新自由主义全球化之后、围绕"后欧元危机政权建设"的革命。

2013 年，绿色革命？

我们常常需要从反向或者对穿的角度来审视未来发展。譬如，1 月 16 日，在标准普尔降低法国和奥地利的主权信用等级之后，德国财长朔伊布勒表示，有必要限制标普的影响，建立欧洲自己的主权信用评价系统。德国经济研究所所长胡特（Huether）最近也在《南德意志报》上主张国家无条件注资银行。德国作为欧元的受益者，国内出现越来越多的舆论——当然还不是公众的多数意见——要求德国义务为挽救欧元采取实质行动。其中包含两点：一是可能建立更互惠的欧洲内部体系，在德国的出口和欧洲其他国家的进口间建立更积极的平衡；二是无需"疑欧论"公众的同意，由议会自行快速批准援助方案，因为欧元债券的市场信用，本质上取决于德国政府的担保态度。

这个背景或许有助于理解法国今年的总统选举。虽然法德在对待希腊问题上步调和声音都不一致（法国更积极灵活，德国更僵硬和侧重法律程序），在欧元拯救基金的立场也如此（法国偏向激进的统一经济政府，而德国更注重分步走的一体化进程），但是"默科齐"（Merkozy）的新词道出了法德两国的合作特色——相互平衡和依赖，也是欧洲政治 2012 年的主旋律。

只是，在法国内部，萨科齐主义越来越不受欢迎。他在利比亚、欧元危机等问题上的立场无助于提升他的声望。社会党人可能赢得法国总统选举，而对欧洲怀着乌托邦理想的德国绿党也可能在明年也就是2013年的德国大选中再次参与执政，加速推动德国参与欧洲一体化的进程。事实上，去年的地方选举中，作为联邦第三大党的绿党，居然首次赢得巴登—符腾堡州的选举，显示主张在经济政策满足欧元危机之后主动提高劳工成本、力推绿色经济的绿党，不论下次选举基民盟还是社民党获胜，都将不可避免地成为执政伙伴，也将一改默克尔政府内自民党外长在利比亚和欧洲一体化问题上的消极态度，进而可能彻底扭转欧洲在全球气候政治舞台上的踟蹰不前。

只有到那时，2013年之后，当德国绿党再次执政，沉潜四十年的环境运动才可能完成对资本主义体系的历史性对穿，让绿色革命正式登上全球政治舞台，一切旧的喧嚣方可能归于平静，全球的不确定性和动荡才可能转向、趋缓，最终被纳入到全球气候政治所要求的全球政府中。

在这个进程中，2012不过是过眼烟云。从金融危机至今，大变局才刚刚开始。（原刊《南风窗》2012年第3期）

欧洲军火政治透析

全球焦点：解除欧盟对华军火禁运

1989年6月26到27日，欧洲理事会在马德里的首脑会议上通过了一项针对中国的声明，包含谴责和制裁两部分，其中制裁措施的第二项，规定了欧共体成员国必须中止与中国的军事合作并禁止军火贸易。1992年后，欧盟和中国的外交和政经关系全面恢复，军事合作也慢慢松动，只有军火禁运延续下来，到现在整整十五年。

十五年后，2003年末2004年初，德国总理施罗德和欧盟代表团先后访问了中国，中国国家主席胡锦涛率领庞大代表团访问法国。在此期间，中国向德法开出磁悬浮或者二十一架空中客车等大笔慷慨订单，而德法也高调宣示要在今年3月的欧盟首脑会议上推动解除对华军售禁运。表面上看，从"9·11"到伊拉克战争结束，欧盟核心国家与中国之间的外交合作或者战略伙伴关系从未像现在这样公开和一致，一个不同于"全球反恐"、有别于美国全球单边主义的"中—欧轴心"呼之欲出。

但是，欧盟废除现行对华军售禁运政策，并非德法单方面就可以决定的，还要考虑欧盟内外的各种因素。就在胡锦涛主席访法之际，欧盟外长会议1月

26 日否决了法国总统希拉克提出的解除对中国军售禁运的动议，美国政府发言人包润石 1 月 28 日公开表示，要求欧盟维持禁运，反对欧盟单方面的行动。俄罗斯媒体同时也发表评论，担心欧盟的这一举动将严重影响俄罗斯目前对中国武器出口占据优势的市场份额。

所以，欧盟与中国间的战略合作关系如何发展以及这一关系在二十一世纪全球政治中的地位均与欧盟对华军售政策息息相关，而在评估未来特别是将于 3 月召开的欧盟首脑会议上是否可能推动解除对华军售禁运之前，追根溯源了解欧洲军火政治特别是欧盟与中国的武器交易现状，却是不可少的。

解禁与否要看欧盟如何决策

欧洲的军火政治是一个极其复杂的综合体，包括了从军火掮客到欧盟理事会首脑会议的各级层次，涵盖了从军火公司到工会、人权团体等的各种利益集团，既与安全战略相关，也与人权和价值观挂钩，更直接取决于军火贸易对劳动就业的影响甚至交易佣金的多寡等因素。易言之，作为公共政治的一部分，欧盟的军火政策很容易受到来自欧洲社会政治各方面及全球范围内国际政治和国际组织的影响，其决策过程又因为欧盟政治制度的特殊性，往往很难被一厢情愿地改变。

大体上，冷战遗留下的制度结构在继续发挥作用，欧洲社会政治的主要角色都能够或多或少地对欧盟的军火政治产生影响，欧洲在防务和外交上的独立倾向也越来越明显。欧盟理事会、北约组织和军工联合体组成的第一集团决定了欧盟国际军火交易的基本内容，欧洲议会、院外游说集团和公共舆论组成的第二集团扮演了重要的平衡角色。

基于大国政治的需要和中国巨大市场特别是军火市场的吸引力，希拉克早在 1997 年访华时就首次策略性地提出解除武器禁运。作为回报，中国方面不再计较法国早先向台湾出售五十架幻影 2000 型战斗机和四艘拉法叶级隐型驱逐舰的前科，决定将广州地铁项目的合同交给法国。尽管当时的西班牙和意大利政府也倾向于支持。但是，欧洲的政治气候还根本没有做好准备，这一立场仅仅停留在欧盟国家有关政府官员的谈论上，没有进入任何机构、任何正式的协商程序。七年之后的今天，欧洲的政治气候确实变了，有关原先坚决坚持维持禁运的政府包括荷兰等先后就此事公开表态，表示可以重新考虑。而且，解除对华军事禁运的议题先后于2003年12月进入欧洲议会的正式讨论和2004年1月的欧盟理事会的外长会议讨论，尽管先后被否决，但这一程序性的变化却有着更为积极的意义。

因为，即使欧洲议会存在强大的反对声音，如果欧盟理事会决议修正政策，也完全可能，这与欧洲的决策制度相关。迄今为止，尽管欧洲宪法草案已经出笼，但欧洲政治整体上仍然算不上一个真正的"国家"。欧洲议会虽然比十年前的一个咨议性机构的角色有所进步，获得了对欧盟预算等事项的否决权，但是理论上它的各项决议如果与欧盟理事会或欧盟委员会冲突的话，并没有实质性的约束力。秘书处设在比利时布鲁塞尔的欧盟理事会仍然是欧盟内部最重要的立法机构，包括欧盟首脑会议、外长会议等。相对而言，总部也在布鲁塞尔的欧盟委员会只是一个执行机构，相当于欧洲的政府机构，负责具体法律条文的执行和行政监督，在军火禁运政策问题上地位较次要，可以忽略。

这就是说，如果欧盟理事会不在乎欧洲议会可能的杯葛，执意改变对华军售政策，是完全可行的，剩下的问题在于表决的多数票。根据目前的议事规则，欧盟理事会的投票权在十五个成员国间的分配与国家人口挂钩：

法国、德国、意大利、英国各十票；
西班牙八票；
比利时、希腊、荷兰和葡萄牙各五票；
奥地利和瑞典各四票；
丹麦、芬兰、爱尔兰各三票；
卢森堡二票。

通过决议不是采取一致多数,而是 QMV 合格多数原则,即必须有总共八十七票中的至少六十二票,方能过关。而在解除对华军售的立场上,原先德、法、意、西四国坚决支持,英国的态度比较暧昧,荷兰、比利时、奥地利和北欧国家的立场是反对的,坚持解除禁运必须考虑人权和台湾问题。最近两个月来,荷兰和部分北欧国家政府的立场有了变化,英国也倾向支持。2 月 18 日的英法德三国首脑会议,就此进一步协调了立场。估算下来,3 月份将召开的欧盟首脑会议上如果付诸表决,中国有相当的胜算机会。难怪欧盟外交事务专员索拉纳 2 月 4 日对瑞士《时报》表示,"欧盟已经准备这样做"。

复杂的欧洲军火政治生态

导致欧洲军火政治气候变化的首要因素是欧盟防务政策日趋独立的结果。欧盟在九十年代一直致力于发展独立、共同的防务政策,结束冷战期间欧共体早期对北约的过度依赖,即美国对欧洲防务的干预。军售政策首先与此相关,尤其在欧洲军火政治的最高层次——欧盟理事会的讨论范围内。而欧盟理事会是一个多层机构,除了首脑会议、外长会议,还包括各种部长会议。各国乃至全欧范围内的军工联合体事实上左右着军售政策的方向,比如法国的达索飞机公司,英国—意大利的威斯特兰直升机公司,德国的哈德威船厂,等等。

与美国的垄断资本—军火商—政客—军队间紧密关系造就的军工联合体不同,在莱茵式资本主义的欧洲,军工联合体的存在相对隐秘一些,因为它更容易也更经常受到左派主流媒体的批判。但是同时,国有或私有的军工企业与产业工会、主流政党组成的法团主义统治,没有北美大陆狂热的爱国主义和清教徒传统,似乎更善于协调利益集团和意识形态之间的冲突。所以,在禁运期内的 1990—1997 年,欧洲仍然向中国出口了大约一亿二千万美元的军火,规模虽然微不足道,却大大高于同期美国的出口份额(如果不计算美国向中国出口的民用通讯卫星设备),且都是中国急于获得的关键产品,如直升机、导弹、雷达、激光和电子装备等。①

相形之下，欧洲议会的院外游说团体，主要是人权和环境团体，虽然左右着欧洲议会的声音和欧洲的公共舆论，但在目前尚未形成一个真正意义的主权国家的欧盟内部，仍然无法对欧盟理事会的决策形成有效牵制。从长远来看，随着欧盟政治的成熟和制度化发展，欧洲的民主和价值观势必将改造目前法团主义的军火政治，为之加上许多道义的色彩。届时，如果无法找到一个新的共同基点，所谓的"中—欧轴心"也只能是水中月、镜中花。

若再考虑到2005年到2008年欧盟东扩实现后新增成员国在欧盟政治决策过程中可能造成的巨大不确定性，可以想见，未来的几年是一个极其关键的"空窗期"，也是可以暂时抛开意识形态分歧、深化中欧双边关系的战略机遇期。

先运再禁：禁运的十五年

九十年代欧洲在禁运政策下对中国的军火出口，是另一种技术性"空窗"的结果，源于欧盟的几个大国并不期望受到欧盟机构的真正约束：在1989年欧盟理事会的禁运决议中，规定禁运的解释权由各国自行掌握。这当然为各国政府留下了极大的回旋空间，既模糊了军民两用技术的界限，也无形中在各国的军工联合体之间创造了一个竞争格局。所以，整个九十年代，欧洲对华军火出口并未因禁运而停止，相反，根据欧盟军火交易的个案审查原则，实际上往往是先运再说，出口之后再找解释，反正禁什么不禁什么还是自己事后说了算。回顾欧洲几个大国的军火出口，颇有助于了解其实际立场。

英国，对中国的敏感物资出口历史悠久，可上溯到上世纪六十年代初和七十年代初先后向中国出口数十架子爵客机和三叉戟大型喷气客机，八十年代初亦曾参与中国军事的"洋跃进"，列出了从42型驱逐舰到"鹞式"垂直起降飞机

---

① 资料来源：美国审计总署在国会1998年4月28日的报告，"美国和欧盟1989向中国禁运后的军火出口"。

在内的大笔清单，后因中国调整军事战略而取消，只向中国出口了L7型105毫米线膛跑——中国新式坦克的主要火炮，和约二十台斯贝涡扇发动机和生产许可证——二十年后成为中国飞豹轰炸机的动力，布莱尔2000年访华后，劳斯莱斯公司又从仓库中找出所有约九十台这种古董级的发动机出口到中国。1995年英国政府的一项声明中对禁运的解释是不出口杀伤性和可能用以内部镇压的武器，比如机关枪、装甲车和军用飞机等；实际出口则以电子、激光和雷达设备为主，特别是曾经用于1982年马岛战争装备在海王直升机上的海上预警雷达。现在百分之五十股份为英国GKN公司所有、由意大利奥古斯塔和英国威斯特兰两家直升机公司合并成的新公司，2000年向中国转让了A109直升机生产许可和技术。

法国，是过去二十年欧盟国家中向中国大陆和台湾出口军火最多的国家。包括海豚2直升机生产线，超黄蜂大型直升机，海响尾蛇舰空导弹，100毫米速射舰炮，海虎海上搜索雷达，和TAVITAC舰上情报指挥系统。这些都已成为中国大陆海军的主力装备。尤其是TAVITAC电子作战系统，跟法国卖给台湾地区的拉法叶级驱逐舰上使用的系统完全一样。

意大利，继八十年代向中国出口白头鱼雷后，1989年后向中国出口了"杀伤性"的"阿斯派德"空空中程导弹，强5的电子系统，和歼7的雷达。

西班牙1996年向中国提供了二万吨级航空母舰的设计方案，中国事后支付了三百万美元作为咨询费。这型航母最后由泰国海军购买，但由于泰国海军无力负担保养和使用费用，一直无法形成战斗力。瑞典九十年代向中国出口了数量不多的全地形履带车辆，适合青藏高原的特殊需要。

德国向中国的大宗军火出口尚属空白，一方面缘于价格过高，另一方面其主打产品如212/214潜艇、台风战斗机、虎式武装直升机和豹2坦克等直接受到现行武器禁运政策的制约，只能向中国出口一些军民两用的柴油机。在大财团获得更大笔磁悬浮订单希望渺茫的时刻，更急于打开中国军火市场，所以对于立即解除欧盟军火禁运有着异常迫切的需求。①

施罗德总理2003年12月访华时，提出向中国以五千万欧元的价格出售一个因环保团体反对从未投入使用的核燃料工厂，该厂位于格林兄弟家乡的哈瑙小城，系西门子公司1991年花七亿欧元建成。尽管随后遭到绿党和反对党基督教民主联盟的杯葛及媒体普遍的质疑，但德国社会民主党的政策相当坚决，不惜挑战其红绿执政联盟，到目前为止取得了初步成功，绿党籍的德国外长菲舍尔将批准这桩出口交易；而且由此成功主导了欧盟理事会议程，为希拉克随后正式提议重新审查对华武器禁运做了重要的舆论准备。

欧洲以外的因素

军火政治着眼的一方面是军火市场诱人的利润，另一方面却是大国间的战略格局。欧洲军火销售政策固然与人权等所谓价值观挂钩，在禁运名单上还有苏丹、津巴布韦和缅甸，但是大国间的角逐往往才是幕后的关键。美国政府一方面坚持美国与欧盟的对华军事禁运是互补性的，反对欧洲单方面的解除禁运，鲍威尔更在2月11日提出不支持台湾地区"3·20公投"，与维持禁运政策相交换；另一方面，美国政界及商圈也在超越军火产品贸易，积极通过并购欧洲军工企业的方式，直接改变现有欧洲军火政治的格局。

比如位于基尔港的德国哈德威船厂，以生产世界上最先进的柴油动力和燃料电池潜艇出名，2002年被美国投资集团OEP买下全部股份，准备为台湾地区生产八艘潜艇。在这一意向遭到德国总理府明确否决后，2003年开始寻求产权转让，哈德威的美国合作伙伴——大型军工企业诺斯罗普·克鲁曼公司和德国合作伙伴蒂森·克努伯公司都有意承接，中国大陆的一家造船厂也介入了。但

---

① 资料来源：美国审计总署在国会1998年4月28日的报告，"美国和欧盟1989向中国禁运后的军火出口"；英国CAAT反对军火贸易组织2000年10月报告，"中国：禁运下的军火贸易"；"Arms Control Today"杂志相关报道。

是这些都是事后的争夺，为终止军工企业股权交易的失控，德国社民党今年 2 月向议会提案修改法律，13 日始与出售哈瑙核工厂的议题一同进入议会辩论，防范哈德威及慕尼黑 MTU 发动机公司等被美资收购的风潮继续下去。

由此可见，依目前中欧美三方的博弈格局，中国仅以市场为筹码、全球多极化战略为号召，相较欧美间长期的同盟和密切的经济联系，仍然无法彻底摆脱被动局面。中欧之间亟需找到更多的对话机制和合作基础，因为只有双边更有效的对话和更深层次的合作才可能加速欧洲一极的独立。就当前而言，中国必须高度重视业已存在的中德"法治对话"、中欧"人权对话"、欧洲—东盟与中国论坛等单边和多边对话机制。至于欧盟理事会能否解除对华武器禁运，其最终结果将取决于欧盟成员国能否在议程中突出欧洲自主、欧洲自身的利益考量，以及如何理解中国的战略价值。否则，超出欧洲军火政治的范畴，便结局难料。

附录：世界军火市场一览

由美国国会研究机构的理查德·格力梅特撰写的《对发展中国家的常规武器买卖，1995—2002 年》报告表明，发展中国家一直是西方国家军火出口的主要目标。从 1995 年到 2002 年，发展中国家所购买的军火占世界军火总交易的百分之六十六点二。其中，中国在 1995—2002 年花在购买军火方面的钱高达一百七十八亿美元。同一时期，阿联酋在进口军火方面紧跟中国其后，总共购买军火的合同价值一百六十三亿美元。印度占第三位，在这七年中累计进口军火达一百四十一亿美元。相对而言，科威特和沙特阿拉伯分别只花了十一亿美元和九亿美元。但中东传统上是第三世界进口武器最多的地区，武器进口量只是在 1995—1998 年才被亚洲其他地区超过。

在所有的军火商中，美国、俄罗斯和法国独占鳌头。2002 年，美国同发展中国家所签的军火合同高达八十六亿美元，其次是俄罗斯五十亿美元，第三位是法国十亿美元。平均而言，美国约占所有发展中国家武器进口的四成；俄罗斯排名第二,但是市场份额从 2000 年的百分之二十五点五下降到 2002 年的百分之二十二点七。法国一直稳定在第三位,所占这一市场的份额为百分之十四点四。虽然俄罗斯继续有望拿到新的武器购买合同,但长期来看俄罗斯在这一市场的份额会跌落,因为俄罗斯可能会失去其传统客户的市场份额,而发展中国家对付款方式要求更灵活,也要求军火输出国的银行提供一定的贷款或其他金融手段的支持。(原刊《南风窗》2004 年第 5 期)

辑三
欧洲的气候政治

欧洲的气候政治版图

政治本来是一个很容易僵化的领域。从古至今，纵有无尽的技巧或艺术，到最后，在古希腊、古罗马的经典中，在多少帝王将相眼里，在今天的中土政治家、哲学家们看来，都难免被归结为统治的方术、或者敌我之分这样简单的原则，围绕着如何权力分配而利用人类的一切资源。这种政治真是缺乏想象力，用俞可平老师的话说，就是政治文明差矣。对其他政治体的观察则很难逃脱窠臼，比如对美国政治的洞察止于三权分立，忽略了其中人类政治文明几千年的积累；对欧洲政治，也不屑地用乌托邦来形容，或者跟随美国右翼的眼光视之以"老欧洲"。

但是，过去十几年间，欧盟不断扩大的过程中，这个老欧洲却开始展现一个新政治气象：从提出"第三条道路"，到武力解决巴尔干冲突，再到反对美国进攻伊拉克，然后出兵阿富汗……老欧洲左右逢源、东扩中见统一、争吵中现共识。其中，在世界政治舞台最耀眼的莫过于欧洲关于气候政治的主张，屡屡在联合国大会、G8峰会和全球公民社会组织活动中引领潮流、主导议题，很大程度上已经将欧洲等同于阻止全球气候变暖的代理人。2009年，英国著名社会学家安东尼·吉登斯出版了一本新书《气候变化的政治》（以下简称《气候》），就反映了这一趋势。

吉登斯的气候变化政治学

所谓气候政治，在吉登斯看来，是关于气候变化产生的风险和风险管理。这一提法相当合乎德国社会学家乌尔里希·贝克关于风险社会的假说，也是两人早期分别对"反思性现代化"或"现代性的后果"所作思考的一个交集。因此，不难想见，在贝克正式提出"风险社会"（1992年）概念十七年后，吉登斯的气候政治不啻为贝克式"世界风险社会"（1998年）的一个实例，充满了新欧洲的世界主义情怀。吉登斯的这本新书也因此得到贝克"高度原创性"的赞誉。

不过，吉登斯所强调的气候变化还包括不确定性。与风险不同，风险通常是可计算发生概率的，而气候变化还带来极高的不确定性，这一不确定性超出了直接或间接经验的认识——对全球变暖的怀疑论者因为其方法论基础仍然停留在经验主义，而拒绝考虑气候变化对人类环境和生存引致的巨大不确定性。如此不确定性，并非因为全球变暖只是一个科学假说而存疑，而是基于今天的世界市场和民主体制的系统性失败，很大程度上是市场资本主义所驱动的过分消费、以及利益集团对民主绑架的结果。

也许正是在这个意义上，美国前总统比尔·克林顿对吉登斯的气候政治学评价更高，认为吉登斯的新著是遏制气候变化的斗争的一个里程碑。相比贝克的吹捧，克林顿的评价抓住了当前全球气候政治的要害，亦即吉登斯所代表的欧洲气候政治主张——气候改变所带来的是世界政治的改变，世界政治将不再被石油所决定。这或是传统地缘政治的终结，也是对现代性反思之后的新政治，或者贝克鼓吹的世界主义政治。

更重要的，吉登斯指出了新政治的两个新民主特性：一方面，民主体制在气候变化面前并未完全失败，因为民主之下社会运动、环保压力团体和非政府组织的动员是可能而且有效的，深刻改变了民主政治的方向。美国前副总统戈尔被尊称为北美的气候政治领袖不是偶然的，不是因为戈尔本人在环境问题上的特殊魅力，而是表明环境运动与政党政治的结合。

另一方面，气候变化所要求的风险管理要求政府担当起更多的"计划"任务，对发生碳排放的企业和个人、生产和消费活动做到精确计划和管理，进而要求在世界范围内有关碳排放的计划和管理。对中国这样的"新兴碳排放"国家来说（相对新兴市场国家而言），问题不在于人均碳排放的多少，而在于政府对所有碳排放单位的控制能力；然而这一难度大大超过所谓国家治理能力或者地方治理能力的范畴，堪称"碳治理"能力，要求政府职能的转变，具体包括：

超前思考；
管理气候变化和能源风险；
促进政治和经济的集中；
干预市场将污染付费制度化；
反制阻扰环境政策的商业利益；
将气候变化置于政治议程之首；
发展适合低碳经济的经济和财政框架；
防备气候变化后果；
整合地方、地区、国家和国际间的气候变化政策。

简而言之，气候政治双重代理人的民主特质——即环境运动和民族国家碳治理——要求实行世界范围内的"气候新政"，要求对世界民主体系进行重新协商和规划。吉登斯本人坦言反对单纯的环保主义，而更愿意谈论绿色之后，即强调第三世界的发展和公平，强调市场交易对减排的积极作用，他的经济集中主张也更有利中国——因为中国作为世界工厂更便于集中进行减碳控制。

欧洲则因同时具备环境运动和超民族国家的双重代理人角色而在全球气候新政中独具特殊地位，如同吉登斯称气候政治本身"超越左和右"而被各欧洲党派接受，言下之意，欧洲的气候政治主张也可能超越发达国家和发展中国家的划分，成为世界主义的气候政治共识。

当然，吉登斯自己也承认，如果不算欧盟本身，真正将环境和气候列入政治议程中心的国家，只有瑞典和德国。而欧盟历史上，在1992年《马斯特里赫特条约》第一次将环境政策作为独立一章（第十六章）之前，1957年的罗马公约并未触及环境问题；在1972年斯德哥尔摩大会上，环境主张最为激进的并不是当时的欧洲经济共同体，而是日本、美国和瑞典。事实上，在欧盟成为世界气候政治的代理人之前，环境运动扮演着绿色政治的主要角色。

欧洲的绿色政治版图

1973年的中东石油危机是一个转折点，能源危机和经济滞涨引发了欧洲的环境主义浪潮，最终演化为今天欧洲关于气候变化的绿色政治版图。这个浪潮最初包括了三个平行部分：一、以罗马俱乐部报告为代表的新生态主义开始影响知识界和精英的环境意识；二、以瑞典为代表的北欧国家开始积极推行环保政策；三、1968年"五月风暴"之后学生运动向环保运动的转型。其中，尤以后者影响最广，在全欧洲范围内深刻改变了欧洲的政治形态，从个别环保先驱国家开始演成欧洲特色的绿色政治，并最终形成吉登斯所代表的新欧洲环境主义。

环境运动

欧洲的学生运动作为环保运动的前身，兴起于五十年代末的德国，在1968年发展为反越战、反帝国主义的"五月风暴"，从行动中开始反思威权父辈所代表的现代性。高潮退后，学生运动中的极端组织转型为红军派之类的学生暴力运动，而主体则在七十年代初转型为新社会运动，如女性主义运动、同性恋运动和包括反核运动在内的环境运动，等等。在1983年美国在德国开始部署潘兴II式导弹后，以反核为中心的环境运动发展到一个高峰。到1986年，德国和法国的反核抗议活动和参加群众比例激增，创造了八十年代的最高纪录。

这些运动有着共同的学运背景和网络。1968年学生运动培养了整整一代年轻的政治活跃分子，他们为后来的环境运动提供了主要的领导和干部，他们常常也是其他新社会运动的组织者和支持者。而以认同为中心的新社会运动在这个阶段建立起了广泛的社会网络联系和社运组织，成为后来全球公民社会和新国际主义的基础。正是在新国际主义的意义上，环境运动当中的激进主义才得以与温和组织平行不悖，维持着运动的活力，也被公众容忍，呈现出绿色化意识形态的价值观和传播方式。

同时，整个八十年代，当主流政治趋向保守化，主流政党不愿意面对环境议题。如撒切尔政府曾经公开表示对环境运动的敌意，欧洲的环保团体在公众面前持续坚持其环保主张，其激进的反核立场背后嵌入着对冷战秩序下资本主义经济停滞的不满。这一立场和传播方式影响深远，重新凝聚起六十年代末的学生运动参加者或同情者。有人估计，1985 年大约有一千万西欧人属于一个或多个环保团体，而参加地方环境运动活动的人数规模则有两、三倍以上。

由绿而党

这一背景下，环境运动也走向了制度化：一方面，各类环境组织，如地球之友、绿色和平等，逐渐大型化和国际化。在布鲁塞尔，四家大型环境 NGO——地球之友欧洲总协调（CEAT）、世界自然基金会（WWF）、绿色和平（Greenpeace）和欧洲环境局（EEB）——已经成为布鲁塞尔最重要的四大环境游说组织。除了绿色和平拒绝，另外三家组织均得到欧盟的财政支持，尤其是广泛代表欧洲各国环境组织的"伞形体"欧洲环境局，是在欧洲共同体积极鼓励下于 1974 年创立，长期以来欧盟是其核心支持者。在欧洲政治层面，欧盟与环境组织保持着如此紧密和交互的财政和游说关系，分别互为环境主义和欧洲一体化社会政治层面的代理人。

另一方面，环境运动组织纷纷联合并参加地方竞选，积极参加地方和全国选举，联合之后的环境运动组织也纷纷改名或被视为绿党，成为九十年代以来欧洲政治版图中最为活跃的新兴政治力量。与威权体制下的环境 NGO 通常的

"绿而不党"的去政治化选择相反,民主体制下政党来源于自由结社,只是因为政治功能的变化而异于普通协会,即是否推出选举候选人参与开放的公职竞选。因此,对欧洲的环境运动和组织来说,是否结党的转变只在于选择街头还是议会作为他们的意见表达场所的区别,并无任何法律或者政治的障碍,而后者无疑意味着更大范围的动员,只需要环境运动内部的意识形态的转变。环境运动因而相当程度上不再是一个运动,而更像一个广泛的"公共利益共同体"。1985年,刚加入新成立的德国绿党不久的菲舍尔参选成功,被任命为黑森州环境部长,也是德国绿党取得的第一个公职。

这一转型得益于冷战加剧:美苏的核对峙既促进了欧洲反核运动的兴起,也时刻提醒这些昔日学生运动的参加者在意识形态上保持与东方共产主义的距离,而选择了与资本主义体制合作的方式,即社会民主道路,参加议会选举,在主流政治内部表达绿色政治的声音。Roots等人对欧洲七国所作的经验研究也表明,环境运动的制度化转型包括成立绿党是成功的:九十年代之后欧洲的公众和公共舆论已经完全接受了环境主义,尽管抗议示威事件相比八十年代有所下降,但公众意见却成为环境运动最重要的资源,环境运动并未随着运动的制度化而衰退。绿党通过领导环境运动对公众意见保持着超出其选票数量的巨大影响力。

必须指出,这一变化并不表明环境运动正在丧失其动员基础。以制度化程度相对较低的法国为例,九十年代初期动员程度降至极低水平,但九十年代后期以来的环境抗议事件却呈上升趋势。各国绿党所获支持也稳步上升,在1994年的大选中,德国绿党成长为第三大党;最早于1981年就进入议会的比利时两个分别代表不同语区的绿党,在1999年共赢得百分之十四点三的选票。绿色政治的第三阶段转型终于在九十年代的中后期取得突破:芬兰的"绿色联盟"于1995年进入内阁,开创了欧洲绿党参政的先例;之后,德国绿党1998年加入与社民党的联合执政,直到2005年;法国绿党也于1997年加入执政的中左联合政府,而在今年的欧洲议会选举中,竟获得百分之十六的选票,与社会党(百分之十七)相当。

尽管欧洲各国绿党在各类大选所获选票超过百分之十的时候并不常见，但是，在欧洲大陆普遍的多党制体制下，绿党的作用举足轻重，并影响欧盟的环境政策。到上世纪末，欧盟的四个主要成员国有三个均由绿党籍政客出任环境部长（德、法、意），并参加欧盟理事会的环境部长会议，左右着欧盟的环境政策。几乎所有绿党，除了爱尔兰和瑞典的绿党，都修正了早先的欧洲怀疑主义政策；那些大的绿党，如奥地利、德国、荷兰、芬兰、法国等的，也都因为选举的成功转而极力宣称他们对欧洲一体化的支持，把欧洲当作他们的一个新的乌托邦。也因此在最近十年来，环境问题成为欧洲政治的核心政策，作为增加欧洲一体化合法性、获取公众支持的重要资源。

先驱国家

一旦环境意识通过环境运动得以普及大众、并且成为跨党派的政治共识，即如吉登斯所例举的环境进入政治领域中心的瑞典和德国，这一绿色政治进程不会满足于仅仅居于国内政治的中心，还有着强烈的向外输出绿色政治的要求，就像今天的欧洲政治向外输出绿色政策。

比如瑞典，在1973年石油危机后最先启动了石油能源替代计划；到八十年代初，瑞典的石油消耗占全部能源的比例下降到将近百分之五十，并计划到2020年成为世界第一个非石油经济体。作为欧洲的环境先驱，瑞典不仅带动了北欧国家的环保政策，四个北欧国家的环境指数长期排在全球最高位，其绿色政策甚至左右了国民是否加入欧盟的选择，也极大影响了加入之后的欧盟环境政策。

1995年，瑞典、芬兰和奥地利一道加入欧盟，从此改变了欧盟内部的环境力量格局，连同原先的"先锋"成员德国、荷兰和丹麦，形成了一个"绿色集团"，也第一次改变了欧盟理事会的一致同意准则，从而在环境领域的政策制定过程中采取特定多数决制。这使得在环境领域加速消除那些环境"后进"国家如葡萄牙、西班牙和希腊等国的态度差异成为可能。虽然到那时为止，欧盟并无关于环境保护的共同基础,但是环境政策的国别差异显然会为自由贸易增加新的壁垒,而消除此类差异正是欧洲一体化的一个重要目标。结果之一,七十年代以来争吵不休的汽车排放规制在整个九十年代几乎没有遭到成员国的反对,争论的战场已经转移到汽车制造商与欧洲委员会和欧洲议会之间。

对瑞典政府和绿党来说,他们加入欧盟的最低纲领是要求欧盟的环境政策起码要与他们的国内政策一致。在加入欧盟前夕的公投中,各政党甚至以促进环境保护的承诺来换取瑞典公民的支持。瑞典的"领先—协商"模式在吉登斯的气候变化政治中甚至居于核心,被用作扩展其领先的欧洲环境政策与世界协商的模本,符合哈贝马斯的协商民主意义上"符合理性的可接受结果的预期"。也就是说,现行欧盟的气候政策很大程度上只是瑞典过去环境政策的翻版,并且基于瑞典现在的气候政策而提出欧洲未来的政策。例如,继其减少石油消耗比例之后,瑞典的碳税经验受到吉登斯的高度推崇。

作为世界上第一个征收碳税的国家,瑞典的碳税虽然税率不高,但具有普遍的约束作用。以芬兰为例,相比 2000 年的排放水平,二氧化碳税的减排效果大约为二到三个百分点;瑞典、挪威和冰岛的效果更明显,约三到四个百分点;而丹麦的二氧化碳排放总量则出现了绝对下降。这些环保先锋国家减排政策的成功为欧盟制定自身的减排目标提供了依据,也为欧盟的气候政治主张提供了一个现实的乌托邦模式,即通过普遍的碳税来实现减排是有效可行的。相对现有其他鼓励减排的措施,碳税因其公平性而有较强的约束力,起到其他税种所难以达到的兼顾公平与效率的结果。

至此,从上述欧洲绿色政治版图变迁的勾勒中,我们发现:吉登斯"气候新政"的新环境主义经历了绿色政治的不同发展过程,绿党、环境先驱国家和欧盟先后担当着环境运动和环境主义的代理人角色,将环境运动"欧洲化"(Europeanization),并进而追求其世界化(Cosmopolitanzation)。

也因此,吉登斯的气候变化的政治学可以被理解为居于欧洲公共政治领域中心的环境/气候政策向世界主义气候政治的扩展,即:环境运动的兴起和吸纳体现了现代性政治的反思,而因应气候变化所必须做出的调整——即此反思性的政治。欧洲也因气候政治而成为新欧洲,并把二十一世纪的全球政治规划为一个气候政治为中心的新政治。(原刊《文化纵横》2009年第11期,原标题为《气候政治:老欧洲的新世界主义》)

气候政治年谱

在距哥本哈根会议召开的时间剩下不到两周的关键时刻，中国政府抛出了第一份减排额度承诺，美国政府几乎同时也确认了百分之十七的减排目标。至此，哥本哈根会议前夕两个态度尚不明朗、也是世界碳排放最多的两个大国终于迈出了实质性一步，尽管这一步还远远不能满足国际环保组织和环保先进国家的要求，但是哥本哈根会议取得成功的希望也由此跃进了一大步。

回顾全球气候政治的发展，就是由无数类似的转折点构成，改变着人类社会对气候、生态和环境的认识，也改变了全球的政治版图。细数这些历史节点，可以发现全球气候政治的起源、性质和趋势，有利于所有关心气候变化和环境保护问题的公民从中吸取历史经验和教训，坚定行动的信心。

1962年——美国女生物学家Rachel Carson撰写的《寂静的春天》出版，与她稍早在《纽约客》连载发表的内容一道，引发了美国本土的极大争议，批评矛头直接指向危害环境的化工巨头和其他利益集团。这本书被誉为二十世纪最伟大的作品之一。随着《寂静的春天》向国际社会的传播，一个新的时代开始了，奠定了随后暴风雨般来临的环境保护运动。

1968年——欧洲大陆掀起了学生运动的"五月风暴"，虽然运动在翌年即告消退，但是在反越战的动员下，欧洲整整一代的学生和青年卷进了这场波澜壮阔的社会运动，要求改变物质主义的发展和福利国家体制对社会的控制，在七十年代演变成以环境运动为主体的新社会运动。

1972年——厄尔尼诺大爆发,秘鲁外海的鳀鱼大幅减产,鱼粉饲料价格上扬,抬高全球大豆价格;同时中美洲、西非、印度、澳洲、中国和苏联都面临干旱,北美的小麦价格空前上涨,全球出现空前的粮食短缺,苏联被迫使用宝贵的外汇大量进口小麦;中国和美国开始历史性和解,冷战从内部开始解体。

同一年,"罗马俱乐部"的《增长的极限》发表,引发爆炸性影响,世界陷入对高消耗、高消费、高排放的增长模式的空前怀疑,任何意识形态的冲突在人类社会共同的危机面前都显得那么微不足道,对人和自然的关系的反思由此成为世界性的社会、经济和政治议题。当年年底,联合国在瑞典首都斯德哥尔摩召开首次人类环境大会,会议现场的美国、日本和东道国瑞典是当时对环境保护态度最为积极的三个国家。

1973年——中东石油危机在第四次中东战争的炮声和余烟中爆发,欧佩克组织实施了限产提价决定,从日本到北美,世界陷入了石油产品价格飙涨和短缺的巨大恐慌,全球经济也从此步入长达十几年的"滞涨"衰退,直到里根—撒切尔政府期间的复苏。

1974年——欧洲经济共同体委员会资助和支持的欧洲最大的环境非政府组织"欧洲环境局"成立。拥有多达一百四十多个欧洲环境组织会员的欧洲环境局成为布鲁塞尔最大的环境游说组织,也成为连接欧洲环境运动与欧洲共同体和欧洲一体化进程的纽带,与其他环境组织如绿色和平、地球之友等一道,对欧洲环境政策的进步和实施发挥了巨大作用。

1979年——美国三哩岛核电站发生核泄漏,引发北美和世界特别是环保组织对核电站及核安全的关注;与当年发生的撒切尔首相上台、伊朗革命爆发、邓小平上台共同构成了世界的转折。

1983年——美国的潘兴核导弹开始在德国的部署,引发德国大规模的反核示威。此后两年,欧洲的反核运动发展到高峰,街头示威事件创造历史最高水平,环境组织和参加者激增。

1985年——继1982年加入刚刚成立的德国绿党、1983年成功竞选联邦议员之后，1968革命中的积极分子尤西卡·菲舍尔参与组阁德国黑森州第一届"红绿"联盟政府，就任德国历史上第一位绿党籍州政府部长——环境部长。在州议会的就职仪式上，菲舍尔穿着牛仔裤和耐克球鞋从议长手中接过了委任书，这双球鞋后来被波恩的德国联邦博物馆收藏，标志着欧洲环境运动由绿而党的转折点。

1986年——苏联切尔诺贝利核电站发生核泄漏事故，方圆数千平方公里的居民被紧急疏散。随着放射性尘埃向西部和北部的扩散，整个欧洲陷入对核污染的恐慌之中，大肆改变河流走向、向海洋倾倒核废料、实行粗放生产模式、破坏生态环境的苏联帝国也开始摇摇欲坠。

1992年——联合国里约环境大会召开，一百八十多个国家派代表团出席了会议，参加会议的还有联合国及其下属机构等七十多个国际组织的代表。会议讨论并通过了《里约环境与发展宣言》（即《地球宪章》）、《二十一世纪议程》和《关于森林问题的原则声明》），并签署了联合国防止地球变暖的《气候变化框架公约》和《生物多样化公约》两个公约。

这次大会是1972年斯德哥尔摩大会之后最重要的一次全球性气候和环境大会，非政府组织第一次大规模地进入气候政治的世界政治舞台，大会决议全盘接收了德国绿党的纲领和原则，即生态智慧、社会正义、参与民主和非暴力，建立了《气候变化框架公约》协商机制，并产生了随后即1997年的京都会议和《京都议定书》。2009年12月7号将在丹麦首都哥本哈根召开的会议则是《联合国气候变化框架公约》的第十五次缔约方大会。

2007年——联合国在印尼巴厘岛召开环境和气候大会，通过了后《京都议定书》时代的"巴厘岛路线图"；发展中国家和发达国家之间、美国和欧洲之间的气候争端成为焦点，各类非政府组织成为大会主角，欧洲展现其气候政治的强烈领导决心，全球气候政治开始展现取代石油地缘政治的势头。

2009年——在即将召开的哥本哈根会议上，主角仍然是力图主导全球气候政治进程的欧洲和各类非政府组织，大会力图通过一项2012年《京都议定书》过期之后对各国具有约束力的一项公约。世界最大的两个碳排放国——美国和中国——却是气候政治舞台上被聚光灯紧紧跟随的关注对象,所以这两个国家迟至大会召开的最后十天才各自匆匆公布了保守的减排目标。

而早在2008年的12月12日,欧盟各国首脑在布鲁塞尔达成了一揽子气候协定,并定下在2020年相对1990年(而不是中国减排目标的2005基准年)减少温室气体排放百分之二十的目标,如果2009年12月的哥本哈根会议上能够达成一个全球气候协议,欧洲还将把这一目标额度提高到百分之三十。时任欧盟主席法国总统萨科奇称,"世界上还没有哪一个大陆能够做到如此承诺"。

从1962年到2012年的半个世纪,2012年是《京都议定书》终结并代之以哥本哈根会议可能通过新公约的生效期,从气候政治发展的上述历史节点不难看出,气候政治已经从最初的环境运动发展成为欧盟主导、全球公民社会参与、联合国框架内的全球性政治共识。尽管仍然存在着发达国家与发展中国家的生态补偿争议,但是一个崭新的世界政治格局已经出现,没有哪一个国家能够以任何借口避开、或者无视这一新的政治潮流。(原刊《南方都市报》2009年11月29日)

通向世界政府之路？
——气候政治的新国际主义

随着哥本哈根会议的迫近，关于气候变化的争论也进入白热化，对气候变暖的质疑和发展中国家关于"碳债务"的主张重新成为世界媒体焦点。姑且不论哥本哈根会议能否最终达成共识，如此情形倒是很好地再现了气候政治有趣的一面：一个全球性的参与民主，一个全球协商政治的过程。在气候变化这样一个全球的共同讨论平台上，任何国家都有权发表自己的意见，然后通过讨价还价、纵横结盟的方式达成一个集体协议，这对任何国家来说，都意味着利益的增加，也就是共赢。

不过，如果仅仅是讨论，而缺乏一个共同的紧迫感和约束机制，争论也许会无限期地延续下去，根本无助于温室气体的控制。比如说，1997年的《京都议定书》就是一个典型的夸夸其谈的例子，不仅缺乏对美国这样高排放的发达国家的约束，而且对那些签约的发展中国家来说也毫无意义。没有约束力的《京都议定书》就是联合国在全球民主中的软弱角色的最好写照：世界上的排放大国都在疯狂地扩大温室气体排放，为未来争取尽可能多的谈判筹码，人类社会的温室气体排放前所未有地增加，比1997年签订议定书之前更甚；而其中，中国的排放几乎占据了2000年之后世界排放增加的主要部分。

英国著名社会学家吉登斯——第三条道路的鼓吹者，因此在他今年出版的新著《气候变化的政治学》中,将气候变暖归咎为全球民主体制的失败,诚然不错。如何解决争论、达成共识并不是一件容易的事情,更何况讨价还价和集体谈判是在多达一百九十二个参加国之间进行。民族国家为基础的全球秩序,其稳固和保守远远超出任何理想主义者的想象。事实上,印度、俄罗斯等正在试图拉拢中国和巴西,形成一个关于气候的"金砖四国"立场,增加各自减轻排放或者要求更多援助的筹码。发展中国家的"七十七国集团"则向发达国家承诺的减排百分之二十到三十的指标提出了更高的要求,要求他们在1990年的排放基础上降低百分之四十!

就在哥本哈根会议前夕,国际媒体的各种悲观论调铺天盖地。11月30日的南京城,第十二次中欧首脑会议冒出滚滚硝烟。几天前,英国的蒙克顿勋爵——世界上也许最著名的反气候变暖意见领袖,在接受媒体访问时喊出了有史以来最雷的口号:"解散联合国,逮捕戈尔!"美国前副总统戈尔长期以来鼓吹气候变暖最力,是全球气候变暖阵营、也是此次哥本哈根会议的当然领袖。而这位极端保守的蒙克顿勋爵出身政治世家,是戴安娜王妃生前闺蜜的哥哥,他曾以鼓吹将所有艾滋病人隔离起来的惊世骇俗言论闻名。10月14日,蒙克顿勋爵在北美的一场演讲中,道出了哥本哈根会议决议草案文本的实质:"哥本哈根会议试图建立一个全球性的马克思主义政府,也就是世界政府。"

尽管不无抹黑,却也十分的裸露,蒙克顿勋爵的出位言论部分道出了真相。确实,从1972年在斯德哥尔摩召开联合国第一次人类环境会议至今,全球逐渐形成气候变化共识,并正在形成一种全新的政治潮流。无数科学理论和证据与人类关于自然的哲学思考结合在一起,反思人类发展造成的环境破坏——就像二战之后欧洲对大屠杀的反思,以一种关于气候变化的全新普世主义,去改变对气候变暖负有责任的、失败的、却标榜为"历史的终结"的全球民主。今年7月在意大利举行的G8峰会上,包括中国在内的与会各国同意为降低二摄氏度做出努力,这是气候政治历程中首次包含明确量化指标的政治承诺。

如何在全球范围管理和检测各国、各种气候变化的量化指标呢?从这个意义上,为了避免重蹈京都议定书的覆辙,气候政治需要一个真正意义上的"世界政府",即哥本哈根会议所努力达成的约束性决议草案——这也是吉登斯所说的"全球气候新政",要求对全球经济和政治进行有效和集中的管理,才可能真正控制温室气体的排放。相比马克思在十九世纪提出的无产阶级的国际主义,美国学者入江昭在2004年出版的《全球共同体》一书中提出设想,在全球共同体认识基础上,将全球公民社会、民族国家政权,和联合国等国际组织及国际非政府组织连为一体,世界政府不过是通向这一"新国际主义"乌托邦的必经之路。

而这样一种国际主义左派政治,却遭遇来自两方的攻击:不仅被蒙克顿勋爵等极右分子攻击为"马克思主义世界政府";而且也为中国国内的"新左派"所不容。那些自诩继承马克思主义传统、曾经大力输出革命的左派,坚持狭隘的民族主义或者国家主义立场,完全淡漠了作为人类社会一分子的共同责任和超越民族国家的国际主义传统。对这些在气候问题上持保守立场的新左派来说,他们借以逃避国际责任的借口往往是割裂普世性、反对国际主义的所谓地方性,即使表面上声称属于全球公民社会、全球社会运动的一部分,然而事实如此上却割裂了地方性与普世价值的一致。

对此,德国社会学家乌尔里希·贝克这样阐释:新国际主义意味着自由、差异和宽容的普世价值,这是以气候变化为代表的全球风险社会下的选择。今天,气候变化已经是一个绝对不可以妥协的议题。在气候变化的风险之下,没有任何一个国家或者个人能够逃脱、免责。就像人类对大屠杀的态度,这一源于欧洲战后的反思社会学已经从对大屠杀的反思扩展到对气候的反思、对石油的反思,要求打破民族国家的主权篱笆,反制外在的全球化,从而建立由内而外的、符合普世价值的经济、社会和政治模式。

否则,在气候政治的试金石上,新左派们不得不面临国家主义的诸多尴尬,仿佛身陷多重夹缝:既介于发展中国家和发达国家之间,又介于热炒的G2和G20之间;既强调中欧间的战略伙伴关系,又对实质性的气候变化合作意愿低下;既费力地在全世界为自身的世界工厂寻找能源和原料,又难以克服内部的利益集团阻扰实现低排放的精细化、集约型、以环保为指向的发展转型。

然而，就在哥本哈根会议前夕，我们已经看到了这样一个新国际主义的前景。人类社会似乎第一次寻找到一个新的全球民主方式，通过对民族国家真正有约束力的碳排放管理方式，朝向建立一个世界政府的雏形，从而在全世界范围内促进社会进步和社会正义。（原刊《南方都市报》2009年12月6日）

谁的责任？
——气候债务与气候正义

就像每一次大选前夕总是黑函泛滥，这次哥本哈根会议竟也不能免俗。上月底爆出了一桩所谓"气候门"事件，被反对气候变暖的极端分子鼓噪起来，当作气候变暖理论的丑闻，似乎气候变暖的责任不是各国政府或者工业利益集团，而是发现气候变暖的气候学家们。

事实上，"气候门"事件更像一个烟雾弹，转移了人们对气候变化的责任和分摊问题的追问。如果只是一个技术问题，那么美国NASA的首席气候学家詹姆斯·汉森不久前的回答最合适不过了——他说，任何数据都是公开可查的，不存在故意隐瞒的问题。让这位早在八十年代初就提出全球气候变暖的先驱科学家真正担心的是，大气的碳容量已经越来越快地接近临界点，气候变暖的危险远远比我们想象得还严重。

的确，如果要实现到2050年控制气候变暖在二摄氏度之内的承诺，在未来的四十一年里，人类最多只能释放两千亿吨碳，即七千亿吨二氧化碳。然而按照现在全球的排放率计算，这个指标可能不到二十四年就将耗尽。因此，降低碳排放是这个星球上所有国家的共同责任，否则人类将共同面临激增的气候变化效应。

但是，如何划分责任却成为此次哥本哈根会议进程中争论最激烈的焦点，特别是穷国与富国的责任分担与补偿。发展中国家普遍主张清算"碳债务",西方发达国家应当负起主要的减排责任,这也是中国立场的理论基础。在本轮气候变化框架公约第十五次大会上,以"七十七国集团"为主体的发展中国家俨然组成了一个漫天要价的"讨债"集团。"七十七国集团"主席、苏丹代表卢孟巴一迪埃平声称,拟议中的每年一百亿美元补偿"只够买棺材"。

这一主张貌似政治正确,似乎继承了反殖民主义精神,却人为地将世界再度划分为南、北两个集团,或发达与发展中国家两个阵营,与冷战思维的意识形态划分如出一辙。而且,如此"气候冷战"的划分,只关注了"区分"的责任,却置气候变化的"共同"责任于不顾。如果从全球碳正义运动的角度来看,更背离了碳债务的本质。

所谓碳债务,包含两方面:一方面,指地球生态和人类可持续发展所能容忍的温室气体总量,其中,自1750年以来发达国家累计的碳排放已经消耗了百分之七十的容量;另一方面,超量排放的直接受害者将是发展中国家,而发展中国家可用于发展的"调整性债务"也已经被发达国家耗尽。据世界银行估计,气候变化效应的百分之七十五到八十最终将落在发展中国家的人民身上,也就是干旱、洪水引起的饥荒、内乱和瘟疫。

按照这一理论产生出的"限制—贸易"机制,也是1997年《京都议定书》的核心,发展中国家固然可能从发达国家得到补偿,但是发展中国家却缺乏动力去有效地促进自身减排,即使最终达到发展中国家主张的每年七百到一千四百亿美元补偿,也只够维持现状而已。特别是对那些介于发达国家和发展中国家之间的新兴工业化国家来说,他们是美国和澳大利亚之外碳排放的主体国家,与发达国家的碳交易根本无助于他们真正转换为低碳排放的生产方式。而时间和碳容量都所剩无多。

正是在这个意义上,有必要重新回顾英国著名社会学家吉登斯的气候变化政治学。吉登斯认为,气候变暖的罪魁祸首不是一两个发达国家,而是全球资本主义和全球民主的失败。不幸的是,包括中国在内的新兴工业化国家都深深地卷入了全球资本主义的消费和生产的过程中,高碳排放的背后是美国为首的过度消费模式和中国带头的过度生产模式，尤其是中国能源需求对碳吸收物质煤炭的高度依赖。而且值得深思的是，这两个高碳排放的消费国与生产国对进行气候变化管理的世界政府模式却表现出同样的抵制态度，他们各自均以自身主权为借口，各自以发达国家或发展中国家领袖自居，缺乏低碳转型的诚意，以致在哥本哈根峰会的第三天开始互相指责。

这不能不说是一场正在发生的悲剧。就在会场之外，在激烈的讨价还价之外，参与全球气候正义运动的组织已经在欧洲各地连续组织了多场示威，并在哥本哈根酝酿规模更大的游行，直接向会场内的所有政府代表施压。他们主张，全球资本主义生产和消费方式才是气候变暖的罪魁，必须改变的是资本主义本身，也就是全球化。现在的"限制—交易"模式对于控制碳排放是失败的，而且在实际中帮助了发展中国家中占多数的威权政权，而不是那些更需要帮助的从事低碳经济的农民、小型工业和普通民众。对属于反全球化运动一部分的全球气候正义运动来说，进行碳管理的全球民主首先要求世界范围内的草根民主，这才是拯救全球民主体制的唯一机会。

今天，一群来自世界各地的气候正义活动分子在哥本哈根的绝食进入第三十五天，他们的绝食抗争开始于巴塞罗那会议的11月6日。来自澳大利亚的绝食成员安娜·基南对"Democracy Now"网站记者说出了他们的主张：要求每年一千九百五十亿美元的生态补偿，帮助发展中国家转型为零碳排放的生产模式；要求所有国家停止使用化石燃料。

可以想见，如此激进的主张势必难为峰会哪怕任何一方代表所接受，但却道出了所有国家都必须共同承担的责任——也是哥本哈根会议成功的唯一机会，那就是改变生产生活的方式，促进保证所有人参与的全球民主。因为气候代表着正义。（原刊《搜狐评论》2009年12月14日）

哥本哈根之后：严冬已经来临

当北京迎来半个世纪以来最冷的寒冬，当欧洲和北美大陆暴雪狂飙，如果依旧避免谈论哥本哈根气候会议的悲剧性结局，就显得过于虚伪了。这是"一个新的开始"，既是联合国秘书长潘基文在会后的无奈结语，也是国际环境组织的愤怒呼喊。事实上，就在令会场内外代表和抗议者精疲力尽、犹如无尽头马拉松的哥本哈根会议之后几周，后哥本哈根时代的征兆已经一幕幕呈现出来，无论大自然还是国际政治，仿佛电影《后天》里的噩梦提早到来：在无果而终的哥本哈根之后，一切都显得太迟，严冬已经降临。

失败与冲突

在哥本哈根会议之后，许多中文媒体不遗余力地为大会结果唱赞美歌，与全球媒体的失望形成鲜明反差。然而，只要将大会最终的寥寥几页政治声明与会前国际社会普遍期望达成的约束性文件一对照，本次第十五轮联合国气候变化会议的失败昭然若揭，这是任何言辞都无法掩饰的。

没有达成约束性协议，就意味着温室气体排放将继续加速，气候变暖的趋势将继续恶化，留给世人应对危机、及早转型经济与社会体制的时间越来越少。而随着自然灾害和治理危机的加剧，未来的全球气候政治也将充满紧张和冲突，成为全球政治经济社会的核心问题。

后哥本哈根时代，也是一个"后京都议定书"的时代，在 12 月 18 日—19 日的漫长黑夜里，在《京都议定书》终止前三年，就已经迫不及待地到来了。在遍及全球的种种异象灾害中，我们仿佛看到了一个充满冲突、不确定的全球气候政治格局正在形成。

最有意义的在于，发达国家和发展中国家两大阵营的划分原则和现实壁垒悄然瓦解。将全球气候变化缔约国划分为发达国家和发展中国家、前者负有承担减排义务、后者却无视《京都议定书》的基本原则，即所谓"共同但有区别责任"的主体原则，也是中国立场的核心。但在哥本哈根会议十三天进程中，气候变化受害国和倡导国的立场更趋激进，要求抛弃过时的"京都议定书原则"的呼声高涨，"基础国家"的特殊责任成为焦点。

本次哥本哈根会议规模巨大却冗长耗人且无收获，一向活跃的国际非政府组织很大程度上被排除在议程甚至会场之外，不能不说，这正是划分发达与发展中国家的过时的《京都议定书》原则的恶果。不仅于此，恰恰在 1997 年《京都议定书》达成之后的十余年间，全球碳排放不仅没有得到遏止，而且翻番性的增长，则足以证明在这一划分原则基础上派生的《京都议定书》另外两个原则——"共同而有区别的责任原则"和"限额碳交易原则"的失败。因此，哥本哈根会议的失败并非偶然，而是《京都议定书》失败的继续。在这个意义上，吉登斯将全球气候变化归结为资本主义体系和全球民主的失败，再精准不过了。

会场内的代表对此有切身感受。如道出皇帝新衣的孩子，委内瑞拉总统查韦斯和哥伦比亚总统莫拉莱斯在大会上指出了哥本哈根会议的真相，造成气候变暖的罪魁正是资本主义，不受节制的全球资本主义之下，五亿人的生活产生了全球百分之五十的碳排放；更为痛心的则在会场内，查韦斯直接指责大会最后的密室会议，与会一百九十二个国家的绝大部分代表和更多的非政府组织被排除之外，然后被强迫接受一份没有任何实质意义的声明，在"程序上是极其不公正的"。这一主张受到了许多与会代表的支持，也再次凸显：全球气候政治议程是如何容易地被几个大国所操纵，联合国框架内的民主体制在节制资本主义和保证各国平等参与对话这两方面的双重失败。

变化与新政

但是，不可否认，哥本哈根会议的交流本身给予所有国家和组织一次机会，能够从中发现和表达自身利益，世人得以正视气候变化的迫切性，后哥本哈根格局也在十三天的漫长博弈中孕育。

首先，最易受气候变化伤害的是海岛国家和大部分非洲国家，面对气候变暖的怀疑论调、对围绕补偿额度多少的争吵、对什么是"共同而又区别的责任"的喋喋不休，他们再也无法忍受。来自图瓦卢等小岛国家的代表要求，当务之急是将防止气候变暖的承诺控制在一点五摄氏度，而不是二摄氏度——因为即使二摄氏度，对海岛和非洲国家来说，也是不可承受之轻。据世界银行估计，气候变化效应的百分之七十五到八十最终将落在发展中国家的人民身上，也就是干旱、洪水引起的饥荒、内乱和瘟疫。迅速采取行动、防止气候变暖，才是所有地球国家的共同责任。他们的声音首先打破了所谓发展中国家铁板一块的神话。但是，会议结果的最大受害者却是广大发展中国家，他们未能从哥本哈根会议之后及时获得三年过渡期的援助。

其次，在哥本哈根会议后半程，新兴经济体的排放和减排责任逐渐成为焦点，取代了前一周的话语主题即气候正义问题。从"七十七国集团"和所谓"发展中国家"阵营内，包括"基础国家"主要成员的几个新兴工业化国家站了出来，表示愿意主动承担减排责任和援助义务，打破了人为且过时的发达国家与发展中国家的二元划分。作为美国之外的排放主体，新兴经济体的排放增加量成为 1997 年《京都议定书》之后全球温室气体排放增加的主要部分，如果不承担相应责任，显然无法达成气候变化控制在二摄氏度的目标。修改《京都议定书》的过时原则，将介于发达国家和发展中国家之间的新兴工业化国家的减排责任反映到新的公约之中，迅速成为会议共识。

巴西总统卢拉的立场代表了这一共识。他一再表示，巴西将控制亚马逊森林的"去森林化"趋势，继续大力发展可再生能源，并且愿意向发展中国家提供资金，更理解和支持美国国务卿希拉里·克林顿关于体系透明化的主张，反对大会仅以简单的"政治声明"结束的形式。韩国总统李明博也表示,愿意由韩国主办2012年第十八次联合国气候变化会议,为推动气候政治做出贡献。这些新兴经济体的立场宣示,立即受到许多来自发达国家和发展中国家的高度赞扬,卢拉更被美国气候特使斯特恩称赞为"展现了全球领袖"的风范。

其三,本次大会的推动者欧洲国家,是哥本哈根会议之后最为失望的代表。事实上,欧洲国家并未在哥本哈根表现出应有的领导能力和建树,未能就减排援助做出及时和实质性的承诺,在"丹麦文本"泄露之后也未及时采取补救措施。尽管欧洲代表团支持了美国提出的未来三年过渡期每年提供三百亿美元、2020年之前每年提供一千亿美元援助的方案,但并不能改变会议结果,欧洲代表团在哥本哈根会议留下最多的除了失望就是愤怒。法国总统萨科齐愤怒地谴责世界最大碳排放国一而再、再而三的阻扰会议进程,即坚持"政治声明"而非有约束力的协议、坚持过时的《京都议定书》而非新兴经济体责任、坚持自愿减排而非可核查的透明度要求;瑞典首相赖因费尔特直接点名,称大会已经被绑架。当最后漫长一夜,以"基础国家"为主的密室会议中,欧洲代表被排除在外;在中国代表声称将"自主减排"的同时,欧洲国家对大会最后声明拒绝将欧洲的"自主减排目标"列入文本感到极其不满。

这一切,只能强化欧洲在未来继续推进"全球气候新政"方案,即仿效全球金融危机治理模式,建立朝向全球政府的气候治理,结束全球气候政治的无政府主义状态——这也是大会前流传的"丹麦文本"的主要精神。因此,这一份欧洲近年来流行的普世主义的气候版本,被许多发展中国家视作主权威胁并不奇怪。而大会无果而终,无疑是欧洲多年来试图借气候政治改变全球地缘政治格局道路上的一次严重挫折。

对欧洲来说,将欧洲内部过去三十年的环境政治理念推广到世界,是寻求欧洲公民向世界公民认同扩展的普世主义、增强欧洲内部认同和欧盟一体化进程合法性的基础,更是欧洲得以规避俄罗斯和波斯湾油气瓶颈、通过促进"绿色工作"实现经济转型、抢占世界科技主导地位的机会;不仅如此,它也是欧洲超越传统石油地缘政治、促进全球公民社会政治、传播欧洲社会民主和社会市场经济模式的必然要求。其现实政治意义对全球民主来说也具正面意义,既然环境/气候政治在欧洲内部已经真正"超越左和右"、成为欧洲共识,那么将碳排放管理作为超越民族国家的全球公共议题,超越发达国家和发展中国家或者新兴工业化国家之间的鸿沟,建立全球团结经济乃至全球民主政治的基础,可能最终解决后冷战时代全球政治的全球化病症和意识形态真空。

至此,虽然此次哥本哈根会议的结果几乎让所有人失望,与中国代表团解振华"让所有人快乐"的承诺如南辕北辙,但是可以说,后哥本哈根会议的全球气候政治的新格局已经出现:发展国家和发展中国家之间的鸿沟悄然瓦解。在欧盟之后,一向保守的美国其多名政界要人多次表达,美国的内部政治将不再会是减排障碍,将与巴西等新兴经济体一道,重新成为全球气候政治的领袖。巴西和德国等国希望早日进入联合国安理会、加速改革联合国的呼声再度高涨。同在发达国家之列的日本因其单独提出每年提供一百亿美元援助、并主动提高到一百五十亿美元的姿态,大大增强了影响力。

即使是对会议最为失望的全球环境和正义非政府组织也郑重表示,哥本哈根是一个起点,他们将开展更为猛烈的行动,从碳排放大国内部的公民社会入手谋求变化。哥本哈根的失败促使全球气候政治主体正在重新凝聚共识。

挑战与机会

会议之前,如笔者的多篇评论早已指出,哥本哈根将是一个新型国际政治的舞台,国际社会的聚光灯将紧紧追打在美国和中国这两个世界最大的碳排放国身上。中美两国分别作为发达国家和发展中国家的代表,决定着会议的成败和气候变化的未来。而其中,所有与会国代表都明白,没有最大碳排放国中国的参与合作,哥本哈根会议就不会产生期望性结果。

而中国,在哥本哈根的最后一夜,象征性地在透明度问题上做出了轻微让步,愿意进行减排信息的"志愿交换",也为避免大会的彻底失败做出了关键的贡献。但与各国对中国"可以做得更多"的期望相比,不能不说,在全球金融危机之后,第一次面临前所未有的孤立和空前压力。因此,如何正确认识全球气候政治趋势,以及如何切实推动国内减排转型,特别是在接受还是拒绝国际社会对排放"透明度"要求的选择、是否接受全球气候政治呼之欲出的世界政府对民族国家主权的削弱,这些将是未来一年内、墨西哥会议之前中国政府与社会面临的最为严峻的挑战。

只是,这一挑战来临的速度之快,远远超出一向保守僵化的外交官僚的估计。在达成有约束力的全球气候变化公约之前,几乎每一天都是哥本哈根。这不仅是全球气候正义组织的口号,也是中国外交不得不面临的现实。就在哥本哈根会议结束之后几周,随着北半球大雪降临、南极冰川融化加剧,前述新全球气候政治格局已经开始影响中国的现实外交。

更准确地说,外交报复接踵而至。在英国籍毒犯阿克毛2009年12月29日被中国处死后,英国政府和欧盟都表示了最严重的遗憾和谴责。欧盟与美国针对中国的贸易保护主义政策陡然增加:欧盟12月22日通过了延长对中国出口的鞋征收反倾销税十五个月的决定;在轮胎反倾销案后,2010年1月6日美国商务部对中国出口的钢丝层板征收最高达百分之二百八十九的反倾销税。同日,美国总统奥巴马批准了美国对台军售案,除了稍早通过的黑鹰直升机案,将向台湾出售"爱国者III型"防空导弹。这一计划大大出乎中方学者和军界的意料,显示其背后的政治考量。人们不得不联想到,奥巴马曾在哥本哈根会议前夕奔赴北京会谈而无果,且在哥本哈根会谈之中遭受羞辱。

所幸,气候变化的共识不仅受到世界政治家们的认可,也正为越来越多的企业所接受,全球资本主义的内部变革之快也超出大多数人的想象。据彭博社的"新能源金融"(NEF)预计,2010年全球可再生能源投资并未受到哥本哈根会议失败的影响,而继续保持上升势头;全球的企业和政府投资将达两千亿美元,相比2009年的一千三百亿美元上升将近百分之五十,也超过2008年的一千五百亿美元投资规模。其中,中国承诺的未来两年高达二千二百亿美元可再生能源投资计划,相当程度上安慰了一度失望的欧洲和北美的清洁能源企业,特别是反应堆生产企业和垃圾焚烧与发电技术企业。承诺"自主减排"的中国正在成为世界上最大的清洁能源市场,由此产生的诱导需求规模极其巨大,不仅包括清洁煤技术、核电生产、垃圾处理,也包括整个电网的智能化改造,后者已经成为中国大规模应用风能和太阳能的瓶颈。

但是，由此产生的全球气候政治正在酝酿新的地缘政治格局，无关石油，关乎铀。当中国政府在过去几年连续布局，与加蓬、纳米比亚和澳大利亚等国签署了铀矿合作协议之后，世界铀燃料市场开始面临新的紧张。德国政府已于去年正式立法，改变了二十余年的放弃核电政策，开始重新建设和发展核电。这一政策转向得到了包括绿色和平组织在内的环保组织的支持，一向反对核电的绿色和平也改弦易辙，支持发展零碳排放的核电。比如立陶宛这样的小国，一家核电厂就能够解决所有用电需求，且还有富余。印度政府则开始在全球范围内大力搜索铀矿资源，与中国展开争夺。世界有限的氧化铀年产量将很快就难以满足暴增的核电需求。

未来的希望则寄托在快堆技术，和美俄两国日前达成的核武器裁军。美国五角大楼最新提出的核现状报告建议，在不久前宣布的美俄两国将把各自的核武器数目削减到一千五百到一千六百七十五枚之后，美国核武库将继续缩减至一千件核武器。这一历史性的核裁军进展为美国核武库的武器级铀转化为民用核燃料打开了大门，为医保改革计划成功通过之后的新一轮减排计划埋下了关键伏笔。但是，也因此，美国和欧洲将继续在新能源和新能源技术上占据制高点，从而继续牵制中国的能源和外交。

所以，后哥本哈根时代的到来之快、对全球传统地缘政治格局改变之复杂也许会超出所有人想象。发达国家和发展中国家壁垒的破解、欧洲普世主义气候主张的日益汹涌，都在暗示一个新时代的到来。如何融入全球气候民主，恐怕才是决定中国的国际地位和资源空间的关键。

日前，负责哥本哈根会谈的中国副外长何亚非被突然免职，但是，在对今年底墨西哥第十六次气候变化会议上提出确定承诺之前，若未在国内和国际政策上做出重大调整，即使善与外媒保持良好关系的前驻英大使、新副外长傅莹又将如何能够应付外交冰期的提前到来呢？（原刊《中欧商业评论》2010年第1期）

低碳经济的本质是民主生活

低碳经济到底意味着什么？如果目标设定为环境友好经济或者绿色GDP，那么是否意味着仅仅是低碳技术的应用，或者低碳产业的促进？日前，当河北怀来县宣布将建成我国首座零碳城市之后，有关低碳经济性质的疑问再次引起公众的追问。人们关心的不仅是一座零碳城市的可行性，而且关心如何在更大的范围内，如何实现高碳经济向低碳经济的改造转换。

不过，早在去年底的哥本哈根大会前夕，哥本哈根市就已确定了将在2025年前实现世界上第一个零碳城市的目标，为全球减排和世界城市发展做出表率。为零碳排放所作的努力，不仅有关风电、太阳能、旅游业等低碳经济的通常方面——这些也是怀来发展的重点，更关乎社会生产与治理实质。

与汇聚了各级政府代表、甚至欧盟机构及研究单位的怀来模式不同，哥本哈根的零碳建议倒更像是欧洲城市减排经验的汇总，其中的有趣点子和方向，指向了低碳经济的本质。

环境友好的城市发展不仅意味着人和自然的和谐相处，更意味着人和人的和谐关系、社会与经济的和谐，需要在城市政治的层面尽可能地将导致高碳排放的资本主义经济模式的副作用降到最低。

换言之，当哥本哈根市长丽特·比耶勒高宣布城市公民和组织的广泛参与是保证零碳排放的主要方式，回首过去三十年来北欧国家成功的环保道路，我们发现,无论在城市还是国家层面,民主和自治才是促进减排、节制资本的动力;反之亦然。零碳是斯堪的纳维亚式参与民主的结果。

因为,以需求假设为前提的资本主义模式在无限扩大消费倾向,无论个人还是政府的,从而导致过度生产。而过度生产则意味着对自然和人自身的过度榨取。上世纪的大萧条和气候变暖都在重复这一命题,所不同的,大萧条引发革命和战争。而气候变暖则是全球化的恶果,世界两大碳排放国的过度消费和过度生产模式应当为全球气候变暖负主要责任——这也是不久前哥本哈根气候变化大会谈判艰难的关键所在。

因此,在环境保护和减排走在世界前列的欧洲、特别是北欧国家,在大力倡导低碳经济和推广清洁技术的同时,积极向世界输出欧洲式的社会民主模式,试图一方面建立一个全球性的管理碳排放的世界政府,另一方面鼓励所有国家和工业化城市促进民主特别是参与性的民主、自治和团结。只有广泛、平等的政治参与,才可能形成对气候变化的社会共识,然后采取行动,既对资本进行管制,又可能通过公民的自我约束、即培养低碳的消费模式和绿色道德,调整经济方向,实现社会和谐。

在这个意义上,低碳经济也意味着团结经济,要求从经济单位内部开始实行尊重每个劳动者共同参与权力的经济民主与合作方式,以创造力为生产价值的主要源泉,而不是对劳动时间和身体的无限剥削,如此才可能形成经济与社会的良性循环,创造更多的绿色工作岗位。更广泛的意义上,低碳和团结还意味着对城市经济的改造,尤其重视对公共设施和对传统低碳生活方式和建筑群落的保留与改造,将环境运动中的自然主义引入到后工业化社会中。比如,丹麦和其他欧洲国家对有轨电车的热爱和升级,正是低碳交通模式的主要代表。所有人,不分阶层和收入差别,利用相同的有轨电车通勤,不仅降低了人均碳排放,而且在电车上就实现了任何其他民主方式难以企及的平等在场,这就是团结。

在北欧的城市经济中,类似的低碳与团结模式还包括自行车道路在城市道路面积中的比例。除了荷兰的阿姆斯特丹、德国的明斯特,丹麦的哥本哈根也同样享有"自行车城"的美名,市民的人均自行车数量、人均骑车时间、人均自行车道路面积以及自行车道路交通管理水平远远高于其他工业化城市,从而有效防止了汽车使用的化石燃料引起的碳排放。由此带来了一系列外部经济效果超出一般想象:公民对自行车运动的热爱大大促进了自行车制造业的发展,也降低了公民的医疗花费,增加了公民在街道停留的时间和接触的机会。

结果,自行车和有轨街车这些低碳交通工具的推广,不仅让所有市民更乐于享受停留在街道和公共场所,让所有公民习惯于新鲜空气从而增强环保意识,而且有益于公民从热闹的街道生活中培养相互信任感,增进公民的公共责任和城市认同。街区居民守望相助,不仅降低犯罪率,对城市经济还有更直接的效果。比如增加了城市市民与自产蔬菜水果的有机农业农民的消费—生产互动,许多类似的小型经济也将从街头消费中受益。在这个近乎生态乌托邦的城市经济实例中,消费者与城市的服务业、农业生产和制造业形成了良性的低碳互动模式,合作与团结不限于一个合作企业内部,而是延伸到各行业之间、各社会阶层之间,延伸到经济、社会与政治之间。

以此观照,以过去十年来碳排放总量增加最多的国家为例,各方面的研究都显示,世界工厂模式对环境的破坏、对全球资源的需求、对劳工权利的伤害、对公众消费倾向扩大化的引诱等等,都到了空前的水平。其结果之一,城市成为工业化的畸形怪物,城市化成为暴力化的代名词,街道成为汽车的停车场和杀戮场,公交变成普通市民每天的痛苦长征,住房则成为所有人的避难所,因而房价不断高涨而人们越不堪负担……

这是我们想要的生活吗?这才是高碳排放的世界工厂的日常生活场景!如此情形下,零碳城市无论在怀来(京郊首个零碳城市试点)还是香格里拉,都是那么的不现实,北京边上的怀来想来更像是一个装饰在高碳大都会身上的橱窗。加入全球资本主义三十年来,这一全球化的受益者的资本—威权结构得到空前强化,碳排放才得以无节制增长,就像今天的城市,往往汽车洪流日益壮大,而江河淡水却干涸肮脏,距离建设低碳经济和零碳城市所必需的社会合作和团结、自治和民主却越来越远。

所以，如果想让低碳成为经济的主体、生活的方式，还是先让每一个人成为一位真正的公民吧。人们有理由相信，理性和民主的公民社会最终会为自己选择低碳的发展道路和生活方式。（原刊《新京报》2010年1月20日）

全球化的罪与罚

——海里根达姆 G8 峰会观察

G8 峰会的历史上,从来没有像 2007 年 6 月 6 日—8 日德国峰会这样,出现如此泾渭分明的两个政治舞台:从 2007 年 3 月起,德国政府斥资上千万欧元,在滨海乡村海里根达姆(Heiligendamm)兴建了一条十二公里长、二点五米高的铁丝网,将 G8 峰会首脑下榻的凯宾斯基饭店以及大约三百户居民圈护起来,这条铁丝网甚至伸入波罗的海三公里;而在这道隔离墙外,从五月中旬起,反对 G8 峰会的抗议者们也陆续驻扎在距离酒店数公里外的农场空地上。

一道令人联想起柏林墙的铁丝网,划出了全球化和反全球化两个世界。墙内,是代表全球化既得利益者的世界最有富裕集团的工业八国;墙外,则是为穷国呼吁更多公平正义的来自全世界的近十万抗议者,展开了一场拷问全球化罪责的轰轰烈烈的冲击。

全球化后的 G8:我型我秀

"让资本主义成为历史"——不明就里的全球化受益者,看到邻近海里根达姆的城市罗斯托克街头的海报,也许会哑然失笑。没错,仅仅十几年前,新自由主义的资本主义及其依附的资本、跨国公司、治理方式席卷全球,仿佛宣告了历史的终结。但事实上，G8所象征的全球化不仅没有衰弱的迹象，反而因为中国、印度等国作为全球化的受益者，大有跻身G8、并扩大为G13的趋势，而将进一步得到巩固。

从历史追溯，G8会议的出现源于布雷顿森林体系瓦解后国际资本协商框架的缺失。为了寻求一种替代性的解决方案，1975年，六个工业最发达国家发起并创建了每年一度的首脑会议。最初的参与国包括美国、英国、日本、意大利、法国和德国。初创之际，国民生产总值是唯一的标准。翌年，加拿大以排名第七的身份加入这个发达工业国的俱乐部。首脑们每年一次参加其中一个会员国作东主办的闭门会议，希望避开媒体干扰，更绕开国际社会现有制度的掣肘，以这种非正式的密室会议来协调各方利益。但是，当年复一年成为惯例后，这一非正式的安排也随之制度化，俨然成为联合国安理会、经合组织等等国际组织之外的一个对国际局势有着举足轻重影响的决策机制。

随着冷战结束，新自由主义模式资本主义在全球输出，G7会议逐渐成为全球化的象征，背负着全球化所有的荣耀和挑战。但在事实上，这样一种非正式的制度安排，几乎天然的方便或者鼓励各国首脑们在参与密室会议后，通过精心策划的政治秀来操纵国际媒体，以推卸全球化进程带来的负面责任，且在技巧上也试图通过严格控制增加对话伙伴来抵消这一指责，这个特征一直延续到后来俄罗斯的加入。虽然俄罗斯的经济总量远不及G7成员国，甚至未被国际社会接纳为一个市场经济国家（即WTO成员），但从1992年起俄罗斯开始列席七国财长会议，并最终于1998年正式加入这个集团。G7会议从此成为G8会议，利益相关而不是国民生产总值的多少，成为全球化时代新的规则。

在这一新规则下，G8会议进一步有限度地扩大对话范围，以安抚国际社会。从2003年起，作为新兴工业大国、也是地区性大国，中国、印度、巴西、南非和墨西哥等五国在G8＋5的模式下，受邀参加对话。此外，东道国日益发挥主导作用，增加了G8会议的灵活性。在近年来几乎每次G8会议上，东道国所感兴趣的问题主导了会议的议事日程，比如前年鹰谷会议的非洲问题，去年圣彼得堡会议的能源问题，今年海里根达姆会议的环境问题；并且，东道国在正式会谈外增加了G8+5模式之外的南北对话、NGO论坛、青年峰会等专门论坛，试图改变G8会议的密室形象，扩大舞台范围。在这一背景下，经济总量持续跃升的中国在2003首次参加了八国财长会议后，胡锦涛主席则从2004起连续四年接受G8会议的东道主法国、英国、俄罗斯和德国的邀请，参加有关会谈。

但是，这些变化某种意义上仍然只是姿态性的。德国象征政治的专家、科布伦茨大学政治学教授萨奇内利在分析G8政治舞台的象征意涵时认为，G8会议的实质成果越少，会议的参加者就越倚重表演性的替代政治，比如G8与中、印等门槛国家的对话、青年峰会等政治秀。事实上，最近十年，曾经推动全球化的各种制度化机制，诸如世贸组织框架内的多哈回合谈判，其重心早已不再是如何削除发达国家之间的贸易壁垒，而是发展中国家所呼吁的公平贸易，也就是南北问题。但是，由发达工业国组成的八国俱乐部，却并未通过这个峰会提出任何有价值的解决方案。以致从过去几个月到会议的前半程，德国媒体对峰会的结果普遍持悲观态度，对会场外、街道上进行的反G8示威多持同情立场。

而事实也再次印证。直到最后一刻，与会的八国首脑和欧盟主席的保守姿态并未发生多大变化：德国总理默克尔则早在峰会前夕否定了外界关于G8扩大为G13的幻想；在6月7日的首日会谈中，布什仍然拒绝设定二氧化碳排放上限，坚持在东欧部署导弹防御系统，但对普京提出的关于在阿塞拜疆建立联合雷达站的建议显得缺乏准备；土耳其入侵伊拉克北部的消息传来后，法国新科总统萨科奇宣称欧盟没有土耳其的位置。整个G8会议，依然没有摆脱富国政客们早已成形的保守倾向。

抗议者：愿望有多迫切，表达就有多强烈

从5月中旬起，就有成群结伙的抗议者们陆续来到海里根达姆附近的草地上，安营扎寨，与铁丝网内的白色渡假酒店楼群遥想对望。来自德国、意大利、北欧、南北美洲各地的愤怒青年们做好了打持久战的准备，他们自行搭建帐篷，打造长桌长凳,甚至瞭望台。他们在露天搭起大锅,煮着蔬菜和通心粉,生活简约而自然。德国电视一台采访时揶揄道,与他们相比,墙内的G8首脑们,个个都是食肉者。

作为全球资本主义的代理人,默克尔政府对待示威者做法与上世纪六十年代相比,并未稍减暴力的运用,只是控制技术更为精准。除了耗资一千二百万欧元兴建隔离墙,并以"零容忍"的态度来对付示威者,德国内政部调集了全国一万六千名警察,组织了"9·11"以来最大规模的安全行动,并宣布峰会期间隔离墙外围五到十公里的范围内禁止任何游行示威。不仅如此,从四月起,德国警方搜查了全国大约四十余处抗议组织者的办公室和住所,从抗议者的电脑中寻找抗议示威的组织和人员资料,并收集他们的气味标本。如此种种,已经被德国媒体充作警方侵犯人权的搞笑素材。

但是,德国警方"零容忍"的政策并未能阻止示威的准备。与仅仅三天的G8峰会不同,在海里根达姆会场外的反全球化示威早在峰会前一周就陆续进行,持续了十天之久。他们的表演当然不在密室,而在街道。十万名示威者的国籍也远比八国更具全球性。与往年不同的是,在反对G8就是反对新自由主义的旗帜下,示威者不仅汇集了传统的老左派和激进的第四国际、乐施会、反艾滋联盟等致力援助非洲的非政府组织,而且德国政坛的两个极端:绿党现任主席克劳迪娅-罗特,极端右翼组织NPD的成员,都分别出现在上周罗斯托克和柏林的反G8游行队伍中。

6月2日的罗斯托克游行让本次峰会的高潮提前到来。在五十个国家设有支部、拥有大约九万名成员的阿塔克(Attac)会同其他组织,在邻近的大城市罗斯托克组织了大约有八万人参加的和平示威。罗斯托克居民在接受采访时表示,如此声势浩大的游行在当地还是首次,即使在前东德时期也未见过。当示威进入尾声,警察的暴力镇压引发了"黑色军团"的反击,也演成本次峰会反G8示威活动中最为惨烈的暴乱。冲突过后,近千人血洒罗斯托克街头。其中,警察受伤四百三十三人,重伤三十人,示威者受伤五百二十人,二十人重伤,另有一百二十八人被扣留。在八国首脑到达海里根达姆之前,燃烧的汽车、投掷石块的黑色军团、短兵相接的游行队伍和镇暴警察的画面,就透过采访峰会的媒体传遍了世界。

参与示威的诸多反全球化组织在谴责警察暴力的同时,也谴责了黑色军团的暴力示威。不过,无论从组织还是从行动上,暴力示威应该归为警察暴力的产物。6月2日当天的游行,不仅为了反对本次G8峰会,更为了纪念四十年前的一名死于警察暴力的柏林学生。1967年6月2日,二十七岁的学生Benno Ohnesorg在西柏林的游行中被警察枪杀,六十年代的学生运动也从此进入一个转折点——"六月二日"、红色旅等极端左翼暴力组织随后形成。类似的,2001年热那亚G8峰会中,一名二十三岁意大利青年(Carlos Guiliani)在街头抗议中被警察枪杀。这一意外死亡事件催生"黑色军团"、壮大了阿塔克。在本次峰会期间的镇压行动中,防暴警察事先摘掉了胸前的姓名牌和警号,以免被媒体录像和示威者识别。在爆发街头冲突后,德国右翼的基社盟议员Stephan Mayer竟提议动用德国反恐特警GSG 9来对付暴力示威者,而橡皮子弹的使用也被付诸讨论。所幸德国警察工会的发言人在峰会前夕否认了使用不人道的橡皮子弹的必要。在1999年的西雅图G8峰会期间,美国警方首次使用橡皮子弹对付示威者,造成严重伤害。

这支被德国警方视为本次峰会最大威胁的有暴力倾向的黑色军团,属于激进的"干预主义左派",规模近八千人,参加本次峰会的成员在一千到两千之间。他们大多来自柏林的几所大学,头戴面具,身着统一的带帽黑色大学衫,防范被警方录像事后甄别。他们回击警察的辣椒水和警棍的武器是德国城市随处可见的铺道石——既是欧洲过去两百年社运传统的载体,也是常常令中国旅游者徜徉古旧欧洲街道、感受文明碎片脚感的来源。

对旁观者来说,暴力的表达也许过于激烈,但与G8峰会一度压倒一切的主题——恐怖主义,有着根本的分别,并未逾越人权的范畴。正如现任欧洲绿党主席、曾为68学生领袖的科恩-本迪特在接受采访时所说,"抗议从来没有什么纯粹的形式"。对于黑色军团或者所有参加反G8的示威者,他认为"抗议只是生命的感受,当人们对社会不满就需要表达"。这样的表达,这样的街头行动,相比十几公里外的密室政治,也许更接近问题的实质,更容易唤起世界对全球化危机的关注。

提姆－牢迈尔是干预主义左派和黑色军团的发言人。他对媒体表示,他们无意制造任何暴乱或者街头冲突,而且反对无意义的和不加选择的暴力,他们只期望"一个共同的战斗性示威";希望通过明确的抗议,反对美国的政策;而任何独立的公民,都不能忽视少数族裔、社会边缘团体或者其他弱势群体。提姆在接受采访时侃侃而谈,这位三十岁的柏林大学生,看不出丝毫"暴力倾向",倒有些羞涩。这些二三十岁,看上去成熟、自治、善于思考的大学生,在6月2日的罗斯托克冲突后,与警方一道响应绿党的呼吁,采取了"防范冲突升级"的新战术,示威趋向温和。

抗争与妥协:全球化进程的修正

在其1944年的名著《大转折》中,著名政治经济学家卡尔－博兰尼曾经作出一个经典论断:市场经济的发展与社会的自救息息相关。这一社会自救原则曾经在自由资本主义的转型中发挥重要作用,产生了今天的福利资本主义。在新自由主义的全球化时代,这一原则同样通过反全球化运动对社会正义的诉求,开始扭转全球化的方向,赋予其中更多的社会责任。与本次峰会同期开幕的科隆基督教教会日上,发出了发展中国家、被忽视的人群"尊严需要公平"的呼声。这些问题,曾经是六十年代兴起的欧洲新社会运动不懈斗争的焦点,而今天早已融入德国社会的主流意识形态,并被列入本次海里根达姆峰会正式议程的官方文件。

在过去的十多天里,越来越壮大的抗议者们举行了连串规模巨大的反全球化示威和露天摇滚音乐会,向G8首脑以及世界表达他们对全球化的抗议,对环境、气候、非洲、贫困等问题的关注。但是与此同时,持续月余的反全球化政治在会场外却愈发精彩:大批国际非政府组织云集罗斯托克讨论贫困、非洲、疾病、环境等具体问题;万名示威者继续冲击会场外的隔离铁丝网;绿色和平组织的两条快艇试图闯进海岸禁区；题为"发声反贫困"的Poor8摇滚音乐会在罗斯托克的IGA公园开唱。

在这样的气氛下，梅克尔的坚持终于获得突破，6月7日的G8会谈就大气保护达成突破性妥协，各方承诺在2050年前实现二氧化碳排放减半的目标。6月8日上午，当绿色和平组织两支悬着"现在行动（Act Now）"标语的热气球飘近峰会会场，G8峰会的非洲论坛也迈开历史性的一步：八国集团在未来五年向非洲提供六百亿美元的抗艾滋病援助，并增加已有的发展援助，至2010年达到每年五百亿美元的水平。全球化的进程在海里根达姆完成了一次自我修正。

峰会尚未结束，德国媒体给与默克尔高度赞扬，称其为"绿色总理"、峰会的"救世主"——默克尔政府挽救了峰会，回应了反全球化运动的要求，也修正了全球化进程的方向。中国作为全球化的受益者，在出席了第三天的G8+5的对话之后，亦被大潮裹挟其中。

中国：崛起大国的责任

根据G8峰会6月7日达成的关于气候保护的共识，与会的八国首脑与欧盟同意"认真考虑"在2050年实现全球二氧化碳排放减半的目标；这一目标将在联合国的框架内实施。相对布什一贯坚持的拒绝签署京都协议、拒绝设定排放目标的立场，无疑，这一共识的达成是默克尔主持本次峰会的最大胜利，也是G8峰会历史上对全球化所做出的罕有贡献。

更重要的，这一八国共识对6月8日参加对话的其他五国构成约束。G8+5模式的裹胁下，尽管中国在本次峰会上似乎感受不到会场内外发生的有关全球化进程的微妙变化，仍然坚持强制减排不应作为发展中国家的义务，但是，身为排放大国，中国和印度已经很难抵制在联合国框架内协商为此共同目标所应承担的责任。随着未来京都协议后续条约的协商，中国将可能放弃继续游离于全球化危机之外的立场，承担起更多的全球责任，降低自身的二氧化碳排放。

这一结果，是中国卷入全球化进程深化的插曲，也将是中国自1992年开始市场经济、1998年加入世贸组织以来,首次在一个非正式集体谈判机制内被迫接受承担全球性的社会责任的义务,其意义深远。二氧化碳排放指标所包含的生产模式指向以及排放的全球社会责任本身,对中国在国内寻求和谐社会的经济发展、在国际社会谋求和谐世界的交往发出了一个清晰的信号。

就国内而言,虽然在胡锦涛主席赴峰会前夕,中国政府紧急抛出一份环境政策白皮书,再次强调排放问题首先是发达国家的责任。但是,今年以来连续发生的重庆大旱、武汉大旱、无锡水污染等环境危机,在在提醒中国社会,环境保护与国民的生存和发展无时不刻不息息相关;环保运动和维权运动在中国社会的兴起,更强化了环境的社会意义。环境问题的全球性效应,随着环境意识的改变和反全球化运动的高涨,最终将转化为内部压力,而难以通过历史责任或者外部责任的推卸来减轻环境压力。可以预期,二氧化碳排放控制将作为反全球化运动的代理人,影响中国的环境、能源、劳动保护、产业结构等关系经济发展和社会发展是否和谐的方方面面。

另一方面,全球化的社会责任远不止环境和大气。在中美贸易谈判中凸显的知识产权纠纷,也远非历史责任和发展阶段能够化解。一个对知识和技术缺乏基本保护的经济体内部发生的交易是不公平的,不仅不符合市场经济的内在规则,而且与市场经济的和资本主义的发展历史相悖。在非洲问题上,继去年中非论坛之后,本次G8峰会正式标志着非洲大陆一场新的竞争的开始。这是在两种援助方式间的竞争,也是两种发展方式的竞争,更是和谐世界与修正的全球化的竞争,最终决定中国在全球化进程中的位置和利益。

面对这一挑战,此次G8峰会已经充分展现了这种全球化进程的改变——反全球化运动能够通过国内政治和抗议政治的象征意义,影响全球化进程中的议题和谈判机制——中国还能以全球化的成功者和搭便车者自居,继续新自由主义全球化的生产方式,忽视反全球化运动所包含的环境、社会和公平吗?(原刊《南风窗》2007年第12期)

辑四

书评手记

世界开始向左偏转：欧洲手记

又是一个冷夏！6月底的曼彻斯特，气温只有七到十三摄氏度，不过，这倒不妨碍奥运火炬接力经过曼城的当晚，几乎全城市民都兴高采烈地拥挤在酒吧里，一点看不出气候变暖的迹象，也看不出金融危机的迹象。当然，这是置身欧元区之外的英国，他们有理由幸灾乐祸，就像哥本哈根气候峰会时心怀叵测的欧洲各国。连欧洲的其他地方，此刻也正耽于足球民族主义的冲突之中，人们似乎无暇关心决定欧洲未来的布鲁塞尔峰会。

的确，自从哥本哈根气候峰会失败之后，欧洲就仿佛坠入一个无尽的深渊：因为内部的纷争而错失了一次改变世界的机会。此后便每况愈下，气候峰会破产的阴影如同欧洲的梦魇一般挥之不去，出现在随后的国际政治舞台上。就像今年欧洲大陆的冷夏，嘲笑着气候变暖的预言，也让欧洲在戴维营G8峰会、墨西哥G20峰会、里约可持续发展峰会上，欧洲的话语权和政治共识被莫名的力量所绑架。如同世界的磁极已经发生了偏转，而欧洲却不自知，因此陷入了混沌。

金融危机自身不可能找到解决的出路，被金融资本所绑架的国家及其代理人也不可能自动释出他们的绑架对象，如同德国女总理在布鲁塞尔峰会前夕的警告，"没有什么万灵药"。自金融危机爆发以来，作为大资本与右翼力量联盟的最忠实的看护人，默克尔一直坚持财政紧缩政策，不同意发行欧元债券，也拒绝为此提供最后担保。所以，相比希腊的两次选举和组阁努力——最终屈服在德意志帝国的欧元霸权下,法国人却反其道而行之,选出了反对财政紧缩的社会党人奥朗德。虽然奥朗德的当选仍然可以归之为党机器的产物,但是法国选民对萨科齐主义或者梅克齐(Merkozy)的拒绝,再好不过地说明了社会的选择。每一次系统危机都可能催生着新的社会整合,金融危机彻底拯救的唯一出路只能来自金融－国家之外的社会。

对这种通过社会整合而实现社会自救的思想的认识,长期以来,人们都只停留在卡尔·波兰尼、最多福柯的意义上,并不熟悉 Lockwood－Habermas 的社会整合思想,更不敢面对革命也是一种保卫社会,激进主义往往才是启动社会自救的唯一机制。从 2011 年初北非到以色列、西班牙的大规模抗议再到去年 9 月开始的占领华尔街运动,当然也包括在希腊发生的激进行动,一种新的激进主义的全球运动正在兴起,而且改变了日常政治。如同上世纪的大萧条来临,在全球金融危机延烧的五年中,世界的磁极开始向左偏转。

虽说在美洲大陆,这个偏转可能追溯到 2008 年奥巴马当选之刻就发生的历史性变化,在欧洲,只有当金融危机逐渐深化并引发欧元危机然后整个欧盟一体化的危机,这一偏转才逐渐显现,人们也终于开始谈论起偏转的表象了。比如说,6 月 25 日的《纽约时报》评论人托马斯·弗里德曼撰文称一种"民众主义"(popularism)而不是传统意义上的民粹主义(populism)正在兴起,政客们正在日益受到推特和博客以及民调的共同导引,只是他们也不知道究竟谁在真正引导那些新媒体。还是这周,6 月 28 日,美国最高法院驳回了二十六个州对奥巴马总统全民健保案的违宪指控。奥巴马的欧洲式社会民主改革努力在连任关头站住了脚,被最高法院加固了。

所以,是的,弗里德曼看到了一个重要的政治发展。仅仅在过去几年间,世界偏转的关键几年间,这一发展还被误认为一种新的民粹主义。包括 2008 年奥巴马的当选,特别是法国社会党人奥朗德 5 月的胜利,也被认为相当程度上唤起了左派的民粹主义,以至于德国乃至全欧洲的社会党人今天都在谈论如何回到十九世纪社会民主最初的民粹传统上去,彻底摆脱政党的官僚化和脱离基层的倾向。但是,如果眼光仅限于此,恐怕难以理解这半年来欧洲所遭遇的混乱,比如西班牙、希腊和意大利的财政危机和政治动荡，也难以真正理解奥朗德上台的背景和意义。欧洲正在经受她固有的几个伟大传统的相互较量，其中之一，是奥朗德选出的法国自大革命以来的骄傲和价值观——平等。他的政策主张，除了反对财政紧缩，还包括效法德国的共同参与制，要求一千名雇员的企业的监事会或董事会里必须至少有一名劳工代表。像美国占领华尔街运动对金融资本绑架国家政策的抗议，继而奥巴马表示声援；萨科齐—梅克尔以来的大资本联盟也开始被无情地扭转，其背后同样由与占领华尔街运动相似的激进主义在驱动。

且不说奥巴马。作为一位从芝加哥南部黑人开始从事社区工作的激进活动家然后当选为美国第一个黑人总统，自2007年参选以来屡屡被右翼保守分子攻击为共产主义分子，其激进主义思想可以追溯到索尔·阿林斯基（一位在大萧条时代开始投身芝加哥南区的社会运动、美国当代历史上最杰出的激进主义理论家和战略家）以及左派神学，奥巴马自承的三位导师都是受阿林斯基主义影响的公认的激进牧师，我在今年有专门论文追溯他和阿林斯基的激进思想。奥巴马和阿林斯基的亲授门生希拉里·克林顿已经完全遵照了阿林斯基的激进主义原则，实现了激进运动的目标——夺取最高权力。那么，如何观察欧洲的民粹主义兴起的背后呢？过去一年里，我先后搜集了四本激进主义的出版物，它们分别隐见于过去几年的历次骚乱、行动、抵抗和城市革命之中，为我们观察欧洲偏转的思想驱动提供了重要参照。

第一本是法国"隐形委员会"撰写的《革命将至》，早在2008年巴黎暴乱期间就印行出版。特别是2008年11月发生了一百六十起火车破坏案件后，法国警方在塔尔纳克逮捕了九名年轻人，怀疑他们是隐形委员会成员，对他们提出指控，而证据只有法国国营铁路时刻表、一副梯子和《革命将至》这本书。这塔尔纳克九人中的一位，最引人注目者——朱莲·库帕（Julien Coupat），三十三岁，毕业于法国高等社科院的哲学系学生。他以及这本书鼓吹的匿名行动，为法国当局所恐慌，因为据此几乎可以重新定义巴黎十三区的暴乱性质，没有暴乱，只有反抗。这种匿名行动是地道的无政府主义风格，另一位朱利安·阿萨奇这些年来在做的维基解密，也是同样的无政府主义匿名行动，他在6月份跑

黑塞尔和《时代的愤慨》。

到厄瓜多尔驻伦敦大使馆寻求庇护。

台湾印行了这本书的中文版,去年秋天我访台时购得。当时,占领华尔街运动延烧至台,演成争取各项劳工权利的"占领101"行动。我在101大楼的占领现场观察、与行动者聊天。对比《革命将至》的策略,台岛上的社运已经相当温和,不能不归咎于民进党执政期间社运能量的减低。

第二本,《时代的愤慨》,严格意义上不能算书,而是一份不足四十页的小册子,不算注释的话,内文只有十三页,由现年九十四岁的法国老战士德·斯蒂芬·黑塞尔2010年写作出版。黑塞尔,是遗世不多的抵抗运动战士之一,这本小册子自出版后被翻译成多种语言,印行超过四百万本,仅在去年占领华尔街运动最高潮的10月到11月期间就卖出了六十万本,堪与1968革命期间人手一册的弗朗兹·法农的《地球上的不幸者》相媲美,被称作"就像1940年6月18日戴高乐呼吁自由法国开展抵抗运动的演讲",号召每个普通公民"变成真正的战士,而不只是躺在扶手椅里的知识分子"。

这位1917年出生在柏林的老战士,1941年加入法国抵抗组织、墨林的追随者,进过集中营,见证了法西斯,战后作为外交家与埃莉诺特·罗斯福一起参与联合国人权宣言的起草,参加过二十世纪法国历史上几乎每一场革命和运动,2004年获得"欧洲南北奖"。黑塞尔的主张很简单,感觉愤慨的能力和自由是人的本质。他号召重新唤起抵抗精神，反对金融资本，反对小布什、布莱尔、萨科齐等践踏理想的伪民主主义者，捍卫平等权利。黑塞尔的理想主义鼓舞口号，"兴奋起来，做点什么"，也因此同时出现在支持占领华尔街运动的无政府主义哲学家乔姆斯基和茶党领袖罗·保罗的海报上。虽说黑塞尔所说的愤慨（Indignation），在英文版中被译成愤怒（Outrage），前者更显理性，容易被运动精英用来自我赋权制造出民粹主义的效果，比如占领华尔街运动所表达的百分之九十九对百分之一的愤慨；而后者似乎更盲动一些，像"六八"革命的气氛，但却同样合乎美国阿林斯基主义的策略原则：愤怒可能是大众最有力量的权力所在。

第三本，《这能改变一切：占领华尔街和99%运动》，美国《是》（Yes）社运杂志编辑的有关占领华尔街运动始末的文集。几乎就是一本运动指南，对全球性的占领华尔街运动无疑有着重要的指导意义。其中，最有趣的，是运动的起源，完全受埃及开罗塔西尔广场运动的启发，一伙来自各国的艺术家、作家、社运活动分子，还有IT民工，在华尔街和百老汇附近的海狸街16号4层楼的一处艺术家聚会的空间，萌发了效仿占领塔西尔广场的想法。2011年7月，他们在加拿大一份独立的反资本主义杂志 Adbusters 上呼吁，"你们准备好塔西尔时刻了吗？"当月就得到九万人的响应，随后在海狸16号成立了"纽约市大会"。其中一对西班牙夫妇曾经短暂回国目睹了西班牙马德里5月15日愤怒的两万市民举行的抗议活动，回到海狸16号后与众人分享，开始谋划"一次和平的革命"。约三十人规模的活动分子，也就是海狸16号的主要成员，跟2011年2月18日塔西尔广场十万人示威的组织者规模差不多，第一次组织到市政厅抗议消减预算。一位来自希腊的艺术家深受感染，迫不及待地加入进来，将原来毫无固定诉求的聚会变成了一次真正的市民大会，来自威权国家的抗争经验迅速改造了纽约的艺术圈子和社会运动。但是，直到9月17日，也没有人预料到他们选择在Zuccotti公园自由钟阴影下的聚集，会变成如此吸引人的持续性运动。很大程度上，是被纽约警察的强力镇压所赐，也因为新媒体的传播和参与，他们的行动迅速上了电视和当地大报的封面，一场示威变成每天继续的占领，并扩散到波士顿、洛杉矶……占领行动的力量，在那些欧洲的参与者眼中，来自塔西尔广场、来自希腊和西班牙，他们"不是为了美国经济危机，而是为了世界的危机"。

而最大的危机，推动全球向左的偏转的动力，抵抗或者占领运动所反对的资本主义，其实不仅是华尔街，也不止是欧洲或全世界的公司对国家的绑架，还有如著名斯洛文尼亚政治哲学家、新马克思主义者齐泽克在现场演讲所定义的，这场席卷全球的运动反对的是全球资本主义，特别是一个"最资本主义却没有丝毫民主"的世界工厂对世界的绑架。比如，某些地区对"全球地方化"（Glocalization）的不满演变为全面的城市阶级战争，而非简单意义上的骚乱。这也是第四本书，纽约的马克思主义社会学教授戴维·哈维（David Harvey）的《造反城市》一书的主线，事实的发展不过是它的重复和延伸，只要全球资本主义没有真正受到挑战并且被迫做出修正。

如何达成呢？到目前为止，至少从布鲁塞尔峰会传出的讯息来看，世界往左的偏转虽然已经开始，但是幻想系统自身做出修正是不现实的，还需要社会的、激进力量创造出各种新的抗争形式，尤其是新媒体和想象力。新媒体的出现可能最终在网络化过程中形成人类社会的内生大脑，促进和传播想象力和各种抗争的创新，这一社会革命大大降低了传统政治革命所需的组织和动员门槛，使得革命可能加速到来。

2012年1月，黑塞尔与奥朗德碰面。

黑塞尔2013年2月26日去世，3月7日国葬，备极哀荣。

在实际革命过程中，连黑塞尔都以九十四岁高龄的耄耋身躯坚持写作，坚持亲自到大学演讲，最终推动中间偏左的社会党人奥朗德赢得大选。那么，革命最终依赖于每个普通公民都成为真正的战士，而非如我在曼彻斯特办公楼里所见，每日阴郁天气中，都是副阴郁的面孔。唯有清洁工最快乐，与每个人打招呼谈足球，那是福利国家对劳工阶级的妥协结果。重要的，革命进程有赖于每一位社运活动分子发挥出创造力，团结在最有创造力的人周围，就像苹果粉丝对乔布斯的爱戴。因为穿透陈旧僵化制度的边界，打破资本政党的联盟，瓦解全球资本主义，全赖最富有创造力、最具想象力的抵抗，这也是奥巴马精神导师阿林斯基的基本原则之一，绝不按照系统熟悉的方式来行事。而如黑塞尔所说，创造就是抵抗，抵抗就是创造！在这意义上，世界的左派永远是有生命力的。（原刊《文化纵横》2012年第9期）

社会团结

——一种"社会国"理想

社会团结,一个既熟悉又陌生的概念,最早见诸国内的公开媒体,还是2003年"非典"期间。其时,有学者倡议危机时期的社会团结。不过,此前,社科院社会学所李汉林等人于2000年立项,开始题为"组织变迁的社会过程"的研究(《组织变迁的社会过程:以社会团结为视角》,李汉林、渠敬东、夏传玲、陈华珊著,东方出版中心,2006年版)。这是国内学界第一个以社会团结为视角展开社会变迁的研究。社会团结这一概念也随着他们的同名研究著作的出版,被正式引入中国知识界。

这个研究项目由社科院社会学所资深研究员李汉林主持。李汉林是上世纪七十年代末第一批公派留学生,拥有德国比勒菲尔德大学社会学博士头衔。比勒菲尔德大学社会学系由欧洲著名社会学家卢曼一手创建,是帕森斯功能主义社会学的欧洲重镇。在上个世纪末中国学界开始重新重视欧洲的社会民主思潮和实践之后,由李汉林来组织这么一个研究项目,当然再合适不过,而且有着远远超出社会学研究本身的意义。

在这本书中,李汉林等人提出了一个社会团结的指标体系,包括社会失范、不满意度、相对剥夺感、组织认同、社会支持与垂直整合等,围绕现有以单位为主体的、以所有制来划分的社会组织内部以及组织与环境之间的组织团结,来观察社会变迁过程中传统社会组织与制度变迁的关系。应该说,这样的研究无论是方法上还是理论上都有创新之处，在大规模调查、统计分析的基础上，突出了社会变迁中的个体对组织和社会环境的关系依赖与认知改变。其结果，正如作者所说，既超越了制度主义的范式，又证实了现有社会组织在社会变迁过程中的稳定意义。

作为国内单位制度社会学研究的先驱，李、渠等人这项历时四年的实证研究，集中在人们对既有单位组织关系的团结认知，得出这样的结论，自然有其理论连续性，也对应着社会变迁的连续过程。但是，其结论的保守与社会团结所包含的社会创新这一理论预期之间的反差，却多少令笔者感到沮丧。他们对组织团结概念的设定和强调，已经从方法上限定了社会团结在更大范围的可能，从而影响学者、公众和决策者的社会团结意识本身；而这一社会团结意识的走向，包括研究者们所关注的意识形态，却关系着社会的重新组织。换言之，对社会组织有怎样的认识，便有怎样的社会团结。他们所定义的组织团结，已经潜含了结论的保守。

如作者们介绍的，社会团结这个概念，源自法国社会学家杜克海姆1893年《社会的劳动分工》里所提出的社会的机械团结和有机团结。机械团结适用于传统社会或者小型社会，比如费孝通所说的中国人伦的亲近远疏的"差序格局"；有机团结则指现代社会分工下的社会各部分的整合。虽然最初只是一个社会学术语，用来衡量不同阶级、不同种族、不同地区、不同性别等等几乎所有社会分层、社会类别之间的整合程度，但是，相比另外两个抽象的概念——社会正义或者社会公平，社会团结有着更强的可操作性和更广泛的可接受性；所以，一经问世，就被重视阶级合作（而不是第三国际的阶级斗争）的欧洲社民党人整合到社会民主理念中，成为欧洲福利国家讨论与制定社会政策的具体目标和动员工具。

在德国，社会团结不仅被写进德国的宪法——《基本法》、作为"社会国"理想之一，而且融入德、法主导的欧盟的社会纲领和《欧洲宪法》文本中。对于德国普通民众，社会团结不仅作为主流意识形态术语而耳熟能详，而且因为促进东部建设的"团结税"的存在和交缴，在日常生活中承担着社会团结的责任。

事实上，在欧洲，我们能够发现社会团结存在着一个异常丰富的实践层次：有关社会团结的制度、政策和认知，不仅包括通常意义上的福利国家体制和社会福利制度，而且涉及社会组织的方方面面。比如共同参与制、工会制度这样的经济民主形式、鼓励外国移民与族群融合的制度、维护家庭价值的儿童津贴和单亲补贴的社会政策，甚至包括创造儿童与老人共享的公共（游戏）场所，以及在欧洲或者全球范围内促进社会团结的政策与组织，等等。社会团结帮助国家介入到企业、家庭和几乎所有社会领域，主导了公共政治的社会民主方向。若从制度主义的角度看，社会团结一经接受，其本身就变为一个制度创新和社会创新的机制，不断更新着社会组织。在这个意义上，从组织演变来看，不仅福利国家本身，欧盟也不过是欧洲范围内社会团结的代理人。

对照这样的社会团结，再看《组织变迁的社会过程：以社会团结为视角》，其中的社会团结视角未免太过狭窄，其中对社会组织的理解也局限于中文语境下传统的单位或者政府与企业部门等等，没有看到更大范围的社会组织创新或能改变既有的社会团结认知、增进更大范围和更深层次的社会团结。

比如，发展第三部门（非政府组织与非盈利组织）对教育、医疗、环境、扶贫、救助等社会问题的缓解。又如，把改革并建立全民的退休金和医疗保险制度、以及相应政府部门职能的调整，作为更大范围的社会组织建设，代替传统的单位组织的团结功能，也就是从带着浓厚传统社会机械团结向大社会的有机团结转变。这样的社会团结意义上的社会组织转变，大概才是我们今天正在经历、也期望实现的社会转型吧。（原刊《21世纪经济报道》2007年4月28日）

社会权利的由来

——读马歇尔《公民权与社会阶级》

这个曾经不是问题的问题,在最近的十几年,突然间困扰了中国大众。虽然大多数人早就不再关心这个问题"姓社"还是"姓资",但鲜有人怀疑这个问题的答案很大程度上将决定社会转型的方向,事关如何评价过去二十多年改革开放的成果,也切中时下重重社会矛盾和无休止左右争论的要害。

被忽略的经典

围绕这一社会转型的研究,1989年之后,有两本四十年代的旧书重新引起国际学界的兴趣。一本是卡尔·波兰尼1944年的《大转折》,通过对英国"济贫法"的历史研究,否定了"市场乌托邦"幻觉并提出社会自救原则,早已为国内学者熟悉;另一本就是T. H. 马歇尔1950年的《公民权与社会阶级》。这原本是T. H. 马歇尔1949年在伦敦经济学院的演讲稿,1950年由剑桥大学出版社结集出版,之后再被多家出版社一版再版。笔者手中的版本,已经更名为《阶级、公民权和社会发展》,是美国康州Greenwood出版社1976年的重印本。迄今为止,这本书在中文世界的引用率并不高,不仅学界对马歇尔提出的公民权三划分的历史演变不熟悉,新兴的公民维权运动对马歇尔的社会权利概念也相当陌生。

最近几年，学术界引入的许多新词逐渐成为媒体、乃至街谈巷议的常用词，比如弱势群体、社会公平、绿色 GDP，等等。尽管如此，在一个转型社会中，知识分子囿于分工体制，除了制造概念外，别无长技。不过，借着大众传播和思想库体制的帮助，知识分子们制造的许多新概念却能影响社会意识，进而推动社会变革。T. H. 马歇尔的《公民权与社会阶级》，就是这么一本有着极大影响的小册子。

1949 年 2 月，T. H. 马歇尔在伦敦经济学院阿尔弗雷德·马歇尔讲座发表演讲，彼时，英国正处在战后工党政府开始着手建立社会民主福利体制时期。作为社会学教授，马歇尔在演讲中概括了英国最近几个世纪公民权的演变线索，敏锐地捕捉到战后英国社会的边际性却是质的变化，为二十世纪下半叶欧洲福利国家体制的建立奠定了社会权利为基础的理论框架。直到今天，对于全球范围内方兴未艾的公民社会讨论，对处在权利意识复苏的中国社会，仍然有着极强的现实意义。

两个马歇尔的关联

有趣的是，虽然这个讲座以著名经济学家阿尔弗雷德·马歇尔冠名，而发表演讲的社会学教授托马斯·汉弗来·马歇尔与阿尔弗雷德·马歇尔却没有任何亲缘关系，但是这个讲座的设立本身却包含了两人的许多相通。作为现代经济学的奠基人，阿尔弗雷德·马歇尔完成古典经济学向现代经济学过渡的使命，有着极强的社会关怀，如十九世纪的许多其他进步主义者或者社会改良主义者一样，是一个理想主义者。

1873 年，阿尔弗雷德·马歇尔在剑桥改良俱乐部以"工人阶级的未来"为题发表演讲。在阿尔弗雷德·马歇尔看来，问题不在于能否最终实现平等，而在于进步是否坚定不移；而且，这种进步应当体现为工人阶级得到的教育和休闲价值，而不仅仅是工资的提高和物质的改善。他相信，通过公民教育，每个人都可能培养独立性和互相的尊重，接受一个公民应当具备的私的和公的责任，成为一个真正的人、绅士，而不是生产机器。后来负责编辑阿尔弗雷德·马歇尔纪念文集的庇古专门收录了这篇旧文。庇古也是福利经济学的创始人。

因此，阿尔弗雷德·马歇尔的"工人阶级的未来"可以说是 T. H. 马歇尔的演讲"公民权与社会阶级"的起点，这也是阿尔弗雷德·马歇尔基金会在伦敦经济学院设立社会学讲座的初衷。而 T. H. 马歇尔本人，原来也是一位经济史学者，1925 年进入伦敦经济学院任助理讲师，并不在社会学系。在成为著名社会学家后，T. H. 马歇尔亦学亦官，不仅在伦敦经济学院创立了阶级冲突和社会分层理论为核心的阶级和人口研究，而且在战后先后担任了驻德英国高级委员会的教育顾问、联合国教科文组织社会科学部主任等公职，对欧洲社会政策的形成影响颇大。社会权利这个概念也最终被写进 1966 年《联合国权利公约》。

在如何改善工人阶级处境的问题上，尽管都深信一个自由的市场经济能够增进全民福祉，相比阿尔弗雷德·马歇尔的教育绅士论，二十世纪的 T. H. 马歇尔更进一步，认为公民地位才是所谓绅士生活的实质，也就是：虽然一个不平等的社会阶级制度也许永远难以消除，但它必须以一个平等的公民权为前提，才是可被接受的。

换言之，如果没有一个机会平等、符合人性和尊严的普遍公民权制度，任何社会差别或者社会阶级都是不可想象的，社会将充满压迫、动乱和恐怖。反之，只有当普遍的公民权得以保障，一个容忍结果不平等的阶级体系和社会秩序才可能维持，而且促使社会差异本身转化为发展的动力。

从基本民权到社会权利

不过，作为一名深受霍布豪斯、杜克海姆、韦伯、曼海姆影响的社会学者，支撑这一论断的当然不是"解经"似的哲学论证，而是 T. H. 马歇尔对公民权演化的历史考察，以及在此基础上的公民权利三划分：基本民权、政治权利和社会权利。基本民权指人身权利、财产权利、言论自由、信仰自由等基本人权；

政治权利则是参与政治的权利，普遍的选举权是核心；社会权利则视公民当然享有教育、健康和养老等权利。

循着时间之维，T. H. 马歇尔将英国的公民权利的形成归纳为从基本民权、到政治权利、到社会权利的三阶段演化，并标志着国家职能和相应制度的改变。从《大宪章》到1832年第一个《改革法案》通过，或者说整个十八世纪，基本民权不仅作为法治的准则，而且因为独立的司法裁判制度得以实现，许多旧的、比如关于新闻审查的法律被废止。在经济领域，基本民权则体现为劳动的权利。十九世纪，当围绕这一权利的斗争形成劳工运动，来自社会大众对权利的集体诉求，比如工会主义，超出了基本民权个人主义的范畴，也挑战了原先只属于少数人的地方化、特权化和阶级化的政治权利分配格局；原先含混着政治权利和基本民权的代议制议会开始出现功能分化和向政治权力的专门化趋势——也就是权力向下院的转移。

在这一趋势下，政治参与从原先地方性的、属于少数人的责任转化为大众渴望的权利，公民普选权的讨论与实现成为可能，民主的代议制也成为这一权利的集中体现。到1918年最终确立普遍的选举权，公民不再是地域性的市民，而被赋予了国家的也就是政治的意义，自由成为普适的——从英国到日本，大多数现代民族国家都在这段时间或者稍后实现了普选。

在《公民权与社会阶级》描绘的演化路径中，与政治权利作为基本民权的扩展不同，社会权利可以追溯到传统社团或者共同体的成员资格。但在工业革命之后，这一传统被济贫法和工资法规所替代。波兰尼在《大转折》中强调过"济贫法—Speenhamland体制"曾经起到维持贫民最低生活保障的作用。不过，在漫长的早期资本主义过程中，这一最低限度的社会权利游离于公民权之外，仅仅是针对贫民、贫困病人等所谓弱势群体的救济。中国目前的城市社会保障安全网与之非常相似：对那些政府救济的下岗职工、贫困居民来说，接受最低生活保障通常意味着放弃进一步的权利诉求。但是，十九世纪英国基础教育普及，由此第一次带来了社会权利的普遍化。因为教育有助于提高公民在劳动市场的价值（人力资本）教育，从而改善了所有贫困家庭孩子的未来，也因此成为现代社会公民自由的前提。

正是在这个意义上，社会权利与基本民权和政治权利一样，成为公民权利中不可缺少的重要组成，也与一个自由竞争的市场经济存在互相依赖的关系。

教育是权利

更重要的，T. H. 马歇尔发现，在梅因论述的"从身份到契约"的转型过程中，基本民权、比如财产权的价值不在于是否拥有，而在于能否取得；而能否取得，又取决于能否保护；而能否保护又在于所有者能够解释财产的合法来源。如果缺乏教育，如何向法官大人解释呢？只有当教育为核心的社会权利内化为公民权的基本内容，阶级差异和社会不平等才可能藉由公民权的主张得到实质的改善。

与教育权类似，失业救济表面上是对失业者的福利，但因所有劳动者皆有失业的可能而惠及所有公民，且每个劳动者皆有承担和分摊社会保险义务的权利。同理，公民的健康并非市场经济中的个人事务，而是关系社会平等的集体权利，其实现也端赖全民强制医疗保险制度的建立。这正是欧洲福利国家的社会民主主义基础，也是我们区分新欧洲与美国模式的关键。

不过，T. H. 马歇尔提醒我们，就像基本民权依赖独立司法、政治权利依赖议会民主，这些社会权利则依赖发达的法律程序，以及社会服务为主体的国家职能转型。在这个观点上，最近一任伦敦经济学院的院长、社会学家、英国工党的思想家吉登斯走得更远：在最近二十年的研究中，吉登斯在 T. H. 马歇尔的公民权利三划分的基础上，添加了第四象限——生态权利，而且推进到关于全球公民社会的可能性的探讨。

相形之下，国内理论界对 T. H. 马歇尔的社会权利还相当陌生，对欧洲的福利国家体制也缺乏深度研究。浮在表面的左右之争尽管在全民教育、健康等问题上交锋激烈，却缺乏对社会权利的起码共识。所谓自由主义者往往忽视社会权利、鼓吹教育和医疗的产业化，认为宪政改革以及政治权利能够解决社会差距过大引发的社会危机；而"新左派"和老左派只是强调教育、医疗的社会福利属性，强调大概永远无法消除的阶级差异，却避开普遍公民权本身以及公民权对社会平等的积极意义；新的"大国主义者"同样忽视普遍公民权作为民族国家建设和民族国家认同的基础作用，停留在精英政治或者精英公民的立场中。

尽管如此，对于那些积极参与公民维权运动的维权分子和知识分子来说，他们的运动实践似乎已经创造了一个不同于 T. H. 马歇尔的历史唯物主义"三阶段论"的新模式：通过主张社会权利和基本民权，公民意识开始复苏，公民权利正在被逐渐争取和实现。（原刊《21 世纪经济报道》2007 年 4 月 16 日）

英国病人

——贝弗里奇模式的吊诡

社会政策的实施端赖一国的具体政治条件和时机。不仅不同的政治传统产生福利国家的模式差异,而且,改革时机的选择与民众的动员直接关系到福利的公平和效果。

最近几年,中国学界引入了大量国际间关于福利国家体制研究的文献,对社会保障和社会福利的研究正成为显学。发表于1942年的英国《贝弗里奇报告》也是其一,在问世六十余年后,《贝弗里奇报告》终于由中国劳动社会保障部研究所翻译出版。这份被称作现代福利国家蓝图的报告,给战后几乎所有的福利国家打上了贝弗里奇模式的烙印。

不过,与1942年英伦三岛热火朝天的社会福利讨论、随之这份报告热卖不同,虽然眼下中国社会对福利和保障问题的关注同样高涨,但是这本2004年版的中英文对照版在市面上并不容易见到,围绕社会福利体制规划的讨论也局限在极小的圈子内,而是否推行贝弗里奇式的全面社会改革,更是没有被提上公共政治的议程。尽管如此,新近出台的《全民医保方案》明显带有贝弗里奇模式的痕迹。《贝弗里奇报告》正悄悄地成为今天中国社会福利体制改革设计的重要参照。

虽然这一"只做不说"的改革方式,具有避开无谓争论的效果,但是贝弗里奇模式是否、或者多大程度上能够移植入中国社会,并且解决相关社会问题,仍是未知数。在数量有限的关于《贝弗里奇报告》的书评、学界和政策层面的讨论中，除了清一色的大唱赞歌，很难再发现深入的比较分析。产生的社会效应极其有限，这大概是这份报告的中文版出版三年来最大的遗憾。

贝弗里奇在全面规划社会保障时提出了三条指导原则：其一，不应拘泥于社会保障既有的经验，特别是被经验积累过程中形成的部门利益所限制，而应着眼全面的社会改革，解决贫困、疾病、愚昧、肮脏、游手好闲等诸多社会问题；其二，社会保险计划应当作为一项基本社会政策，是收入的保障；其三，社会保障应当由国家和个人的共同合作来实现，国家为所有社会服务提供保障，并鼓励利他的志愿帮助，而不仅仅让每个人关注自己和家庭。

1942年11月，在不列颠空战和诺曼底战役之间的间歇平静中，威廉·贝弗里奇主持的社会保险和相关事务调查委员会向议会正式提交了这份三百页的报告，史称《贝弗里奇报告》。虽然稍晚至12月1日，这一消息才由BBC简短地做了报道，但是在接下来的一个月，该报告售出了十万本，一时洛阳纸贵，社会反应非常强烈。根据这份报告的原则与建议，1944年英国议会通过了一系列社会保险法案。至1948年，工党政府宣布，英国已经建成世界首个福利国家，包括国民医疗服务（NHS）、个人社会服务体系和社会安全三个子系统。

但是，严格地说，这样的社会福利体制并不是《贝弗里奇报告》所建议的模式。很大程度上，英国保留了传统的济贫法体制，而不是以所有人皆有义务参与的社会保险为主体，三个社会福利部门也未遵照贝弗里奇建议的进行统一的行政管理。结果，战后的半个世纪，英国并未实现贝弗里奇倡导的福利模式，在付出了巨大的社会成本后，社会的阶级分层和不平等依旧顽固。

这并非说英国的福利体制失败了，或者贝弗里奇模式不可行。事实上，社会福利在英国政府事务中占有优先地位，英国财政支出的一半被用来维持这一体系的运转。以公立的医疗服务体制为例，由社区诊所、二级医院和急救站、专科医院构成的三级医疗，组成一个拥有近百万雇员的英国国民医疗服务体系（NHS），提供了百分之九十的医疗服务。而这一金字塔体系底端的规模惊人，往往给曾以赤脚医生和基层医疗合作自豪的中国人留下深刻印象：其中，几乎一半的医疗资源分布在最基层的社区诊所；这些诊所不仅接纳约百分之九十的日常医患接触，而且因此承担了预防医学的体制功能。

但是，这一体系也面临设备老化和低效率的困扰。媒体批评因为这些公立医疗服务的低效，英国的癌症五年存活率大大低于美国，所以有死在不列颠、生存在美国的说法。相比之下，失业救济和社会安全网的"阶级问题"更为突出。1997年布莱尔政府上台后，着手推行一系列自由主义的"新工党"改革，开始终结这一报告奠定的福利国家体制，拆除传统的济贫色彩的福利体制，转而向美国的自由主义模式靠拢。特别是降低穷人的福利依赖，将社会政策与就业政策衔接。工党政府已公开承认这是福利国家的重新设计，以适应大资本的要求。负责就业与养老金的国务秘书约翰·胡敦去年曾说，福利国家体制"应当帮助英国公司在全球经济中取得成功……最好的福利政策就是工作。"工党政府试图从福利人口中的二百七十万长期病患、三十万单亲和一百多万老人中榨出一百万，推向就业市场。如果成功，就意味着英国就业人口占适龄人口的比率将高达百分之八十，这是前所未有的。

这样的结果似乎与《贝弗里奇报告》开了一个历史玩笑——同是坚持社会民主理想的工党，既开创了福利国家体制，又在六十年后大幅修正，回到起点；而最初，这一充满社会主义色彩的社会改革方案，却出自自由党人贝弗里奇之手。若按照瑞典经济学家艾斯平—安德森在《福利资本主义的三个世界》的分类，《贝弗里奇报告》之后，贝弗里奇模式不在英国，而在北欧实现了：斯堪的纳维亚的社会民主主义福利体制真正实现了从摇篮到坟墓的普遍的社会权利。个中吊诡在在提醒我们，社会政策的实施端赖一国的具体政治条件和时机。不仅不同的政治传统可能产生福利国家的模式差异，而且，改革时机的选择与民众的动员直接关系到福利的公平和效果。

早在《贝弗里奇报告》问世的当时，即有英国媒体批评指出，这份报告所提建议的大部分早应当在1929年工党执政期间就施行，而不是等到战争爆发。战争期间出台的这份规划，因此更像针对德国纳粹宣传的反宣传，而不是真正准备实施的社会主义改革。早在十九世纪末，德国保守的俾斯麦政府和左派的社民党人在法团主义的合作下,开始建设世界上第一个普遍社会保险体系。纳粹时期,这一体系继续得到加强。战后的德国沿袭并进一步发展了这一保守主义、也是法团主义的福利体系。

因此,当英国著名社会学家吉登斯1985年再次声称英国的福利国家体制是战争的产物时,再联系一战期间德国社民党人可耻地支持德皇战争立场的选择,我们有理由相信:一个全面的社会改革需要等待时机,更需要改革家们抓住时机,尤其是需要全民动员的时刻,通过一个追求权利和义务均衡的社会谈判,来促成保障社会福利和社会权利的社会改革规划。

在这个社会动员过程中,各个阶级如果无法充当自身的代理人,特别是当中产阶级主导公共舆论和社会谈判时,结果趋向自由主义的福利国家,比如美国、加拿大和澳大利亚的模式。相反,如艾斯平—安德森所强调的,只有当工人阶级充分代表并参与议会协商,才可能形成社会民主的和普遍的社会权利,也就是贝弗里奇模式的福利国家。相较于另两种自由主义和法团主义的,在这个社会民主的模式内,社会平等和社会公平可能得以最大限度地实现。斯堪的纳维亚的经验已经证明了这一点。(原刊《21世纪经济报道》2007年4月14日)

民主化和威权主义

——奥唐纳的对位

对位,一种最古老的音乐形式,通常指音乐进行时两条或者更多旋律的互相对照。在巴洛克时代,对位曾经达到运用的顶峰,比如巴赫的《哥德堡变奏曲》。美国著名政治学家奥唐纳(Guillermo O'Donnel)在1999年出版了个人文集,收录了他从1976年到1998年关于威权主义和民主化的十篇论文,却用"对位"(Counterpoints)作书名。其义如何,读罢全书才觉个中含义实在有趣。

奥唐纳1936年出生于阿根廷,现任美国印第安纳州圣母大学政府政治的海伦·凯洛格教授,同时也是凯洛格国际研究所的高级研究员。在当今美国政治学界,奥唐纳是公认的最权威的拉美政治研究专家。不过,他的早期治学之路,就像他的祖国,或者说他终生的研究对象——阿根廷的政治动荡一样,辉煌却又难以为外人道。

从十九世纪中期以降的一百多年里,阿根廷经历了无数次的"钟摆综合征",总是在民主和威权统治之间来回动荡。按照奥唐纳的解释,可以追溯到阿贝蒂(Alberdi)。这位1853年阿根廷宪法的奠基人,尽管试图拷贝美国宪法,但却认为美国宪法所强调的个人自由是无政府主义的根源,因此对行政权力的制约是不符合拉美"国情"的——从智利到阿根廷。

1958年,奥唐纳从国立布宜诺斯艾利斯大学毕业后,见证并参与了六十年代初阿根廷的政治动荡。1966年胡安·卡洛斯·翁加尼亚将军发动军事政变攫取政权后，大批知识分子逃亡海外。奥唐纳也在1968年离开祖国，进入美国耶鲁大学政治学系攻读博士，但却于1971年带着没有通过的博士论文返回阿根廷。其中曲折，奥唐纳自己却说"不值得讲"。但是，这本博士论文——《现代化和官僚资本主义：拉美政治研究》，第二年经由加州大学（伯克利）出版社出版后，其西班牙语版也于1973年在阿根廷出版，立刻在政治学界引起轰动。普遍认为，这本论文几乎为此前百多年的拉美政治模式、也就是"拉美病"的起源盖棺定论，也为其后拉美政治发展开出了一剂"民主"的药方。要知道，这是发生在1974、1975年葡萄牙、西班牙等国开始的第三波世界民主化浪潮之前。

此后至今，奥唐纳的研究一直与拉美威权政权的民主化有关。虽然直到1987年，奥唐纳才从耶鲁正式获得博士学位；然而，从1982年到1988年，奥唐纳与美国著名政治学者菲利普·斯密特等合编的拉美威权转型和民主巩固的四卷本丛书，成为第三波民主化浪潮之后、尤其是1989年之后理解拉美国家开始民主转型的最重要参照之一。以拉美的经验研究为基点，奥唐纳的研究似乎总是领先于民主化问题普遍化的前面。2006年，奥唐纳成为首位获得全美政治学会终身成就奖的学者，这大概是对他一生致力民主道路探索的最佳肯定。

所以，我们读《对位》，民主是主题。文集中还收录了奥唐纳早期的几篇西班牙语论文首次翻译的英文版，以及他近期的几篇重要论文。几乎每一篇，都能从中读出奥唐纳对民主转型的洞察。

比如，在威权体制下自由和平等的选择顺序上，平等诉求往往导致民粹主义、从而强化官僚威权，就像四十年代庞隆的上台，也容易被共产主义政党利用，结果可能更糟。这种情形下，对公民自由的限制是辨别威权与否的唯一标准，尽管这一限制是威权政权的合法性基础，好像这些政权生来就是为了限制公民权利的。当然，寡头集团成员的政治权利却是受到尊重的，威权政权往往也发展出有限的多元主义，利用工会或者教会与政权的合作来实现统治。在民主转型、出现自由选举的情形下，这样的威权主义很可能发展成为委任制民主。

委任制民主（Delegative Democracy），奥唐纳最初于1994年在民主杂志上发表，提出这一民主转型期的概念。他告诫人们，尽管民主往往被新兴民主国家寄予希望，但是，民主的基本形式——自由选举——之后，经由自由选举上台的领导人却可能背弃选举诺言，无视民主责任，朝向"寡头政治"发展，而非追求真正代议政治的制度化，比如俄罗斯1991年以后的寡头政治以及威权主义的发展。

这样的委任民主，表面上属于多数民主，却更接近"选举威权"，也就是为了赢得多数，不惜滥用手段、打压反对派，就像台湾民进党执政后局势的发展：民主责任、政治伦理和竞选承诺都可以被抛弃，恐吓选民政党轮替如同亡国，几乎在绑架选民。

奥唐纳推断，委任民主对自由的限制，结果必然导致政权责任的缺失，特别是水平责任，最终将导致一个表面上全能的委任民主走向无能，引致多重社会和经济危机。台湾地区社会的危机也在在证实了这一逻辑。正如奥唐纳预言的，民主巩固这时反倒成为大众的幻觉，支撑着"委任民主"的继续。但"民主的质量"——类似Freedom House 的自由指数，奥唐纳近来致力于发展的民主测量体系——却令人堪忧。这样的"委任民主"、实质威权主义的翻版因此可能持续下去，与世界上的民主政权相互映照，在取代了冷战期间的两大阵营对峙后，成为"历史终结"之后新的"对位"。（原刊《读品》2008年第3辑）

威权政权的命运：转型还是巩固？

——读林兹《极权主义与威权主义政体》

最近在读林兹（Linz）的《极权主义与威权主义政体》。最早接触林兹，还是大学时代读大陆翻印的台湾幼狮版《政治科学大全》，也就是美国1975年推出的煌煌八卷本系列的第三卷——《总体政治论》。总体政治其实就是宏观政治，这一卷也是八卷中最厚者，足足八百多页。林兹的《极权主义与威权主义政体》一文就在其中占了两百多页，翻来覆去只为讲清楚这两个概念。记得当时把这部大砖头放在床沿，一续再续，续期到了就先换掉然后借请同学再借出来，这样在我的床头足足停了一个学期。无他，这卷总体政治论囊括了达尔、亨廷顿、泰勒，还有蒂利，都是名家。

这套书的出版本来也是七十年代政治学的一大盛事，只是我们那时还在也许更伟大的政治荒唐的尾声，政治学学科跟社会学一样，早已被打倒多年。好在台湾的幼狮出版社在1982年就推出了中文版。这个速度已经相当快了，大陆盗印的速度也不慢。我趁着八十年代读书热的尾巴寻觅了许多家外文书店附设的内部书店，只搜到另外两卷：《非政府政治学》和《国际政治学》。冥冥之中，这两本偶得之书居然暗示了二十年后的研究方向和职业道路。

读书与人生，常常就是这样的交互穿透。很多时候说不清楚到底人生因为读书而继续，还是读书改变人生。十年前，曾经在暑假专程到北京复印他的新书《总统制的失败》，那是我其时做台湾宪改研究的参考。数年前刚到德国，在大学书店买的第一本书便是林兹和 Stepan 1996 年的《民主转型和巩固的问题》。那会儿我还在读法学课程，并没有想清楚后来做政治学研究的方向，当然不会想到这本书成为最近几年的博士论文写作中的案头常翻书。

最近三十年政治学的发展太快，几乎所有政治学界学人已经厌烦了为什么都三十年了，还没有出现一套新的政治学手册。林兹的《极权主义与威权主义政体》一文也迟在 2000 年才首次出了单行本。除了增加了林兹的一个"深度回应"作序，原文未改一字，但是林兹在三十年前写的东西却让我感觉再被穿透了一次。比如，在对极权主义的辨析中，林兹强调意识形态建构过程中知识分子参与的精细化和极权社会政治积极分子的存在。后者，按林兹的说法，其社会效用与民主社会的志愿者颇像。

林兹说得极是，极权主义无需合法性，只有威权主义才需要合法性；在极权社会，意识形态是至关重要，而在威权社会，合法性当然难以依赖已经式微的意识形态体系，而转型为更模糊也更实用主义的所谓精神。所以，当远离意识形态霸权的知识分子们开始试图建构新的精神体系，就是在为威权政权的合法性做精细扩展。市民社会理论已经被拿来，季羡林和蒋庆在尊孔复儒，西方古典政治哲学、甚至神学理论也充斥着校园，他们都在共同建构曹锦清最近与《凤凰周刊》访谈时提到的精神内涵。这样的威权主义下合法性的扩展，与其说是寻找威权主义的转型之路，不如说是帮助威权政权的巩固。

在《极权主义与威权主义政体》一书里，我们也看到，只有"去极权"，而没有"去威权"；在近十五年的转型研究中，也只有民主的巩固，没有威权的巩固。多元主义、意识形态和一党制这三个维度仅仅是区分极权和威权、区分不同威权类型的描述性依据，并无助于我们更多地理解更为繁杂的威权主义政权形态，关于他们自身的发展以及形态生成与转化的过程。多元主义、意识形态和一党制，这些经典的自由主义三坐标描绘的极权与威权主义结构其本身就是静态的，难以包含更深的结构过程和动态要素，帮助我们了解威权向民主的过渡、一党制如何转变为多党制、有限的多元主义如何扩展，等等。这也许是历史的局限。林兹在2000年的反思中承认,当初他并没有估计到后来的非暴力转型和民主传播,也就是1975年开始的民主化浪潮。

更令人困惑的,从1975年的南欧、特别是1989年的东欧开始的民主转型,到今天,对于大多数转型国家尤其是前苏东国家来说,尽管民主制度和民主实践都在不同层次上践行了十几年,民主似乎仍然停留在理想类型的层次,转型结果却是"半民主"、"缺陷民主"等等——若以林兹著作的标准度之,甚至还是威权!民主,无论对这些转型国家,还是对尚存的公认的威权国家来说,仍然很大程度上只是一个理想类型,或者就像博兰尼更早批判过的市场乌托邦。威权是否真的可能转型?或者,真正考验政治学家们的问题也许不是转型国家的民主的巩固,而是这些国家以及缅甸这样的国家的威权的巩固!

很多天真的学子相信,威权政体有时候可能比民主政体具有更强的改革能力,而事实上正好相反。尽管威权政体已经不再是一个封闭系统,或者引进了民主制度,或者引进了市场经济,但是威权政体的保守倾向随着威权的延续都在增强,保守主义势力的积累远远超过、或者消化着任何进步力量的增长及其对保守主义的平衡。

结果,一个开放系统内,外部民主与内部进步力量虽然已经改变了威权的性质,却无法彻底终结威权的存在,这就是威权的晚期化。随着时间推移,在晚期威权之下,进步的东西可能被无限地保守化,退到前威权状态。由着自由、正义、平等的门径,公民社会、政治儒学、新左派等等,都在与极端保守主义合流,威权合法性的增量只多不少。

如果这就是转型、多元主义,看上去当然要比极权主义、比糟糕的威权主义好许多,却仍然只是威权主义,尽管有人说民主也可以有增量。在这一点上,林兹三十年前对威权体制复杂性的认识和对威权政体可能的内部民主的谨慎,在2000年重版时他只字未改,真是显得无比的顽固和睿智。(原刊《独立阅读》2007年5月号)

抗争与民主

——蒂利对法国、英国民主道路的解读

随着国内学界对欧美六十年代以来新社会运动的兴趣，以及对中国当下维权运动的关注，美国著名社运研究学者查尔斯·蒂利的名字也逐渐被大陆学界所熟悉。2006年底、2007年初，蒂利的两本著作——《威慑、资本、和欧洲国家》和《集体暴力的政治》——在中国大陆连续推出中文版。2007年夏天，他还到访中国人民大学，在一个研讨班上亲自为中国的社会学和政治学者授课。

因为社会运动总是伴随着一个相对长的历史过程，社会运动研究往往看上去像社运史研究。相对于通常的政党政治、选举政治等视角，用社会运动这一社会政治来理解政治过程，往往又会得出一些非同寻常的结论。虽说研究对中国出版界来说还相当陌生，新近引进的这两本书并未直接论及社会运动，但是蒂利独特的社会政治视角，已经为中国读者引入了一个全新的领域。

作为北美社会运动研究的干将，蒂利著作等身、相当高产。他在2004年出版的另一本著作《欧洲的抗争和民主，1650—2000》（英文版），从社会运动史的角度重新诠释欧洲民主化历史，更让人有耳目一新之感。尤其是笔者一代，经历过二十世纪八十年代的历史风云，在阅读高毅的《法兰西风格——大革命的政治文化》和朱学勤的《道德理想国的覆灭》的反思过程中，大多认同了李泽厚式的"告别革命"。但是，蒂利对法、英两国道路的重新解释，展现了介于暴力革命和议会政治之外的第三个空间——抗争政治对体制政治的影响、对民主化的推动。这是政治过程的一个相当重要、却容易被忽视的方面，不仅有助于我们理解民主化进程的丰富性，也有助于我们从当下方兴未艾的维权运动中汲取信心。

蒂利对法、英道路的重新解释，是基于学界新近对民主化研究的反思。换言之，在非民主和民主政治之间并不存在一个清晰的边界，我们不应当把民主化简单理解为从非民主向民主体制的变迁，比如一个民主存量递增的长期过程。相反，如民主理论大师达尔所说，在过去和现在，在任何国家，相对民主而言，"去民主化"的趋势始终广泛存在着。相对于主流体制政治，蒂利长期研究的抗争政治——也就是与"去民主化势力"的斗争，因此对民主化贡献巨大。某种意义上，欧洲过去两百年的民主进程就是抗争政治的历史。

按照蒂利的解释，尽管非抗争政治——比如布坎南和杜洛克强调的财政、税收与民主的关联、政治参与与政治公开、利益表达与政治组织活动等——仍然构成政治活动的主体，但是民主化却主要发生在社会关系的变化，也就是公民与代理人之间的三个互动部门：公共政治、类别不平等和信任网络。这三个部门同时也是抗争政治的三个战场，促进着民主化。民主化因此可被概括为公民与政府及其代理人的威权之间的关系变化、抗争政治的结果，而不仅仅局限于单一的公共政治制度化的维度，需要以社会不平等的削除程度、和今天称之为社会资本的信任网络来衡量。这一视角既适用于审视现实民主社会的民主现状，比如"9·11"之后美国民主的退步或者东欧后共国家不同的民主进程，也适用于重新看待法国和英国民主道路的差异和意义。

以法国大革命为例，由于高毅和朱学勤的著作影响甚广，许多中国读者已经接受了这样的观点：法国大革命的血腥最后引致拿破仑的篡权和卢梭式人民民主理想的覆灭，二十世纪的革命也重复着这一道路。同时，英国的光荣革命却奠定了宪政主义的基础，自由民主在随后的两百年里不断得到巩固。这一观点也是今日宪政主义思潮的经验主义基础之一，并支撑着若干渐进改革的思路。但是，在蒂利看来，法、英道路的差异似乎并非如我们想象中如此截然。相反，它们之间的共同点,也就是抗争政治的方式和作用,对民主的发展和巩固而言,倒更具意义。

具体说来,法国大革命不仅奠定了欧洲近两百年人权与共和制的民主基础,而且"激活了一系列民主促进机制":抛弃路易王朝时代以贵族、包税人为中介的间接统治,建立集中行政管理体制(包括欧洲大陆第一个警察国家体制)和大众的政治参与制度;建立选举和代议制,废除贵族—代理人网络(包括旧的妨碍民主的信任网络),代之以跨阶级联盟和各种公民协会。这一以公民权为基础的直接统治的民主模式成为欧洲大陆其他国家的民主化框架,拿破仑政府继续巩固了这一体制,即使1851年路易·波拿巴(拿破仑三世)发动政变,也不敢废除1848年实现的普选权。

在早先著作《抗争的法国》(1986年)的基础上,蒂利把法国抗争政治的模式归纳为"人民抵抗—斗争—协商—公民权"一条线,与"法国军事扩张—国家扩张—直接统治"的近代民族国家主义线索相平行。公民抗争和十九世纪有组织的劳工运动在与威权政府的斗争、外敌入侵的动态过程中,推进着民主。1830年、1848年、1870—1871年、1905—1907年、1935—1937年、1944—1947年、1968年等历次抗争和革命因为各种社会不平等而产生,以不断扩大公民权和有组织的协商而结束,才有今天我们看到的法国民主。

英国道路也不例外。只是,在光荣革命之后的《权利法案》赋予议会更大权力之后,英国的社会不平等更多地体现在宗教不平等,英国的抗争政治因此集中体现为宗教解放的斗争,也就是围绕天主教徒争取宗教平等展开的抗争。这一抗争在1825—1826年促成了同情爱尔兰天主教徒的新教代表进入爱尔兰议会;1918年爱尔兰民族主义者赢得爱尔兰议会选举胜利并退出英国议会,翌年展开武装独立斗争。虽然两年后,英国政府和爱尔兰民族主义者达成协议,但在北爱尔兰,天主教徒的抗争并未结束,在1968年波及世界的抗争风暴中再次爆发,并持续至今。

另一方面,传统的民主化观点偏重于英国的改革道路,比如1832年通过的第一部《改革法案》,以及1867年、1884年、1918年一系列改革,二战后英国福利体制的建立，等等。但是，蒂利却指出：尽管1832年《改革法案》扩展了资产阶级在英国议会内的席位，实际上却广泛削弱了工人阶级的政治参与。"去民主化"的保守力量在十九世纪的英国宪政体制内仍然相当强大，为推动法案作出努力的英国工人最后发现，他们的权益被排除在立法之外。这一结果大大刺激了英国工人阶级在1838—1848年期间大规模动员。他们以集会、请愿、游行、示威等多种方式，提出了广泛的政治要求，包括男性普选权、每年召开议会、投票选举、废除对议员的最低财产要求、议员工资、平均选区等。英国抗争政治的主轴也由此从宗教转为阶级，这些今天被当作自由民主的当然内容和形式，却是通过体现人民民主的工人阶级的抗争政治争取而来。

在著作的最后，蒂利将这一抗争与民主的关系推及俄罗斯、东欧、波罗的海沿岸国家和巴尔干国家、以及欧洲以外的世界，在民主化和"去民主化"之间的反复中，抗争以及抗争的因果机制——也就是笔者在自己的社会运动研究中强调的认知、关系和规范构成的三重社会政治边界机制——再生产着公共政治、社会不平等和信任网络，改变着威权与民主。（原刊《独立阅读》2007年9月号）

1525 年德国农民革命新透视

——古早的社会运动

在查尔斯·蒂利的《社会运动，1768—2004》一书中，以 WUNC，即现代社运剧目的四个要素为特征，这位社会运动理论大师将社运视界的起点设定在了 1768 年的伦敦。1768 年的 4 月，一场以支持议员威尔克斯为抗议诉求、围绕煤炭进出口、丝织业工资等问题、大范围卷入了码头工人、矿工、丝织工艺者以及码头商人等群体的运动爆发了。因为此次起点性运动所具有的创新意义上的团结和抗争剧目，蒂利排除了此前两个世纪之久的欧洲宗教运动，尽管蒂利认为这些宗教运动中也能发现各种单独的社运剧目，如结社、集会、游行以及其他政治行动，等等。

马克思甚至也有类似的对十六、十七世纪欧洲宗教运动的偏见。对他来说，只有无产阶级运动才是第一次代表多数利益的自觉运动，而历史上的抗争都只是少数人的或者代表少数人利益的运动。因为对蒂利或者马克思来说，只有工业革命似乎才是理解现代社会运动发生的条件。以 1525 年的德国农民战争为例，虽然恩格斯誉之为"德意志人民最壮观的革命之举"，但是，这一运动的革命性至今仍外在史学或者社运史的迷雾之中。

在这一背景下，彼得·布瑞克的《1525 年革命：对德国农民战争的新透视》（陈海珠等译，广西师范大学出版社，2008 年）一书，虽然最早出版于 1975 年，但是在今天看来仍然不过时。这部著作对于重新发现社会运动的历史有着崭新的贡献,而且,对于更深地认识马丁·路德宗教改革的历史意义、甚至今天的社会运动和革命都有着极大的启发。

彼得·布瑞克是瑞士伯尔尼大学的德国历史学家。他的这部著作,针对兰克所代表的观点,即1525年的德国农民战争只是一场"自发事件",也针对弗朗茨等人的基于"领主主权"的假说,而非基于经济或者宗教的原因。这些观点都割裂了路德的宗教改革与这场农民运动的关联,大大贬低了农民运动的自觉性,也扭曲了新教革命的历史意义。特别是后者,马丁·路德发起的宗教改革,仅仅在1517年《95条论纲》发布后的第八年就引发如此大规模的堪称一场多数人的反抗运动,就足以表明新教改革的冲击力度以及在随后数个世纪对现代性建设的革命贡献。可惜这一点,至今,在中国的知识界仍未有充分认识,最多停留在马克思·韦伯的《新教伦理与资本主义精神》的层面,而忽略了新教改革至今仍具备的社会革命意义。即使在社运的经验层面,我们都能从这场大约五百年前发生的农民运动身上找到许多相似性和启发。

在这场伟大的运动中,最引人注目也是最具革命性的标志,是所谓《十二条款》。这份从1525年初迅速传遍德意志各地的请愿书,在布瑞克看来,是"集怨情陈述、改革提纲和政治宣言三者为一体的文献",在动员大众的效果上取得了惊人的成功。我们知道,在东方专制主义传统的国家,即使在当代社会的政治动员中,一些宪章性宣言也往往流于空洞,而这份最初由上施瓦本农民汇集起来的怨情请愿书,却有着非常具体的诉求,如有关社区牧师任免权利、废除什一税、农民的自由渔猎权利、减轻劳役、废除死亡税、公地权利等,集中反映了当时农民所受的直接经济压迫,指向了作为任意剥夺者的贵族和教士阶级。而请愿这种形式,从此以后,便成为一个最为经典的社运剧目,任何统治者都不敢轻易剥夺公民的请愿权,而请愿这个政治行动本身却包含着结社和表达这两种基本的自由,最终扩展为公民的基本权利,这是现代社会运动得以可能的起点。上施瓦本的农民也正是通过请愿这一方式,最终扩散到几乎德意志全境,并且得到许多城市市民的支持,变成无产阶级运动之前一次真正的多数运动。

更重要的,《十二条款》其中一条是,明确提出废除农奴制。这一点被布瑞克称之为真正的革命性条款,标志着这场运动是一场真正的革命,要求进行彻底的社区改造。而革命的力量来自哪里?布瑞克的答案再清楚不过了,是马丁·路德1517年的《95论纲》。换句话说,虽然《十二条款》的大部分都是具体的怨情诉求,针对着封建主义,包括领地化运动和教会引入的罗马法体系对德意志习惯法和传统契约的破坏,更不用说教会本身的骄奢淫逸和巧取豪夺、贵族的任意侵犯对当时的农业秩序所造成的破坏性危机。但重要的是,《十二条款》要求以《圣经》为本,主张农民有权按照《圣经》,拒绝所有不符合圣经的义务。也就是说,通过圣经,农民们自我赋权而得到了反抗的合法性,并且以《圣经》作为"神法"——一种新的法律原则,获得了爆炸性的革命力量。

在布瑞克看来,《圣经》作为德国农民的神法,具有三种潜在的动力:任何要求只要能从《圣经》中找到依据就是合理的;消除了农民和市民的障碍,在福音基础上可能结成政治联盟;将来的政治秩序从此成为一个可以公开讨论的问题。布瑞克注意到,一旦农民认可神法,便不再以消除具体苦难为目标,而是争取建立新的政治秩序。而这三种动力依次展开,既反映了农民运动发展的三个阶段,也符合社会运动的顺序:抗议发起、扩散和联盟、占领城市并成立自治机构。事实上,当人们都在讨论革命的时候,革命便发生了。然后,当各地农民揭竿而起,多数城市的市民特别是城郊市民都采取了主动合作或者加入联盟的方式,然后夺取政权。而根本上,是福音主义构成整个1525年农民运动的精神和价值基础,将农民对封建主义的不满普遍化了,农民运动转而成为一场福音主义对抗封建主义的革命。自1525以降,人类社会的革命就变成了一场围绕意识形态的战争,围绕各种普遍主义或曰普世主义的观念竞争。

马丁·路德的福音主义宗教改革运动自然功莫大焉。在《劝告和平:对上施瓦本农民的十二条款的回复》一文中,路德曾经表达了对农民的颠覆性权力的坚定支持。而随着运动的发展,路德开始小心地从他最初的立场退缩,很大程度与当时的教会和贵族内部普遍视路德为农民运动的支持者的态度有关。路德其时尚未根本摆脱教会体制的束缚,而且仍然尊重世俗权威,他所关心的是拯救，而非政治改革。不过，这并不妨碍这场运动与他所发动的宗教改革的联系，因为他启发了许多追随者，而这些追随者远较他更为激进，如闵采尔、盖斯麦尔和茨温格利等作为革命神学的布道人。在福音主义的旗帜下，他们煽动、组织和领导着各地的革命，动员的结果，是产生了一次"普通人的起义"。当然，在路德后来的批评中，这种激进主义被称作撒旦的事功。然而，直至今天，这种依赖普通人、对普通人进行"转化"的动员方式，仍然属于社运的激进主义手段，堪称新教模式的精髓，甚至影响改造了佛教，十九世纪末期天主教开始的新托马斯主义改革也同样转向对普通人的重视。

所谓普通人，在十六世纪的德意志，在城市里被用来指称那些没有资格进入参议院的社会群体，也包括不具有公民权的下层市民，如雇工、奴仆等。布瑞克对这一概念性群体的重视，反映了这次农民运动的性质——由农民和矿工组成的领地城镇的居民以及帝国城镇里无法担任公职的人，在起义之前，他们集成了"国家最底层的器官"，却得不到政治的承认。而路德和闵采尔都将世俗分为信仰基督的和不信仰基督的，意味着普通人即平信徒（layman，居士），这和路德对平信徒的重视是一致的，普通人可以出任任何神职。1525年各地的请愿书中，普通人、平信徒便成为革命的主体，一个发不出声音的"非分之分"的群体，现在要请愿，反抗所有的贵族和修士阶级。当一个普遍的、多数的、被压迫的群体，也就是普通人被动员起来，1525年的农民革命便算得上一场多数人的运动。

对托马斯·闵采尔来说，他的主要贡献正是如何将这些普通人动员起来。这个一度被妖魔化的名字，在早先戚美尔曼研究德国农民战争的经典史学著述《伟大的德国农民战争》里，还被猜测为《十二条款》的可能撰写人，尽管我们现在知道另有其人（A. Goetze），但是不可否认闵采尔的文字风格和活动区域都与《十二条款》高度吻合。他不仅身体力行地用德语布道、宣讲《圣经》、鼓动革命，还以远较路德激进的圣灵神学，即再洗礼派和圣灵派为主体，对运动"普遍化"作出贡献。他的成就主要包含两方面：其一，他虽然仰慕路德，却以比路德更为激进的神学理念，即人们只有通过十字架的痛苦经历才能回到基督那里，宣导必须根除暴政，通过免受外部世界之害的内向信仰来毁灭暴政以迎接基督的回归，也就是革命神学。

其二，闵采尔主张"万物公有"，倡导公共利益。公共利益这个词，最早出现在中世纪晚期的德国南部，到1525年则被称为"基督徒的公共利益"，被排斥的普通人通过公共利益第一次获得了限制贵族和修士们的私利的现实空间。直到今天，我们知道，公共利益仍然是德国法律和政治生活中最为重要的概念之一。

而闵采尔虽然是在被俘后、临被处决前写下"万物公有"的供述，作为对公共利益的最后阐释，但是，他和其他农民革命领袖，如胡布迈尔、盖斯麦尔等，在整个革命期间所做的，某种意义上都是对此种团结普通人的公共利益的尝试性建构，尤其是为团结各地农民和市民的"基督教联盟"进行组织和制度的建设。布瑞克特别注意到了他们所发起或倡导的基督徒兄弟会、等级议会、领地大会、以及各式的领地宪法、宪章草案等，试图以共产主义的、社区—民主的、或者共和的和神权的早期现代国家模式或彻底的基督教国家模式来取代封建主义的统治。公共利益因此和福音主义一并成为布瑞克这本著作中最为倚重的一对概念，也是1525年农民战争最为革命性的贡献。

不仅如此，在新近去世的英国马克思主义历史学家霍布斯邦的《原始的叛乱》（杨德睿译，麦田出版社，1999年）一书中也认为，十六世纪德意志遗存下来的这些宗教运动、结社等正是共产主义的起源。当这些古老的革命孑存，如同更为古老的"鞋会"在1525年革命前夕所起到的普遍的、巨大的认同作用，一个"日耳曼大众社"在十九世纪初所孕育的"亡命之徒联盟"转化为"正义者联盟"后催生了"共产主义者联盟"，马克思的《共产党宣言》应运而生。整个人类社会又开始了一轮新的革命。（原刊《高和分享》2013年11月）

帝国与自治领

——《不列颠自治领》导读

自亚里士多德以来，政治学家总是要介入政治的，这是政治学的现实关怀使然，也是政治本身作为人类文明的最高层次的内在要求，必须向包括学者在内的政治共同体成员开放。清华的政治系，国民政府期间，始终朝气蓬勃，跟政治系的议政、参政的风气密不可分。比如说 1915 年，仿效美国政治学会，清华政治系在北平率先成立了中华政治学会，比后来在南京成立的中国政治学会早了十七年。他们每次聚会谈的便是各种政治理念、主张和权谋，对新兴共和的批评并未停留在清议层面，而是颇有深度且具国际视野的对"五都搞"的研习和建策，如后来的政治系主任浦薛凤对学术和时政两者双向的深度卷入。

1934 年从清华政治系毕业的楼邦彦，也是这么一位视政治为己任的学者。虽然他在 1952 年之后便身不由己地被打倒、与罗隆基等并排被毛泽东点名批评，然后亲身经历了最为惨痛的知识分子的被清洗政治，但是，抗战期间，身在大后方的楼邦彦照样选择了一个独特的角度来分析盟国——英国或者不列颠帝国的统治问题及其在战争期间和战后可能面临的挑战。这便是这本旧书新刊《不列颠自治领》的背景。

其时，大约 1939 年前后，楼邦彦从昆明转到重庆，也是大抵抱着实操政治的想法，向政治要人靠拢，一度投身蒋介石的侍从室。据说这是西南联大某位张姓老人的想法,主张年轻人各自寻找靠山,以图振兴。这当然首先指的是政治系的振兴。虽然,据楼氏后人回忆,在蒋介石侍从室待了三个月,一次也未获召见,楼邦彦醒悟自己到底是宁波人而不是奉化人,终难获信任,遂离开。不过,楼邦彦自此在重庆住了下来,从1942到1943年楼氏离开重庆赴胡宗南长官处前夕的一年间,这本《不列颠自治领》的各篇章在《世界政治》杂志上陆续发表,倒是契合了当时国民党政府的战略需要,对国人于战后的世界局势思考也颇有助益,这是战时极困难下楼邦彦对中国政治学的一个重要贡献。

那么这本《不列颠自治领》到底契合了国民党政府当时的何种考量呢?1941年12月7日太平洋战争爆发后,中国战场形势骤然改观,美英苏中等国联合发表《共同宣言》,蒋介石出任中国战区司令官,中国也随后派出远征军入缅作战。缅甸当时作为英属印度的一个东部省,盟军在缅甸战场的展开即联结着中国和印度、英国,战场形势关系着能否尽早打通这条对中国战场补给有着决定作用的通道。在长沙会战胜利的鼓舞下,蒋介石于1942年2月出访印度,希望争取当时已经如火如荼的印度自治运动的支持,以为通过游说英国政府给予印度一定自治权,便可换得印度的支持,共同抗日,至少对缅甸战场的英军也是一个战略牵制。此行,蒋介石夫妇率领外交部长王重惠、航空委员会主委周至柔和中央政治学校(今天的"国立政治大学")教育长张道藩等,到达印度后努力争取与甘地见面。此前,甘地因坚持不合作精神、拒绝暴力,也与愈来愈烈的印度时局脱离,已经不再担任国大党领袖。虽然甘地不为蒋介石的陈情所动,蒋介石一行最终无功而返,但是不能不说,蒋介石的这一外交行动,尽管也为英国政府所戒备,却是相当大胆、富有长远的战略机谋。蒋介石身后,他及一干人等与甘地的合影仍然高挂在台北中正纪念堂的墙壁上,足见国民党官方历史对此次行动的高度肯定。

如此背景下,方显楼邦彦对英国自治领关系著述的重要意义。印度作为不列颠治下的一个自治领,其自治地位虽然不可与澳洲、新西兰、加拿大、南非或爱尔兰相提并论,但是即使这些传统自治领在不列颠帝国内与英国的关系也并非完全等同,稍早在一战时的表现更其各有自,具有相当的特异性,却未损不列颠帝国的统一。楼邦彦将其归诸为女王在不列颠帝国中的特殊地位，由对她的个人效忠保持了自治领与帝国的一致性，这种宪政安排中所体现的重实际而非以逻辑一致为行动的准则，是理解大英帝国存续的基石之一，也许就是楼邦彦从中窥见的中国可能与不列颠各自治领之间展开主动外交行动的机会所在，犹如加拿大在两次大战中所表现的更为独立、积极的姿态。在这个意义上，楼邦彦的学术著述当对蒋介石的印度之行乃至战时外交所具有的潜在贡献不容忽视，对读者理解战后的不列颠帝国或者英国的外交政策也具有相当重要的参考意义。

而楼邦彦对不列颠帝国自治领关系的论述，又是围绕具体案例展开的。其中几个最有趣的，一是英王爱德华八世的婚事，二是帝国会议，三是自治领的宣战权或者参战权的问题。依次，我们可以看到不列颠自治领关系的发展，是如何在一个普通法的框架下，本着实际的、灵活的、问题导向的路径而非僵化的逻辑原则发展出丰富的帝国内部关系。楼邦彦的讨论方法也是务实的，对待上述每一个问题，也是从总结较保守的观点开始，然后归纳各自治领与帝国间变化的关系及其法律含义，最后发现帝国政治内变与不变的原则或者路径。这便是自由主义的思维方式，也是极难定义的自由主义的本质之一，相当吻合他在伦敦政经学院的导师拉斯基的理念。作为英国的左派代表、工党领袖拉斯基，其实是个坚定的自由主义者，深谙自由主义无法从内部得到更新和重建，十九世纪法国的历次革命都未动摇自由主义的基本财产权却展现了自由主义难以弥合的冲突，他相信需从外部也就是发动一场伟大的社会变革才可能真正挽救自由主义，比如对私权进行规制的罗斯福新政。三十年代拉斯基参与的这场辩论甚至延续到二十世纪末的罗尔斯与诺奇克之间，拉斯基作为政治自由主义的开山者之一也因此倍显其在实用与逻辑间择其前者的自由主义路径。在这个意义上，普通法的逻辑或者说不列颠帝国与自治领关系的逻辑也可说是自由主义的。

回到《不列颠帝国自治领》的文本。本书由六个先后发表的相对独立章节构成，依次是：《不列颠自治领与英王》、《不列颠自治领与英国国会》、《不列颠自治领与帝国会议》、《不列颠自治领的对外关系》、《不列颠自治领与战争》和

《不列颠帝国的缔约权》。第一章，开宗明义，楼邦彦在此章交代了自治领的非逻辑特性：帝国的统一并不妨碍自治领的自治发展，英王的权力仍可及于各自治领。而且，恰恰在如此通常难以理解的貌似悖论的法律基础上，不列颠帝国和自治领的关系方得以维持和更新。楼邦彦将之归为英国宪法习惯、帝国议会和英国议会三者的共同作用，源自三条法则：其一，自治领国会议决修正帝位继承或帝号的法律，需经其他自治领与英国的国会同意；其二，英国国会修改关于帝国继承或者帝号的法律，应需经得所有自治领的国会的同意；其三，英国国会修改关于帝国继承或者帝号的法律，若欲适用自治领或称为自治领法律的一部分，亦须经由自治领请求且获得自治领国会同意。此三法则为1931年《威斯敏斯特法》所确认，承认了规范上述自治领与帝国关系的三个权威：王位、英国国会和自治领国会。楼邦彦在全书中尤为看重最后一个，即自治领国会或者他们的代表——帝国框架内帝国议会的发展，反映了也同时作为自治运动逐渐发展并受到承认的媒介和结果。

其要义在于：王位是不列颠联合组成个体的象征，自治领对不列颠的效忠非基于其他，而完全系于对王位的归依，即英王是不列颠帝国之为"身合国"的象征和纽带，王位对与英帝国的存在具有超乎一切的重要性，各自治领总督也是英王的代表。另一方面，凡涉及帝国继承和帝号变更，都需经由自治领国会同意，足见自治领国会在帝国内之法律地位，并且由此展开更进一步的自治权力扩展，帝国便与自治相辅相成，无论英国行政当局或者英国国会如何。这也是1926年帝国会议决议所规定的：自治领与英国享有平等之地位，共同组成英联邦，并且共同归依于英王位。当英王爱德华八世与美国平民女子辛普森夫人结婚并且面临王位更迭时，各自治领对爱德华的退位和乔治六世的承认在那过渡的几天里出现了"混乱"，英国与各自治领间的上述关系便生动地体现出来。

第二章，不列颠自治领与英国国会的关系，同样可以发现楼邦彦采取对英土制度作为"活的制度"类似的观点，在发展中理解自治领与英国国会的关系。较诸与英王的关系，这一关系更实际一些，毕竟英王对自治领的意见都由国会提出，按照宪法习惯，绝少反驳。历史正是如此，1860年南澳最高法院的判决改变了自治领与英国国会的关系,不再尊奉自治领的法律不得与英国国会的法律相抵触的普通法,而是放宽解释为不得与英国法的基本原则相冲突。此判例直接导致 1865 年英国国会通过《殖民地法律效力法》,然后到 1931 年《威斯敏斯特法》的变化。这种变化,便是英国国会享有的至高无上的威权的逐渐动摇。

而产生此动摇的,楼邦彦提出,仍然是 1931 年之前的一条宪法习惯,英国国会需将其法律适用于自治领时,需事先向自治领咨询并获同意,否则自治领可任意适用或修订或径自制定法律。这条习惯为自治领自治权力的发展大开了方便之门,直到 1931 年《威斯敏斯特法》确认了自治领与英国国会间新的关系,即对自治领国会所享有的完全权力的确认,不会因自治领的法律与英国法律冲突而无效,而且英国法律适用自治领需经自治领请求与同意。

第三章,《威斯敏斯特法》对实现空前的自治领与英国地位平等意义巨大,但是其创制者却是帝国议会,最终成为推动自治领与英国关系调整、然后塑造一个新的帝国的发动机。

楼邦彦追溯其前身"帝国殖民会议"时说,帝国殖民会议的创立却是偶然产物,非刻意的制度设计,参加者也认为纯粹一个咨议机构,而非权力机关。但是,帝国殖民会议的召开以及后来帝国议会的早期会议,却都因帝国或者王室的重大典礼而相聚,到 1911 年正式转成帝国议会,尔后因为战争爆发而产生的战争协调需要强化了此机构的重要性,并在战后逐渐正式化,反映了自治领战后对承认战争贡献的要求,楼邦彦也是在其实际功用上强调其于帝国的重要性。

第四章,不列颠自治领的对外关系,楼邦彦叙述的不是自治领的对外政策,而是**体现自治的外交主权部分**。这些有关参加国际会议、参加国际组织、缔结条约和确定邦交等外交权力,都围绕着一次大战前后的宣战权和战后赔偿、军控等现实需要而得到逐渐扩展,自治领日渐独立平等,比如在与苏俄建交问题上,加拿大 1924 年因不满英国工党政府未与各自治领协商而承认苏联,便采取单方面直接行动与苏建交;慕尼黑协定后,爱尔兰与南非保留了一旦战事爆发则可能采取中立的态度。

如此等等，战争成为自治领走向充分自治的契机，第五章的《不列颠自治领与战争》集中论述了在战争这个特殊时期自治领与英国的冲突和关系发展，几乎是在战争中，自治领的自主意识空前高涨，也难怪蒋介石对于争取印度独立运动的支持抱有巨大希望。楼邦彦的关注点同样落在战事前各种理论莫衷一是，直到1938年的慕尼黑协定，现实政治的发展特别是二次大战的爆发，终将英国的保守理论的传统主张彻底否定，自治领完全可能采取中立地位并未得到英国承认，此系自治领的自主权力所在。

第六章，可视作前一章的扩展，更是全书理论的现实性所在。1943年初，二战正处于一个转折点的前夜，斯大林格勒战役到了最后尾声，北非阿拉曼战役胜负已见，二战即将迎来盟军登陆意大利、中国组织第二次远征军入缅作战、德黑兰会议也将在年底举行。1月11日国民政府签订中美条约和中英条约。之后仅十数天，《不列颠帝国的缔约权》一文便发表在《世界政治》期刊上。该文（章）尤重指出，"条约的一方不论是一个或所有组成不列颠帝国的个体的政府，必须以英王的国家元首的名义缔结之"，即中英条约序文所述，缔约方为"大不列颠爱尔兰及海外诸自治领君主兼印度皇帝陛下"。条约中援引加拿大1923年先例及帝国会议，明文承认印度的国际独立地位以及与各自治领事后的双边签约仍以英王名义。中国在战后新世界秩序中的格局由此豁然而定，此为英帝国及自治领在战时关系的自然结果，亦为楼邦彦秉持的英自由主义所诠释。

对楼邦彦的个人命运，自由主义亦留下了时代的烙印。他虽然师从拉斯基，做了半年研究后，却向拉斯基辞行，想到欧洲大陆游学，拉斯基竟然照准且帮他继续申请南京政府的资助。然而，游学法、德不到两年，接到钱端升希望他回清华任教比较行政法的信后，竟然抛下学业，先行回国。在他看来，能拿到清华的聘书比拿到博士更为实际，也才有了后来这些对行政法以及自治领研究的成果。其后，楼邦彦的命运也如自由主义在中国的命运一样多舛。从1949到1957年，楼邦彦虽然一度得到党的器重和培养，曾任北京市司法局副局长，还被史良看中有意让他担任司法部长助理，行政级别被定为干部十级，但"反右运动"开始便因为他与拉斯基的另一位学生储安平的密切关系而被划为"右派"，从此入了另册。

不过，仿佛后来在北大教书的日子里楼邦彦对欧洲经济共同体的发展感到振奋，英帝国也基于强大的自由主义和普通法传统，在经历了战后更为汹涌的独立浪潮后，虽不复当年日不落之辉煌，英联邦仍屹立不倒，并于二十世纪七十年代初加入了欧洲经济共同体，开始了另一个帝国的试验。就连香港，在脱离了英国的殖民统治后，仍因为普通法的保留而具备了法律上的某种独立地位。由于英宪的自然法传统使得普通法庭得以进行分散的司法审查，从而在司法体系上真正维护了特区自治。英宪和普通法的精义或及于此，而自由主义所观照的"一国两制"甚至未来的两岸三地关系的发展，当可继续从楼氏所述的不列颠与自治领的关系中获得有益借鉴。（本文为楼邦彦《不列颠自治领》导读，商务印书馆，2013年）

跋：看不见的观察

2001年6月初的一个深夜，在柏林东部洪堡大学，一座遗留着东德风格的体育馆里，席地卧着上百位公民。他们是从各地赶来柏林参加罗莎·卢森堡纪念日的左翼青年学生。作为政治学者，我也是其中之一。

突然砰的一声响，惊醒了刚刚酣睡的人们。有人从体育馆外面扔进来一块大石头，打碎了墙体玻璃。我还在睡袋里迷糊，没明白到底发生什么。这时有个德国姑娘快速俯身过来，在我耳边急速说道，"快醒过来，有新纳粹！我们得赶紧收拾东西，撤！"那位姑娘把消息递给周围的每个人，她身后便如人浪一般，一个个起身，弯腰，收拾睡袋。几分钟后，我们这些从全德各地赶来的活动分子穿戴整齐，背着背包，在暗黑的体育馆大厅静静等待。相互耳语后得知，有几个新纳粹分子试图袭击我们住宿的体育馆，为避免损失，组织者选择了撤离。

大家最终安全撤离，继续参加了随后几天的大会，这也是热那亚G8峰会前夕的动员大会。离别时，青年们纷纷互道"热那亚再见"！但是谁也没想到，一个月后的2001年7月20日，在热那亚街头抗议中，二十三岁的青年学生卡罗·古欧里安尼（Carlo Giuliani）被二十一岁的警察马里奥·普拉查尼查（Mario Placanica）一枪爆头，随后该警察仍然开着陆虎警车倒车、前进。后来的庭审中，法医证明，在被警车两次碾压之前，卡罗·吉欧里安尼的心脏还在跳动。

此后十年间，从 2001 年到 2011 年，一连串的事态发展，将热那亚峰会那次"偶发事件"变成了欧洲抗争政治的转折点，并永远地改变了欧洲社会运动的版图：在卡罗·吉欧里安尼被害的"阿里蒙达广场"（Piazza Alimonda），当地和国际的进步人士把它命名为"卡罗·吉欧里安尼广场"；2002 年，纪念该事件的纪录片《卡罗·吉欧尼安尼》问世，并入围当年的戛纳电影节。几乎同年，一个创立于 1998 年、主张托宾税的非政府组织 ATTAC，迅速转型为欧洲规模最大的无政府主义团体，拥有世界范围内近十万成员。该组织成员往往统一着黑色帽衫，出没在各次 G8 会议上，使用轻微违法的暴力手段，向代表最先进的资本主义国家群体进行激烈示威。经历了 1968 年"五月风暴"和九十年代"历史的终结"所带来的停滞，卡罗·吉欧里安尼的死在欧洲重新点燃了社会运动的热情，也为 2003 年席卷欧洲的反战示威做了暖身。

回顾那个晚上自己的亲身经历，柏林东部一座旧体育馆发生的袭击，这无数的插曲性小事件之一，某种意义上也可算是这件"插曲事件"的"前传"。其后，整整十年，我的学术关注焦点不再是选举、政党、议会和政客，而是行动、聚会、街头和社会。尽管在很多人眼里，可能只有庙堂之高才代表着政治主体或者政治过程，也就是主流政治，比如我早先曾做台湾政党政治研究并浸淫多年。不过大概也从那个时候起，在对台湾民主化的研究中我就发现，转型前在台湾发生的各种抗争虽然残酷，但却更有趣、富有生命，仿佛发生在每一个人的日常生活场景之中——这种政治被英国社会学家鲍曼称之为"亚政治"。以如此非主流的"亚政治"视角，看到的是一个或一群"他者"。而"他者"通常被排斥在保守的所谓主流之外，很容易被忽视，甚至被鄙视。对他者的观察也常常不受待见。

更早一些，初上大学时，我在潘绥铭教授的讲座上听到王小波、李银河夫妇的故事。小波当时还是人民大学老师，他们对北京同性恋群体的研究第一次揭露出男同性恋人群规模庞大、受歧视和压制的真实状况。这一人群遍布我们身旁，与普通人无异，但却难以发出他们的声音，得到平等的对待，被社会主流和虚伪道德强烈排斥。类似的情形包括残疾人、农业户口者、右派分子，等等。而当市场经济足够发展之后,这个被歧视的"他者"并没有减少,相反还增加了,比如穷人、民工、某些宗教信仰者,他们动辄被言语歧视甚至暴力对待。更放开地看,身份歧视无所不在,特立独行者难逃其列,连新兴商人在官员面前也常常不得不低声下气,同往美国的飞机上拿留学签证的同学常常不愿意与拿探亲签证的同龄人交谈……

如此种种,社会秩序仿佛建立在日益增加的不平等的社会类别划分上,出身、财富、阶级、住房、座驾、面容、疾病、甚至乳房对称与否,都可能构成遭致歧视的理由和被歧视人群的标志。同时,施加歧视的人群又因为其他理由,往往自身也是被歧视的对象。人们之间相互歧视,相互伤害,相互审查,相互剥夺了尊严和自由。

如此不平等的社会形态,有人称之为社会断裂,可见于几乎所有社会,却有程度的差别、持久性的差别。比如印度的种姓制度,虽然自古有之,但只有当英国人踏上印度次大陆之后,几经折腾发现还是种姓制度好用、方便殖民,这才有意识地强化起来,作为维稳利器。类似的例子,我在研究东南亚殖民史时发现,英国人还将"印度模式"改造后推行于星马地区,人为划分了"马来人",然后对马来人和华人实行分而治之的殖民策略,日后却成为马来西亚联邦的民族主义认同基础,致使马华矛盾至今犹存。旧上海英租界里,也有这样的"分而治之"。根据血统,各色侨民被划为若干等级,甚而,印度警察的薪水较高、武器较先进,而中国警察装备的是最老式武器;有轨电车的司机和售票员是中国人,检票员和验票员却是朝鲜人,种族间的相互仇恨使得他们不可能串通起来。更极端的,当属南非曾经实行的种族隔离制度,如建立班图斯坦家园等等。

这或许就是我们早已习惯的生活本身,既是治理的方式或者统治的艺术,如已故美国社会运动理论大师查尔斯·蒂利所说,国家或者殖民者通过制造长久的不平等机制来维持统治,该就是威权。即使在民主国家内部,通过社会分类所划分的社会界限来维系不平等的机制,也构成了最重要的"去民主化"机制,妨碍着最大限度的平等实现。若在非民主体制内,这样的类别划分广泛存在且更具制度性。因为社会内部不同人群的相互歧视、互为"他者"的不平等往往由威权政权人为构建,而非源自传统或分工,所有人群都因此面临着歧视"他者"与被当作"他者"受歧视的双重角色——这或许是威权得以维系的原因,也是威权最终难以持续的根源。

但是,通常的政治学主流并不关心类似的"社会问题",而只以理性人假设将社会当作一个同质个人、偏好稳定的集合,这样做更适合对民主政治的分析,却很难衡量"去民主化"倾向所基于的异质性偏好结构,遑论威权社会的转型。所以,我们常常看到两种情况:在大谈民主细节的同时,民主社会内部的去民主化倾向被有意识忽略,愈益壮大的威权阵营其威权如何运行、维系更被忽略。相比洋洋大观的民主理论和经验研究,对威权政体的解释极其匮乏、无力,这不能不说是理论研究上的"势利"。结果,威权国家迟早向民主的转型便被视为当然,而在威权与民主社会内部同样普适的民主化动力——社会抗争作为一种抗争民主——却被忽视。

在社会运动学者看来,民主的障碍和进步都来自不平等的社会分类所制造出来的社会边界,民主或者政治本身即意味着受歧视、被排除的"他者"如何要求平等,要求"非分之分"的参与。尽管如此,因为社会边界和主流政治的边界固话,这样的边界突破往往需要另辟战场,将日常生活空间转为政治空间,诉诸街头、甚至暴力,抗争人群相互间也没有一个清晰的组织边界,有的只是认同、网络和文化。但在另一个普世性的民族国家体制的理论框架下,这样的非常规挑战常常被主流政治学者——无论是威权的御用学者,还是奉民主为圭臬的自由派学者,当作威胁政治稳定或者民主转型的干扰因素,动辄斥之为同质性假设的个人主义假设基础上的"暴民政治"、"民粹主义"甚至"恐怖主义"。这是一种典型的主流政治对待非主流政治的态度。

但是,1968年后的欧洲,当"五月风暴"消逝,余波却在七十、八十年代的冷战风云中继续发酵:大学教授开始反思,自我组建新的改革大学;反核运动、环境运动、女权运动、同性恋运动等等新社会运动高涨;极端主义的学生组织继续着对资本主义制度的报复;以环保为诉求的绿党开始组建,并且赢得选举……二战结束后欧洲大陆的重建,不仅有马歇尔计划和民主的重建,还有超国家主权的建设——从煤钢共同体经欧洲经济共同体到欧盟的演变,更有新政治主体的出现——公民社会开始再次自我反思和自我改造,形成一个全新的反思型公民社会。相比此前,无论德·托克维尔意义上的北美公民社会,还是黑格尔意义上的欧洲公民社会,这一在世界大战和大屠杀之后出现的新公民社会由知识分子主导,更富有反思性、批判性和抗争性,根本改变和塑造了欧洲政治的民主发展。

另一个层面的转型发生在日常生活层面,反思不仅以后现代主义、知识分子和社会运动的形态出现,也以一种新的"个体化"的方式,改变了公民个人与经济、与社会、与政治的相互关系。由慕尼黑大学社会学教授贝克博士所概括的这一引人注目的社会发展,并非传统的个人主义及其对应的自由经济和自由民主,而是七十年代至今"后工业社会"中的普通公民如何摆脱"资本—消费"、"福利—控制"和"政党—投票"等等所谓"主流社会"赖于运行的机制——反过来也是资本主义、国家主义以及体制民主所极力介入个人生活、遂行社会控制的不同方面。它们都在不同程度地试图强化原子化的个人主义,压制着个人的主体性。而个人化则意味着对这种"经典"个人主义的反动,打破同质化倾向,寻求个体化的差异,并通过积极寻求个体与经济、个体与社会、以及个体与政治的差异化的连结方式和参与方式,相对结社而言重新确认个人的社会主体性,要求生活在激进的民主传统下。

比如,在贝克看来,自由结合的艺术即可是个体化的共同体,对传统公民政治和体制政治都具挑战性。对通常的集体行动和民族国家而言,这一个体化的转型都意味着变化莫测、困境丛生。亚政治化的潮流可能突破新社会运动本来就已经碎片化的边界,而弥漫在全部日常生活世界中,从而孕育下一次社会革命。在这个意义上,过去二十年来互联网的出现、特别是最近几年 Web 2.0 社交网络的出现,例如维基解密向世界民族国家政府的挑战,也许就是个体化政治的最好实例。

本文集的国际观察正是以这样一种视角,观察区域研究领域常被忽视、却可能是至关重要的主题,其中大部分文章在相关事件发生后第一时间在时政媒体上发表。现在看来难免粗糙,不过个人更看重的,是借着对这些"他国事件"的即时分析,建立理论与"偶发性事件"的直觉联系,用以检验所谓"非主流政治"的相关理论。毕竟,与国民的国际观一样,媒体作为两者中介其现有区域研究,通常囿于狭窄的国别研究视野,只是"势利"地盯住执政党,就像几乎所有在非洲、东南亚和南美经商投资的中国商人所着力"公关"的对象一样。即便有关区域和国别的学术研究,也囿于经济决定论,而只关注一般性政治经济状况,忽略其他学科的理论进展,忽略社会结构的边际变化,而难以或甚至拒绝得出普适性经验,结果对中国政治发展的认知缺乏帮助。

另外一种情况则更为势利,或者说,狭隘的国别研究视野、缺乏真正意义的比较政治研究、对区域研究的普世经验缺乏兴趣等等,毋宁说反映了"中国中心主义"的自大心态。所谓中国中心主义,本来只是西方世界其中国研究(sinology)自八十年代末以来的本体回归、对传统欧洲中心主义的矫正,但自此中国研究与中国九十年代的国学复兴后两者的结合,再次与九十年代末中国民族主义思潮的结合,便生成了为诠释"中国模式"及其威权主义服务的理论怪胎,对他国、甚至对周边地区的历史和发展持以中国传统的历史观,而忽略世界主义的联系与发展,状甚无知。

特别典型的例子,如中国中心主义者常常引以为傲的"朝贡体系"和"郑和船队"这两个互相支撑的历史概念与事件。但若同样回到东南亚历史的本体,人们会发现,稍后一两百年,现在的马来半岛和印尼的亚齐地区,当地王国也有着几百艘船只组成的大型舰队,相互战争或者与欧洲殖民者周旋,而大明船队已不知所踪。对这些地区的商人或者国王来说,贸易是最重要的,他们并不介意在与中国王朝的来往信件的中文版中使用"君臣"、"上表"、"贡服"这样表示臣服或者效忠的字眼,只要能够进行贸易、获得收益就行。所谓"朝贡体系"也许只是自大的中国王朝统治者的幻觉,而当今的"中国中心主义"更像是这一虚幻秩序观的可笑回音。就像大中华土地上另一个"供施体系"的命运——中原政权长期以来也同属于这一体系,若承认"朝贡",则必须承认"供施"的更高阶地位,而如今却被汉民族主义者无视。

当然,更有趣的、对政治实践可能更有现实影响的,似乎还不是什么"中国中心主义",而是"美国中心主义"——难道是"中国中心主义"幻觉的真相?——在学界、政策部门和媒体,所谓国际政治几乎等同美国政治,是美国中心主义统治着中国精英们的思维。不仅美国梦驱使着大部分先富起来的富人群体首选美国为移民国,而且,美国主义的新自由主义经济模式、社会模式和政治模式,也构成绝大多数国人世界认知或者常识的主体。比如,中、美间自建交以来所建立起的极为密切的全面战略区合作关系,并未因为1989冷战结束而减弱,反而可见在国际和地区事务、财经改革和政策合作、经济与文化交流、市场依赖与产业分工、军事与情报合作等各大重要领域一直存在着密切合作。

近年来中国"和平崛起"的步伐愈益加快,似乎正在扮演着与美国平起平坐的新超强角色,但就是在国际关系和安全领域,"美国中心主义"独大的倾向并未有一丝消减,反而更为强化,整个国际格局、战略思想和情报方向都以美国为绝对重心和参照系,似乎重归"一面倒"时代,只是前倨后恭的对象换掉,并代之以中国理解的"美国霸权主义"对待欧洲和亚非拉。

如此急欲融入"国际主流"的心态,犹如中国留美学生每日挂在嘴边的"积极融入美国社会主流",且不论如何怠慢了欧洲和亚非拉、乃至国民自己,与此相关的一个副产品可能更有趣:对美国价值观或美国模式的态度便构成中国社会内部思想分野的衡量依据。

如九十年代兴起的新左思潮,与"新左"概念本身所指的七十年代欧洲出现的既不反对资本主义、也不认同斯大林主义和苏联模式的"新左"有极大区别,中国的新左思潮更像是传统主义(新儒家)、国家主义和"人民资本主义"的混合体,两者间唯一可见的交集似乎只是欧洲新左的后代——反全球化运动——反对现有世界秩序的"反新自由主义"。也在这一点上,中国的所谓"新左"们表面上与支持美国模式的中国自由主义阵营相左,却难以直面所谓中国模式正是受益于美国和美国模式主导的全球化这一铁的事实,更兼,无论中国的"新左"话语还是"中国模式",都难以包容、或者根本漠视反全球化运动在中国内部的发生。在这个意义上,中国"新左"们对反全球化运动、或者"地方化"经验的强调,只在乎"地方化的国家",为全球化时代过时的民族主义寻求世界范围的同盟和庇护,显得无比虚伪和保守。

相形之下,自由派对全球化或普世主义的坚定信念毋庸置疑,也因此与持实用主义、并在全球化秩序中学习统治艺术的官僚阶级存在相通之所,但却存在一个也许致命的问题——过度推崇美国式的主流"民主模式",而忽略世界范围内民主的多样性,特别是对欧洲的社会民主模式中孕育产生的对资本主义的"反思性"、或贝克意义上的"第二现代"认识不足,因而在如何对待非体制性的民主运动,比如常以地方性抗争面目出现、却存在普世联系的反全球化运动持着暧昧态度,争议颇大。

问题仍然存在:联合国安理会的1971—73号决议和北约阵营的"奥德赛黎明"行动固然有力支援了利比亚义军、削弱了卡扎菲政权的合法性,却遮蔽了利比亚起义人民的英勇反抗、正义表达。通过电视和互联网,国际社会看到班加西勇士们驱动着成群装置着航空火箭弹和重机枪的皮卡、然后在卡扎菲雇佣军的重武器打击下动辄进退数百公里而狼奔豕突、反复拉锯。他们不仅在力量对比悬殊的情形下彻底地实践、坚持着"游击战"的反抗模式,且其长时间的狂欢和勇气一点不亚于开罗解放广场上的埃及人民,甚至大大超出,从而展现出一幅充满了极其丰富的"非主流"元素的政治图景。历史上,类似的"非主流"情境也曾出现在三十年代的西班牙内战中:尽管苏、德两国对战争深度介入,却不能掩盖这场内战的无政府主义性质。而卡扎菲政权内部几乎所有被排除在卡扎菲的所谓"绿色政治"舞台之外的,原先属于"非分之分"的部落民、政治异议者、流亡者、博客作者以及叛变者等等,都展现在北约(控制的)天空之下、北非沙漠上、貌似荒诞的战争情景中。

重要的,当第二次世界大战后面对大屠杀的历史,社会民主和反思性公民社会成为欧洲的主流政治-社会模式;当1968年"五月风暴"结束,欧洲的新社会运动风起云涌改变了七十、八十年代的保守风气,常规性的体制政治不再意味着仅仅是非主流政治、或者"亚政治"的吸纳器,而是促进社会改变的代理人,连接政客与公众、与社运的另一个政治舞台、连接主流与"他者"、"异端"的纽带,所谓主流政治也随之渐渐地与"街头政治"的边界愈益模糊。如那位在街头抗议中被害的意大利青年学生卡罗·吉欧里安尼的母亲,一位普通的家庭妇女,2006年成功当选为意大利参议员,负责启动对卡罗·吉欧里安尼之死的重新调查。其后至今,卡罗·吉欧里安尼之死先后经历了2009年欧洲人权法庭、2011年初意大利法院大审判团的审议。尽管两个裁决最终都认定意大利政府在卡罗·吉欧里安尼被害一案中并未违反欧盟公约,但是意大利大审判团有七名法官对此投了否决票。

整整十年,一位无政府主义者、普通学生横死街头之后,一件"插曲性"的"街头事件"将几乎整个意大利政治、欧洲政治都深深卷入其中:欧洲社运、甚至全球的反全球化运动因之趋向激进化、暴力化,卡罗·吉欧里安尼之死的议题进入了意大利的政党选举、司法调查程序和欧洲政治的审议。当然,类似的"插曲性事件"在欧洲并不多,意大利政府也并未因此被颠覆掉,但政治生活却大大地丰富、扩展、传播,非主流的政治话题,特别有关社运、抗争、激进主义、个体化的生活方式、还有艺术,愈益占据着媒体和公众关心的日常议程,逐渐扭转了九十年代——那个"历史终结年代"的沉闷。

而对我们这些不得不继续生活在"他国"沉闷中的"他者"来说,至少,会早一天感到厌倦吧。

吴强

2011年6月24日于清华园